吴姐姐讲历史故事

吴涵碧◎著

南宋

1127年～1276年

新世界出版社
NEW WORLD PRESS

李清照（1084 年～ 1155 年），清崔错绘。号易安居士，山东济南人。出身文章之家，自幼天分过人，11 岁时，初试章句，深得文坛领袖晁补之赞誉；18 岁时嫁才子赵明诚，赵明诚敬服她才气，称清照“清丽其词，端庄其品”，两人相爱相知，堪称人间仙侣，一起度过了 25 年极美好时光。靖康之变后，举家南渡，不久，赵明诚病逝，清照悲伤欲绝，写下“十五年前花月底，相从曾赋赏花诗；今看花月浑相似，安得情怀似往时”悼念亡人。之后清照再嫁张汝舟，却为一无行文人，清照不甘运命，借举报张汝舟不法行为，得以脱离，之后，清照辗转飘泊，终老江南。清照一生成就，多在于词，是中国文学史上最伟大的才女，后人将她与李白、李后主合称“词家三李”。

——见《赵明诚、李清照艺术仙侣》，第 29 页。

* 图注内容皆出自《吴姐姐讲历史故事》——编者注

朱熹（1130 年～ 1200 年），佚名绘。字元晦，江西婺源人。自小聪慧，初学《孝经》，即极有心得，亲手写下眉批："不如此，非人也。"一副小圣人模样。19 岁中进士，为官三年，即返乡勤研学问，30 岁后，开始著述，之后一直修书不辍，终成中国最有名望的理学大家。宋代理学，糅合儒、道、佛三家思想，但并非富国强兵之道，而是以学问修养来挽救人心社会，故朱熹一生成就，不在政治，而在于讲学著述、研究圣贤的经训。他生前名动朝野，死后他所著《四书章句集注》为元、明、清三朝定为考进士的标准内容，是南宋以来影响中国学术史最大的学者。

——见《理学大师朱熹》，第 37 页。

宋理宗（1205 年～ 1264 年），选自《乾隆年制历代帝王像真迹》。即赵昀，南宋第五位皇帝。原名赵与莒，南宋宗室亲戚，幼年居于民间，因极偶然原因，被丞相史弥远接入沂王府，改名赵贵诚。之后，因史弥远与宁宗属意的太子赵竑不合，宁宗死时，史弥远矫诏立赵贵诚为帝，再改名赵昀，即为宋理宗。理宗即位初年，受制于权相史弥远，史弥远死，又重用其侄史嵩之，俱非端人，晚期朝政更落入奸相丁大全、贾似道之手，政治江河日下，宋理宗死后第 13 年，即 1276 年，蒙军即攻入都城临安，之后数年，南宋灭亡。

——见《丁大全用事》，第 90 页。

宋度宗（1240 年～1274 年），选自《乾隆年制历代帝王像真迹》。即赵禥，南宋第六位皇帝，宋理宗之侄，封忠王，自幼多病，呆笨畏事，赖奸相贾似道之助，登上皇位。即位后，沉溺酒色，贾似道乘机弄权，将度宗玩弄于股掌之中，自居西湖葛岭之中，以斗蟋蟀和搜括天下为最大乐事，并动辄以辞官相要挟，度宗则总是卑躬屈膝挽留，特许他十日一朝，且每次退朝，度宗总要离座目送他走出大殿，才敢坐下。由于政治日昏，天下骚动，百姓流离。宋度宗死后两年，蒙古大军即攻入都城临安，南宋名存实亡。

——见《半闲堂与多宝阁》，第 97 页。

蒙古人最早的记录出自《旧唐书·北狄传》，最初生活于黑龙江西北及外蒙古车臣汗北境一带辽阔的草原和戈壁之上，以游牧、狩猎为生，草原空阔无垠，蒙古人终其一生，生活于马背之上，性情剽悍，来往飘忽。金朝和蒙古毗邻，担心蒙古会成为金国的强敌，于是每年派兵北剿，名为“灭丁”，蒙古人牺牲了众多健儿。但蒙古人的真正灾难却在于内部部族林立，互相攻杀，大敌压境时，各自为战。至成吉思汗统一蒙古后，蒙古人才形成强劲的势力，组建起大军征伐四方，建立旷绝古今的功业。图中为蒙古大军越过河流，开赴远方。

——见《倒楣山战役》，第 151 页。

成吉思汗（1162 年～ 1227 年），选自《乾隆年制历代帝王像真迹》。本名孛儿只斤·铁木真，成吉思汗是他建立蒙古汗国后所称。铁木真自幼丧父，自己也曾为仇家所获，九死一生。经过艰苦卓绝的争战，铁木真崛起草原，建立蒙古汗国。之后率师陷金国都城燕京，西征花剌子模、横扫欧洲，平灭西夏，最后逝于征西夏军中。铁木真自 35 岁任蒙古本部可汗，至 65 岁去世，纵横天下，所向无敌，蒙古铁骑，蹂躏了半个亚洲，屠绝众多民族，所到之处，尸如山积，统治了难以数计的大小种族，享有无比的威权。后世誉者颂为天神，毁者诅为魔王。不可否认的是，他有决断、有魄力，恩怨分明，赏罚必行，极有知人之明，容人之量，才能创建伟大的蒙古帝国。

——见《成吉思汗灭西夏》，第 213 页。

目录

陆游梦断沈园

介绍完了岳飞的故事，我们可以明明白白体会那个时代的悲哀，读书人眼见国事危急、奸臣当道、人民痛苦、河山破碎，无不深深感到悲痛与愤恨，无可奈何之中，便把一腔澎湃的感情宣泄在诗词之中，产生了许多优秀的文学作品，我们首先要介绍的是号称南宋第一诗人的陆游。

陆游生于宋徽宗宣和七年（1125 年）十月，当时他的父亲陆宰出任淮南计度转运副使，带着怀孕的妻子唐氏乘船上任，半途之中，天昏地暗，风大雨急，船靠岸时，唐氏临盆，产下一子，即为陆游。

由于前一天夜晚，唐氏梦到北宋大词人秦观（字少游），遂以“游”命名，并且为陆游取了“务观”为字，由此可知，陆母原本也是知书达礼的雅士，却成为中国恶婆婆虐待媳妇的典型代表人物。

陆游的表妹唐琬（wǎn），字蕙仙，两人是青梅竹马的玩伴，二十岁那年，陆游与唐琬成亲，亲上加亲，真可说是神仙眷属。唐琬原是陆母的侄女儿，但是陆母打心眼里厌恶唐琬，到底为什么？说法不一。

有人说，陆游与唐琬过于恩爱，引起了陆母强烈的妒忌心。

有人说，唐琬婚后，迟迟未有子嗣，成为一大罪状。

还有人说，唐琬父亲过世之后，唐琬后母想把她嫁给地主曹慕义为妾，唐琬不肯，逃了出来，表兄妹重逢，暗许终身，以凤钗为凭，因此陆母颇为不悦。

甚且有谓，陆母信佛教，每月初一十五必到庙里烧香。有一次，唐琬跟了去，她美丽脱俗，被富家子卢士俊看上，卢士俊遂央托庙中六根不清净的住持妙因相助，妙因向陆母进谗言，说唐琬的命太硬，陆母深信不疑。

有一天，陆母沉着脸对陆游说："我要你把唐琬休掉！"陆游一听此言，差一点没昏了过去，却又不敢违抗母命，只好阳奉阴违在外头赁（lìn）了一间房子，让唐琬搬出去住。

唐琬迁居之后，陆游整日精神恍惚，愁眉苦脸，只有偷偷溜出去与唐琬见面之时，一颗哀伤的心才能够暂时得到慰藉。可是，即或是这般的委曲求全也支持不久，好事者的告密，陆母的大发雷霆，逼得陆游写了休书，并且被当成囚犯一般看管。

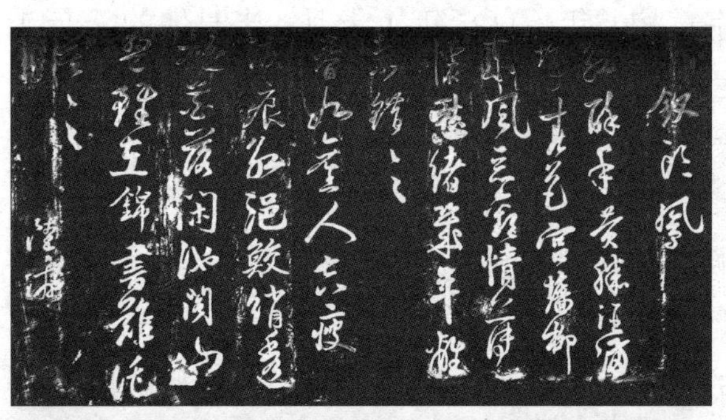

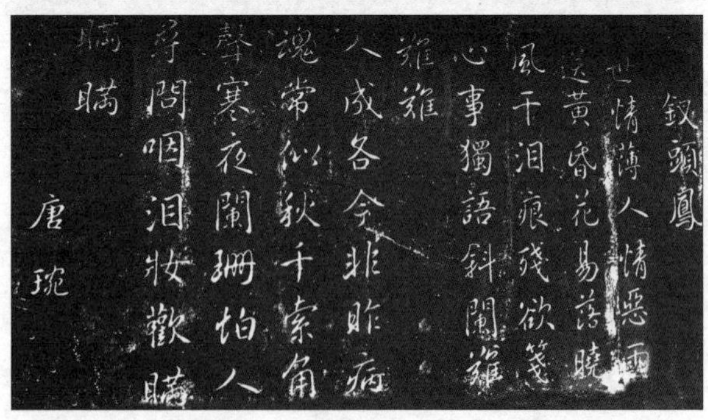

沈园中陆游、唐婉《钗头凤》壁刻，摄于沈园。

陆母为了杜绝后患，替他迎娶了王氏做第二任妻室，陆游身不由己，心情苦闷，时常到山上找老僧惠迪聊天，常感人生乏味。唐琬不久亦改嫁同郡宗室赵士程，赵士程温柔体贴，唐琬却是郁郁寡欢。

陆游与唐琬相隔愈远，彼此的影像却更加完美而逼真，这一份沉痛的感情始终在心里燃烧着。

十年后，陆游赴沈园散心，竟然意外地遇到唐琬。

沈园位在绍兴南方不远，极池台之胜，繁花如锦，新柳吹棉，是著名的游览胜地。两人不期而遇，都呆住了，想开口，却不敢讲话，更何况，唐琬的夫婿赵士程还在旁边，于是，从来未曾愈合的伤口又裂开了，鲜血泉涌。

双方尴尬地避开视线，陆游失魂落魄地跌坐在石椅之上，危危颠颠地倒酒、饮酒，忽然有个小厮送来酒菜。陆游迷迷糊糊地问："谁送来的？"

"就是带家眷赏园的赵相公。"

陆游心中酸涩，踉踉跄跄站了起来，在墙壁上题了一首传诵千古的《钗头凤》：

红酥手，黄縢酒，满城春色宫墙柳。东风恶，欢情薄，一怀愁绪，几年离索，错、错、错。

春如旧，人空瘦，泪痕红浥（yì）鲛绡透。桃花落，闲池阁，山盟虽在，锦书难托，莫、莫、莫。

据说，唐琬见了，伤心激动不已，也和了一首：

世情薄，人情恶，雨送黄昏花易落。晓风干，泪痕残，欲笺心事，独语斜栏，难、难、难。

人成各，今非昨，病魂常似秋千索。角声寒，夜阑珊，怕人寻问，咽泪装欢，瞒、瞒、瞒。

沈园一晤（wù），陆游、唐琬又重温了这段不幸的历史，唐琬既不甘心受命运的拨弄，又不敢冲出世俗的樊笼，四年之后，与世长辞。

唐琬死了，陆游再也见不到伊人倩影，陆游对沈园更加萦怀难忘，他每每找机会入城登禹迹寺眺望，朦胧中仿佛又见到爱妻。

六十八岁那年秋天，枫叶初初转红，他又来到沈园，园已易主，以前刻在墙上的诗句因为时代久远而模糊了，新任园主又把它重新刻在石头上，他感慨地低吟："林亭依旧空回首，泉路凭谁说断肠？"

七十一岁时，陆游又眼巴巴回到沈园，经历了人世沧桑，他的感触更加悲凉，所谓是："伤心桥下春波绿，曾是惊鸿照影来。"

八十一岁时，陆游已是老态龙钟，走也走不动了，却仍然日日夜夜思念着唐琬，他写了两首《夜梦游沈园》的绝句。

一直到陆游临终前两年，他仍然日日记挂沈园。

沈家园里花如锦，半是当年识放翁，也信美人终作土，不堪幽梦太匆匆。

当年的一切，如今只剩下一帘幽梦，陆游的痴情真令天下有情人同声一叹！

家祭毋忘告乃翁

陆游对表妹唐琬是死心塌地，一辈子坚贞到底。他对国家民族更是一片痴情，忠心耿耿，为后人所赞美不已。

陆游的爱国情操，应该归功于他的家庭教育！

他的父亲陆宰，原本在徽宗时担任京西路转运副使，后来，因为小事被御史徐秉哲参了一本。徐秉哲在弹劾陆宰的时候，他是义正词严的一个铁面御史，可是不久，便暴露了他的汉奸本色。宋钦宗向敌人投降以后，徐秉哲帮助金人大肆搜括汴京，被金人任命为开封府尹。

靖康元年（1126 年）秋冬之间，陆宰带着全家大小南归，沿路兵荒马乱，陆游正在学步阶段，只要听到一声“番兵来了——”，众人都急急躲入草堆中，往往一躲就是十天半月，如此的童年往事，给陆游留下一个相当深刻的印象。

陆家回到了江南，暂时获得喘息的机会，陆宰看到秦桧等比徐秉哲更阴险的汉奸，为了个人利益，出卖国家，出卖民族，心痛万分。

陆宰常带着陆游赴朋友周侍郎及给事中傅嵩卿、参知政事李光家中聊天，愈谈愈激昂，愈谈愈愤怒，又充满了莫可奈何的无力感，最后总是大伙儿抱头痛哭，虽然餐桌上准备了佳肴美食，却是咽不下去。

陆宰回到家里，喉咙仿佛塞了一块东西，实在是毫无胃口。

陆游渐渐长大了，经过患难折磨的孩子比较早熟，他一切都看在眼中，小小心灵之中也是又气又恨又怒，同时也滋生了强烈的爱国种子。

陆宰在心灰意懒之际，百般无奈，除了读书写字，把全副心力花在教儿子功课上面，《宋史·陆游传》中说他“年十二，解诗文”。

小时候的陆游看起来是个不折不扣的书呆子，他对书本着迷万分，时常饭冷了、菜凉了，家人怎么呼唤他都埋首在书海之中，真的饿得受不了，他随手拿起一块饼，就着书本，竟觉得是美味的紫驼峰。到了晚上，夜深人静，舍不得去睡，不知不觉中听到了远方的鸡鸣，这样的废寝忘食，使陆游得了一个绰号叫“书癫”。

“书癫”长大了，满腹学问赴临安参加考试，当时是绍兴二十三年（1153 年），陆游二十九岁。

此次的主考官是陈阜卿，一见到陆游的卷子，大喜过望，立刻取为第一名。

不料秦桧的孙子秦埙（xūn），也参加了这次考试，秦桧曾经暗示陈阜卿，应该让他的爱孙取第一，谁知这个主考官不开窍，秦桧大怒，气得差一点把陈阜（fù）卿给杀了。

第二年，礼部考试，主考官仍然把陆游列在前面，却遭秦桧除名，把秦桧自己的子侄亲戚录取了一大堆，这就是大奸大恶的秦桧，一点也不奇怪。

陆游运气不佳，莫可奈何，但是陆游对这位赏识他，又因为爱才而遭斥的主考官念念不忘。后来陆游还写了一首七言律诗，赞美他是天下英雄。

在那个时代，凡是稍有些许良知的人，莫不对秦桧恨之入骨，陆游曾经在《老学庵笔记》之中记载一件刺秦案，写得相当有趣。

绍兴二十年（1150 年）正月，有一位殿前司军人施全，乘着秦桧入朝，手握斩马刀在望仙桥下埋伏，见秦桧轿子经过，挥刀一砍，砍断了轿子的栓子，秦桧毫发未损，施全被捕。

施全被斩首示众时，围观的人个个摇头叹息，有一个看热闹的说：“这家伙成不了事，该斩，该斩！”说得正在难过的人们都笑了起来，也可见人人都厌恶秦桧到达了极点。

陆游仕途不遇，他安贫守拙地自耕自读，直到孝宗即位，有北伐中原之志，非常赏识陆游的才华，赐他进士出身，陆游一方面有感于孝宗知遇之恩，一方面又秉持素来爱国之志，全力以赴，直言极谏，三番两次地得罪触怒了皇帝，被贬为镇州通判。

陆游一生，前前后后五次罢官，所谓是“功名富贵两茫茫”，却不改报效国家的心意，他甚且学剑，老是做“三更抚枕忽大叫，梦中夺得松亭关”的美梦，醒来之后，对着枕头长叹不已。

陆游，清任熊版画。

六十二岁那年十月十三日夜晚，他梦到一个草木丛生、狐兔出没的奇异地方，太阳映照着仙人掌，他看到一处突起的大冢，人家说，这是荆轲之墓，陆游忆起荆轲刺秦王的悲烈，内心十分倾慕，也许潜意识之中，他想要效法荆轲，为国除奸。

现实生活中的困顿，促使陆游更一头栽入书堆之中，他见到书就眉开眼笑，不惜典卖衣物来购书，又喜欢做一些贴贴补补的工作。到了后来，桌前床上，前前后后，到处全是书，有朋友来找他，先是进不去，进去了又出不来，绕来绕去全是书，宾主相视而笑，因此五十八岁之后，陆游把自己的书斋自称为“书巢”。

晚年的陆游生活简朴，他泛舟、采梅、散步、赏月、骑牛吹笛，衣服脏了不洗，头发披散着不梳，和小孩子们玩耍，因此自号为“放翁”。

陆游最大的成就当然在诗词，他说：“文章本天成，妙手偶得之。”无论是愤慨奔放或闲适恬淡的诗，他都写得“浅中有深，平中有奇”，精彩极了！

当然，他最脍炙人口的，还是在临死之前，念念不忘国家，叮咛儿子在中原收复之日，千万要告诉他：

> 死去元知万事空，但悲不见九州同；王师北定中原日，家祭毋忘告乃翁。

这是一个多么伤心的遗言，这种精神却又是何其壮烈，他是如此悲痛地期望着，却也成了永久的遗恨。在他死后六十多年，宋朝终于灭亡。

虞允文的采石之捷

宋金和议之后，双方维持了十年的和平。金熙宗被杀，金主完颜亮即位之后，战争再起。

金熙宗在少年时代，颇有些朝气，也曾读过《论语》、《五代史》等书，到了晚年，沉湎于酒精之中，又特别喜欢杀人，金太祖太宗的子孙几乎被他杀光。

完颜亮是金太祖的庶长孙，他约集了左丞相与右丞相在皇统八年（1148 年）某个夜晚，偷偷摸入内宫，一刀刺中熙宗，鲜血溅了熙宗一头一脸。完颜亮被拥为帝，改元为天德。

完颜亮即位之后，比金熙宗更为残暴，他好大喜功，先迁都于燕京，准备一步一步向南发展。

完颜亮小时候读中国书，就对南朝兴趣浓厚，江南的衣冠文物，向来是他所向往的，他曾经派遣画工混在前往南宋的使节团之中。

画工回来，依照记忆画了一幅“临安湖山城郭图”，这个不稀奇，稀奇的是画工听从完颜亮的指示，把完颜亮画在吴山山巅，策马而立。

完颜亮非常喜欢这幅画，左看右看，自得万分，他还题了一首诗：“万里车书尽混同，江南岂有别疆封，提师百万西湖上，立马吴山第一峰。”

干瘾过够了，完颜亮蠢蠢欲动，再加上吏部尚书李通在旁边不断地煽火，盛赞江南如何富庶，子女玉帛如何众多，完颜亮遂决定干了。

在宋朝方面，国子司业黄中自金朝归来，上奏高宗："金人治理汴京，有准备南侵之意，不可不防备。"宰相汤思退立刻贬斥黄中。汤思退这个名字取得真好，一天到晚只想退。

第二年，礼部侍郎孙道夫出使金朝，回来又奏称金朝有南征之意图，宋高宗十分不悦道："朝廷对待金人甚为优厚，他们有什么借口？"

"弑（shì）君夺位的人，本来用不着什么借口！"

孙道夫说的是实话，高宗却听不进去，为了消除不快，他立刻将孙道夫贬至四川绵州，但是心中还是毛毛的。于是，再派王伦使金。

假如说实话，不免会遭到贬斥的命运，王伦当然编了一套谎言："邻国恭顺和好，别无他事，而且感谢陛下威德不尽。"话还没说完，汤思退等立刻欢呼称贺。

金正隆四年（1158 年），完颜亮大举南征，准备一举消灭宋朝，他连克庐州（安徽合肥）、和州（安徽和县）、扬州，后在采石（安徽省当涂县）对岸筑起高台，台上摆了两面绣花大旗，中间张开黄伞，他自己披了黄金甲，设立祭台祝告天地，杀了一匹黑马祭天。

宋朝这边，节节败退，刘锜老病，王权撤守，高宗特派叶义问与虞允文分往前方视师。

虞允文字彬甫，政和年间进士，他以孝顺著名，母亲过世之后，朝夕在墓旁痛哭，墓旁边有一棵桑树，飞来两只乌鸦在此筑巢，中国人一向认为乌鸦有反哺报恩的美德，乡里之人都认为乌鸦是被虞允文感召而来。母亲过世之后，父亲单独一个人，十分寂寞，又老又病，虞允文为了陪伴父亲，朝夕不离左右，一直在父亲身旁守了七年，等到父亲过世以后才出来做官。

忠臣多出于孝子之门，虞允文后来担任秘书丞、礼部郎官，都十分尽责，他也曾出使金朝，完颜亮送别时，曾经含意深刻地说：“我将到洛阳看花。”虞允文回来，立刻上奏加紧整修沿海军备，可惜高宗不听。

江南战争失利，虞允文赴前方犒军，到了采石，只见官军三三两两，无精打采，解鞍束甲坐在道旁休息，他立刻整编部属，召集诸将，并且拿出金帛道：“金帛、诰命都在这儿，你们赶快立功，这些都是大家的了。”诰命指的是任官的命令。

残兵败将本来毫无斗志，被虞允文一激励，立刻又精神抖擞。

有人悄悄对虞允文道：“虞公受命犒师，不受命督战，万一坏了事，你难辞其咎。”

虞允文不理会劝他明哲保身的建议，他把南岸兵船分为三组，先引诱金人将船只引至中流，然后出兵突击，以海鳅船冲击敌舟，并且使用了霹雳炮轰击金船。火药是中国四大发明之一，霹雳炮在

宋代兵船——走舸，宋《武经总要》插图。

当时一定是很新鲜刺激的玩意儿，可惜中国古人重视人文，轻视科技，没有记载得太详细，这一仗，金兵大败，就是历史上著名的“采石之捷”。

金军正在闹哄哄地作战之时，忽然传来消息，东京政变，金世宗即位，完颜亮本来准备撤兵北返，平定内乱，后来想想，不如得胜之后，凯旋而归比较够威风，遂放弃采石，驰赴扬州，准备从扬州向南攻。

虞允文得到消息，又立刻赶往京口（今江苏镇江），在江面举行阅兵，命令战士试验踏车船，往来江面，驰骤如飞，壮观极了。踏车船是当时新制的一种机器轮船，是用轮子打水，远比用桨橹的便捷。

金兵见了，大惊失色，飞报完颜亮，他昂头笑道：“纸糊的船，有什么好怕的，我一击即碎！”

有一员大将跪奏：“敌方有备，不宜轻视，请陛下暂驻扬州，暂缓进攻。”完颜亮以其阻挠进军，重打五十大板，并且限令：“三天渡江，谁敢不渡，砍谁的脑袋。”

金兵窃窃私议：“后有淮河，前有大江，进退都是死路一条，我们何不共举大事，杀亮北归。”

于是金兵部队发生叛变，完颜亮中矢毙命，霹雳炮、踏车船都成为历史上有名的新战技。

金戈铁马辛弃疾

介绍完南宋爱国诗人陆放翁之后，让我们再看看最为激昂慷慨，满怀悲愤，热烈爱国的一代词人辛弃疾。

辛弃疾，字幼安，号稼轩，山东历城人，他生下来的时候，北方已沦入金人之手，他的祖父辛赞先后在谯（qiáo）县和开封等地担任地方守令。

辛赞不得已在沦陷地区做官，心中十分悲痛，做爷爷的，经常牵着孙子的小手，爬上高山，指划山河，晓以民族大义。

辛弃疾长大一点，便被送到田园诗人刘瞻之处读书，他聪明绝顶，领悟力强，与党怀英二人，同时被刘老师所看重，过了没多久，当地乡里都晓得这两个人书读得呱呱叫，合称为“辛党”。

少年时代“辛党”为一时俊彦，长大之后却大不相同。党怀英混入金国统治阶级之中，谋得一官半职，心甘情愿为金人效劳；辛弃疾却在二十岁那年，勇敢杀入民族战场之中，其中分野，极可能是两人家庭教育不同所致。

完颜亮迁都燕京以后，仿照唐宋的科举制度，每三年举行一次进士科考试，辛弃疾一举及第，少年登科，前程远大。

主考官蔡松年十分爱才，对辛弃疾赞不绝口，有意好好提拔他，可是，辛弃疾应考，只为了测试自己的程度，他可不愿意在金人朝廷为官。

辛弃疾有个好朋友，是个出家人，名叫义端，虽然削发为僧，却不耐青灯古佛，平素最喜谈论兵事。有一天，义端又来找辛弃疾，人还没有跨进门便直着嗓子高喊："好消息，完颜亮死了！"

"怎么死的？"

"听说他在采石被虞允文杀得大败，又因为对部下太苛，结果被部将所杀。"

"这岂不是天赐良机？"

完颜亮的死，使得沦陷区之内的英雄豪杰大为兴奋，他们纷纷揭竿而起，组成义军，其中力量最大的是山东东平府的耿京，辛弃疾也组织了两千多弟兄，加入了耿京部队，由于他的文才，被任命为"掌书记"，就是担任掌管全军的书檄文告的工作。这一年，辛弃疾只有二十一岁，真可以说是少年英豪。

在草莽英雄之中，辛弃疾这位进士出身的小将，很快就展露了文武全才的本事，他四处奔走，拉拢人才，也说动了义端和尚，带领一千多人投效耿京。

可惜，义端加入不久，马上就后悔了，他连连贻误军机而受处罚，心中十分懊丧，心想原来虽然只有一千人马，到底也是一个龙头老大，奈何现在屈居人下，饱受窝囊气。于是，在一个月黑风高的夜晚，义端竟然偷了耿京的印信溜了，显然是准备投向金人军营报功，借以复仇。

由于印信是归辛弃疾保管的，东西丢了，辛弃疾不能不负责任，耿京大怒，立刻要以军法从事，他拍案叫道："把辛弃疾拖下去斩了。"

辛弃疾也颇为恼怒义端，他向耿京要求："请给我三天期限，把叛贼拿下治罪，如果不能擒获义端，我甘愿受罚。"

耿京答应了辛弃疾的请求，辛弃疾立刻跃身上马，脚踢马腹，向前飞奔，不一会儿，便追上了义端，大吼道："哈，秃贼莫逃！"

义端是知道辛弃疾的武功的，别看他文质彬彬，却是武艺高

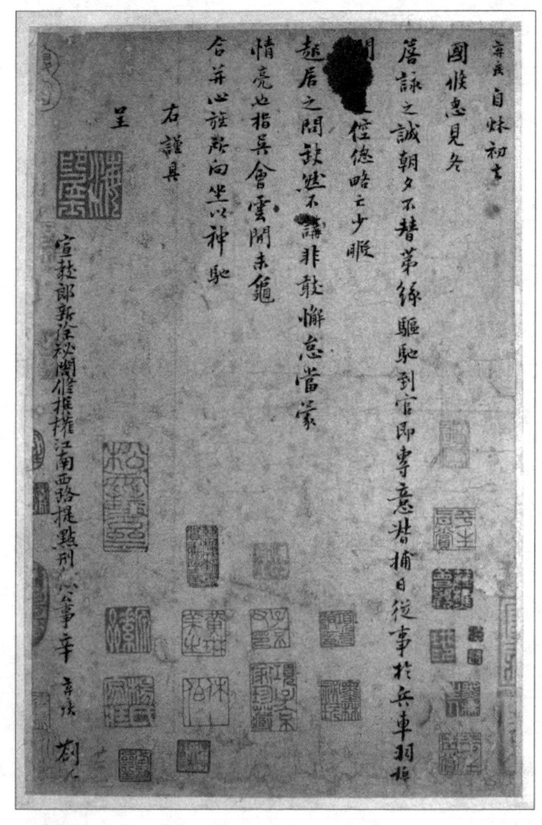
棄疾自秋初去
國倏忽見冬
詹詠之誠朝夕不替第緣驅馳到官即專意督捕日從事於兵車羽檄
間坐是倥傯略亡少暇
起居之問缺然不講非敢懈怠當蒙
情亮也指吳會雲間未龜
合并心旌所向坐以神馳
右謹具
呈
宣教郎新除秘閣修撰權江南西路提點刑獄公事辛棄疾劄子

辛弃疾手稿。

强，尤其辛弃疾为人是非分明，嫉恶如仇，自己这番变节，辛弃疾是断断不会放过的，于是，义端立刻下马，亲亲热热地讨饶：“幼安，我知道你的真相，你是青兕（sì）降生，力能杀人，拜托拜托，饶我一命。”

辛弃疾哪儿肯依，长剑一挥，义端已人头落地。

三天期限未到，辛弃疾已拿了印信及义端的脑袋回命，耿京大为吃惊，也更钦佩这个年轻小伙子。

第二年，耿京在辛弃疾的力劝之下，决意向南发展，他想先派一个人对高宗提出报告，遂指派诸军都提领贾瑞前往。贾瑞是个大老粗，自己心里有数，不敢去，他向耿京请求：“可不可以增派一位能文善道之士和我一起去，比较妥当。”

当然，这个文士非辛弃疾莫属。他等一行来到建康，宋高宗知道了，立刻接见，予以嘉勉，并且封耿京为天平节度使，辛弃疾为右承奉郎、天平节度掌书记，辛弃疾等受封后，立即返回东平府。

岂料就在他们回返途中，耿京部队发生叛乱，张安国与邵进杀了耿京，投降金人。

辛弃疾听了，捶胸顿足，万分痛心，立刻扑击金营。张安国等人正在开庆功宴，你一杯，我一杯，喝得不亦乐乎，忽然间，一阵“淅沥哗啦”杯盘碎了满地，辛弃疾手提三尺剑，一个空中翻身挡在张安国面前：“你想往哪里逃？”然后，他以迅雷不及掩耳的速度，把张安国挟持在马上，昼夜不休，粒食不进，直奔临安，宋高宗下令斩张安国于市。

辛弃疾漂亮的这一招，使高宗大为赞赏，改派他为江阴佥（qiān）刺，从此辛弃疾不再回山东，这一年，辛弃疾只有二十三岁。

辛弃疾的词，早已脍炙人口，他在少年时有如此矫健的身手，一般人所知不多，他的名句“想当年金戈铁马，气吞万里如虎”，虽然是形容三国时代的孙权，又何尝不是自身的写照？

天凉好个秋

上一篇我们说到，意气风发的辛弃疾终于回到南方，深想施展抱负，大大干他一番。

宋高宗绍兴三十二年（1162年），高宗传位太子，是为孝宗，孝宗即位之初，倒是颇思振作，锐意改革。辛弃疾来自沦陷区，满腔热血南渡，眼前所见一切，却让他伤心不已。

高宗在临安建都以后，杭州日益繁华，不但有几十处茶楼酒馆，也有各种杂戏技乐，当时王公贵族们一掷千金，人称杭州为“销金窝儿”。

辛弃疾抱着力挽狂澜的心情，对宋金对立的形势与军事反攻前途作了详细具体的分析，写成十篇论文，统称之为《御戎十论》（或称之为《美芹十论》），可惜这些极具价值、颇有见地的建议，未被朝廷采纳，他在晚年想到此事，不免伤心叹曰：“却将万字平戎策，换得东家种树书。”

辛弃疾的雄才大略、壮志抱负与南宋苟安的政策不符合，他一心一意想在疆场与敌人一较长短，朝廷却始终不给他机会，但是他不论出任任何地方官，总是尽心尽力，固守原则，为百姓谋福利。

譬如他在担任荆湖南路安抚使之时，湖南地区有许多号称乡社的组织。所谓乡社，实际上就是土豪劣绅用以欺压乡民的一种非法机构。辛弃疾准备好好对付他们。

然而此时南宋的军队，不论是中央禁军或是地方军，全都腐败不堪，湖南地区大部分士兵变成了统帅的私人佣工，或搬运土木，或建筑宅第，有的更被将校们差遣到市区中做买卖，自然也就谈不上教骑习战，操练技勇了。

辛弃疾决心成立一支湖南飞虎军，剿平地方悍匪。但是，首先建筑营房就困难重重，湖南多雨无法烧造瓦片，他当下决定，出资购买，命令长沙城外居民，每家送二十片瓦，且于二日之内送到营房基地，每家酬以一百文，果然两天之中轻轻松松解决了瓦片问题。

修建营房也需要大量的石块，他调遣囚犯赴驼嘴山开凿，依照量刑轻重，规定应缴石块，挖得多的囚犯可以减刑，囚犯们都做得十分卖力，于是石块问题也解决了。

营房建好了，辛弃疾挑选士兵也异常严格，在短短期间之内，飞虎军声名鹊起，不但削平湖南土匪，连金人也畏惧三分，称之为虎儿军。

南宋政府对地方官吏防御很严，深深惟恐地方官有自己的力量，所以辛弃疾又被调到江西。

江西不比湖南的鱼米之乡，一向收成差，又因遭逢旱灾，民不聊生。辛弃疾一到，马上表现威猛果断的政治作风，公开榜示“闭粜者配，强粜者斩”，意思是说，凡是囤积米粮者，最好早日卖出米，否则便要受到流配充军边疆的处分，假如缺粮的人家，也不许向囤粮之户强行劫夺，否则就要问斩。辛弃疾言出必行，短短一个月之内就解决了问题。

像辛弃疾果决立断的明快作风，乃是国家最迫切需要的人才。但是，当时腐化的政治环境，没有多久，台臣王蔺（lìn）以“用钱如泥沙，杀人如草芥”的罪名，参他一本，辛弃疾在四十二岁那年，便回上饶与山林为友了。

辛弃疾在依山傍水之地，建了几座小楼，把低洼地方辟为稻田，花径竹扉，池塘茅亭，应有尽有，他之所以辟稻田，因为他一向重视农事，因此特把庭园取名为“稼轩”，以后也自号为稼轩，与朱熹、陆游、姜夔（kuí）等唱和。

他本是一心想要骑马杀敌、光复国土的英雄豪杰，却被迫退守林园，做一个不问世事的隐士，心中无限痛苦，只有宣泄于诗词之中，他那英雄勇武的气魄，救世报国的热情，再加上广博的学识，造成他词句中雄奇高洁的风格，不论说哲理、谈政治、游山水、道爱情、发牢骚，样样都写，成就不凡。

譬如大家所熟悉的《丑奴儿》：

少年不识愁滋味，爱上层楼，爱上层楼，为赋新词强说愁。

而今识尽愁滋味，欲说还休，欲说还休，却道天凉好个秋。

这首词是人们所熟悉的，看了辛弃疾年少时的豪气淋漓，以及后来南归之后，对政局的无力感，当能体会他又愁又急，真不耐烦被迫退隐的心情。再看他一首旷达的《西江月》，十分有趣：

醉里且贪欢笑，要愁哪得工夫。近来始觉古人书，信着全无是处。

昨夜松边醉倒，问松我醉何如？只疑松动要来扶，以手推松曰去！

然而辛弃疾最大的成就在词，而不是在他的功业之上，我们现在经常引用的许多名句如：“我见青山多妩媚，料青山见我应如是”，“更能消几番风雨，匆匆春又归去”，“众里寻他千百度，蓦然回首，那人却在灯火阑（lán）珊处”，都是出自辛弃疾之手。

辛弃疾文武全才，满腔忠愤之气，发之于词，遂成南宋宗师。我们多读一些词人生平故事，再回过头来看他的作品，更能有一番新的体会。

南宋词人姜夔

宋朝南渡以后，经过了十数年混乱危难的局面，在采石之战以后，宋金南北对峙的局面，逐渐稳定下来，朝野上下，也慢慢地忘掉了靖康之难，又步入酣歌醉舞的生活了。

当时，杭州的繁华，士大夫的奢侈，都超过北宋汴京时代，因此有人作了一首诗讽刺道："山外青山楼外楼，西湖歌舞几时休，暖风熏得游人醉，直把杭州作汴州。"在这个偏安的局面之中，虽然有少数的文学家如陆游、辛弃疾等大声呼号，提出危机意识，但是大部分的文人，又回到歌儿舞女的怀抱之中，开始讲求声光音律的唯美，其中最著名的便是姜夔。

姜夔，字尧章，他的父亲姜噩，是个颇有名气的文人，写得一手好诗词，而且妙解音律。他的母亲姜夫人，原本对乐器一窍不通，嫁到姜家之后，经过姜噩一番调教，也能弹一手好筝，夫妻二人时常对弹，真可以称得上是琴瑟和鸣，鹣鲽（jiān dié）情深了。

由于夫妻二人都喜好音乐，当他们喜获麟儿之后，也希望小男孩长大以后是个爱乐之人，因此取名为姜夔。夔有两种解释，一为一种怪兽，形状像龙而只有一只脚；另一说是古时的人名，为尧舜时代的乐官。

或许真的是名字取对了，姜夔自小便流露出对音乐的喜爱，他时常悄悄拨弄琴弦，而且学着父亲的模样，半歪着脸，若有所思的模样，神情既专注又可爱。

姜噩大喜过望，开始教导他乐理，姜夔总是一点就透。除了学习乐器，姜夔开始背诗、诵词，他都表现出过人的聪明。当然，孩子总是孩子，基本上他仍然是个调皮的小男生。

在他六岁那年，发生了一件有趣的事：

姜夔的父亲有一位好朋友，名叫萧德藻，字东夫，两人同一年考上进士，志趣相投，互相往还。萧东夫长了满脸的络腮胡，仿佛虬髯客一般，相当威武。

姜夔对这位伯伯的胡子极感兴趣，他以前没有看过任何人有如此多而黑的腮帮胡子，终于忍不住，偷偷用力拉了一下："喔，好硬啊！"

"夔儿，不得无礼！"姜噩发火了。

"没有关系！"萧东夫倒是不以为忤，一把抱起了姜夔，捏捏他的小脸："多清秀的小孩子。"

到了姜夔三十二岁那年，他父亲早已过世了，他又遇到了萧东夫萧伯伯，东夫想起姜夔小时候扯他胡子的顽皮往事，非常的亲切，便作主把侄女儿嫁给他，萧氏贤慧端庄，却不是姜夔心中爱慕的对象，他所深爱的是妓女白素心以及歌妓小红。

白素心与她的妹妹白素秋，两人是皖（wǎn）北名妓，她们本是富商家中的娇娇女，自小学习各种才艺，后来，富商遭人陷害，母亲自杀，她二人便流落风尘，其中白素心尤为出色，她不但甜美动人，而且会弹琵琶，擅长诗文，又有一副婉转的嗓子，不晓得迷倒了多少顾曲周郎。

对于姜夔，白素心是慕名久矣，他虽然没有做过官，但是擅长诗文，尤其以词最为拿手，还会刻图章，性格洒脱磊落，人品清高雅洁，又是一副弱不胜衣白面书生的模样，许多人形容他是魏晋时代秀美男子的再版。自然而然，双方一见之下便产生情愫（sù）。

可惜好景不常，合肥县令李杰愿意出钱赎出姊妹花，条件是素

宋代歌乐图，佚名绘。

心被纳为妾，素心为了妹妹的幸福，一口就答应了。姜夔为之心碎，奈何两袖清风，没有能力为她赎身，也就是在心灰意懒的情况之下，他接受了萧东夫的美意，娶萧氏为妻，但是，内心深处，仍旧思念着素心。

直到有一天，姜夔遇到了另一位红粉知己——小红。

他赴苏州拜访范成大，范成大也是有名的诗人，人称之为“田园诗人”，他家境富裕，养了不少歌妓，每次出游，范成大总带着几个歌妓弹唱。

姜夔才思敏捷，一会儿工夫便作了两支新曲，那就是流传千古的《疏影》与《暗香》，歌妓小红轻轻唱来，带着一抹浅浅微笑，姜夔整个人都呆住了。

范成大察言观色，看穿了姜夔的心事，当下宣布：“将小红配予白石！”众人掌声雷动，姜夔遂纳小红为妾。

范成大唤姜夔为白石，那是因为姜夔曾居住于吴兴白石洞边，他的朋友打趣道：“洞天者，仙道所居也，吾兄俊逸非凡，仙气飘飘，何不称为白石道人？”又因为白石道人四个字太累赘，以后众人遂以白石名之。

姜夔纳小红为妾以后的日子，是他一生中最愉快的时光，两人出双入对，研究曲谱，所谓是“自作新词韵最娇，小红低唱我吹箫”。可惜后来小红又遇到了初恋的情人。原来小红在当婢女时，认识了一位落拓（tuò）书生，不久书生进京赶考，便和小红中断了联络，在小红嫁给姜夔以后，小红又意外地遇到中了举人的书生，姜夔知道了这件事，觉得君子有成人之美，便把小红送还给那位书生，使两个有情人终成眷属。

姜夔一生最大的成就，是继承周邦彦的精神，成为南宋格律古典词派大师，而且影响了以后元明清词学的发展。他的用词遣字都是精微细密，圆美醇雅。例如人们所熟悉的《念奴娇》中的“嫣然摇动，冷香飞上诗句”，是形容田野荷花，微笑地轻轻摇动，清冷的香气竟然飘到诗句中来，多么美妙。但是一味只求字词的美，也就有人批评姜夔的词过于香艳，作品中缺乏活跃的生命与性格，不能与有大气魄的陆游、辛弃疾相比。

一代才女李清照

李清照是宋朝南渡前后的女词人，也是中国文学史上最伟大的才女，后人把李白、李后主（李煜）、李清照合称之为词家三李。

李清照，号易安居士，山东济南人，出生于书香世家。她的父亲李格非，曾官礼部侍郎、提点京东刑狱，是一位相当风雅的官员，以文章与苏东坡往还，甚为苏东坡所赏识。

李格非好学不倦，著作丰富，格非与他的父亲都出自于韩琦门下。韩琦在当时名重一时，他和范仲淹一样，文武全才，共称韩范，有一首歌谣传说：“军中有一韩，西贼闻之心胆寒；军中有一范，西贼闻之惊破胆。”

除了父系方面的优良传统，李清照的母亲亦非等闲之辈，她是状元王拱辰的孙女儿，系出名门，能写一手好文章，也是一位才女。

于是，在这样遗传禀赋特别优异的书香气息之中长大，李清照自小就显露过人的才华，当她十一岁时，初试啼声，深得文坛领袖晁补之的赞誉。晁补之一向自负甚高，不轻易赞美别人，许多文坛后进都巴望晁补之的赏识，而他居然特别推崇一个小小黄毛丫头，可见李清照之不凡了。

李清照的丈夫赵明诚，也不是简单的人物，他对钟鼎铜器、古董文字和石刻碑文（称为“金石”）考证下过极深的功夫，他所著的《金石录》一书深受后代文史学者的重视。

他俩的结合，还附会了一则有趣的故事：据说赵明诚在小时候，曾经做过一个梦，梦里读了一本奇书，梦醒之后，他依稀记得书中三句话："言与司合，安上已脱，芝芙拔草。"他莫名其妙，不晓得是什么意思，赶紧去找父亲赵挺之。

赵挺之略微思索，便解开这道谜，言与司合是"词"字，安上已脱是"女"字，芝芙拔草，去掉草字头，不正是"之夫"吗？四个字合起来是"词女之夫"。赵挺之笑着说："你将来长大，一定会娶个女词人为妻。"后来果真是美丽的"梦里姻缘。"

赵挺之是新党的中坚分子，曾与蔡京争位，与旧党的苏东坡不合，我们在介绍苏东坡的故事之中，曾经提到过赵挺之。

赵明诚二十一岁之时，娶了十八岁的李清照，当时正在太学读书，他俩志同道合，恩爱融洽，完全沉醉在美满幸福之中，李清照写了不少词，记载新婚的甜蜜，例如：

"绣面芙蓉一笑开，斜飞宝鸭衬香腮，眼波才动被人猜，一面风情深有韵，半笺娇恨寄幽怀，月移花影约重来。"——大意是说：闺中少妇笑盈盈拉开绣着荷花的帘子，歪着头，脸儿贴着鸭形香炉，眼波才一转，就被对方猜透了心意，充满了风情韵味。

这段期间，赵明诚还是太学生，手头上没有太多零用钱，却对金石古玩爱之若狂。每逢初一、十五相国寺开放为市集，其中有不少珍贵的金石与碑文拓本，赵明诚总是忍不住典当了衣物，买些拓（tà）本与水果回家，与李清照两人一面吃水果，一面展玩咀嚼古物，沉浸在研究学问的乐趣之中，经常自称为"葛天氏之民"。

所谓的葛天氏指的是传说中上古时代的帝王，是远古社会理想化的政治领袖人物，代表理想王国之意。

李清照婚后第二年，赵明诚由父亲赵挺之的引荐，初度为官，手头比较宽裕，他夫妇二人，对金石字画的搜集更加热中，曾有"尽天下古文奇字之志。"

他二人每得一旧籍，规定每天晚上以点完一支蜡烛为度，或加以题签，或相互批评前代书画彝（yí）鼎，由于两人都是聪明绝顶，记忆力特强，所以常玩一种游戏：

他们互相询问对方，某一件事出在某书第几页第几行，如果说得对，便是胜利者，可以先饮茶。由于猜对的，往往举杯大笑，笑得太开心了，不小心把茶杯倾翻于怀中，大笑而更衣。这真是雅人才有的闺中乐事，李清照曾追述这段“乐在声色狗马之上”的充实而迷人的生活。

在崇宁年间，有一回，曾经有人拿着五代画家——徐熙的牡丹图前来兜售，索价二十万钱，即使是富贵人家的子弟，想要一下子拿出二十万，也不是容易的事，但是像徐熙这般的珍品又怎能割舍？于是他们留下了画，约好三天之后来拿钱。

三天之中，他们典当了所有的东西，赵明诚又四处告贷，还是凑不足二十万。三天之后，只好眼睁睁看着牡丹图被拿走了，夫妻二人又是惋惜，又是哀叹，若有所失了好长一段日子。

就文学的天资而言，李清照是胜过赵明诚的。起初，赵明诚还是不服气，后来，发生了一件趣事：

赵明诚做官以后，自然不能像太

清照《醉花阴》“莫道不销魂，帘卷西风，人比黄花瘦”词意图，清王素绘。

学生时代一般，时常陪伴在李清照的身旁。有一年重阳节，明诚又出公差，李清照实在太想念他，写了一首《醉花阴》寄给明诚。

赵明诚左看、右看，不由不叹赏。忽然，心生一计，他穷三天三夜之力，填了十五首词，加上李清照这一首放在一块儿，交给内行朋友去品评。

其中对词最有研究的陆德夫看了又看，正色道："其中有三句最佳。"

"噢！是哪三句？"赵明诚眉飞色动。

"莫道不消魂，帘卷西风，人比黄花瘦。"

这正是李清照的句子，赵明诚呆了半晌，甘拜下风，也正因为赵明诚绝佳的风度，不嫉妒妻子的才情，李清照才能源源不绝写下流传千古的词章。

赵明诚、李清照艺术仙侣

上一篇我们说到，赵明诚与李清照结婚之后美满而幸福，他们把整个生活建筑在艺术的基础之上，除了诗词唱和之外，便是搜集与研究古代的金石美术。

李清照衣着朴素，发上没有明珠翡翠，节俭持家，却与赵明诚携手疯狂迷恋古器物。经过多年来的努力，他们珍藏的书画器物，已经成为全国第一了，他们订制了许多大橱子，分门别类，按件整理，而且极为科学化地编了目录。

有时候，要查看某一卷书，先要在本子上登记，再取出钥匙，小心翼翼，领出书卷，用毕，再谨慎放回原处，上锁。既庄严神圣，又其乐无穷，每一件书画器物，都是他俩的心血，都代表过去一段美好时光，人生如此，夫复何求！在李清照三十一岁时，赵明诚曾在一张画旁形容他的妻子是“清丽其词，端庄其品”，正是李清照的写照。

政和七年（1117年），这一对艺术仙侣，更把长时间以来搜求、研究、考订之后，对于金石文字研究上的心得公诸于世，这部注满夫妻心血的作品题名为《金石录》。

可惜，好景不常，覆巢之下无完卵，靖康元年（1126年），金人围困汴京，时局危迫，此时，清照随明诚在淄州任内，眼看着太平岁月不可再得，他们开始整理行囊。由于藏书太多，金石器物也太多，几经选择割舍，还是装了十五车。李清照形容此刻的心情是：

“且恋恋，且怅（chàng）怅。”知道一切终将不属于自己了。

赵明诚夫妇由山东入苏北，渡江到金陵，这时，宋高宗已在南京登基，赵明诚报到之后，高宗任命他为湖州太守。

此时，金人册立张邦昌为楚帝，爱国心极强的李清照，一听之下，大为厌恶，写了一首诗讽刺张邦昌“新室如赘（zhuì）疣”，疣是皮肤上长出的肉瘤。

即使在烽火狼烟四起之时，李清照还是李清照，不改她浪漫的艺术家天性，她在建康时爱上了雪，每遇到大雪纷飞的日子，就顶着斗笠，披上蓑衣，拉着赵明诚登城赏雪，寻觅灵感，赵明诚每每暗中叫苦。

可是，过了没有多久，李清照却“试灯无意思，踏雪无心情”。她对高宗偏安的懦弱心理十分不满，曾写一首绝句：“生当作人杰，死亦为鬼雄，至今思项羽，不肯过江东。”借古讽今，怀念项羽大气磅礴之概。

不久，赵明诚奉召前往湖州（今浙江吴兴），李清照暂居池阳。明诚离家这一天，李清照便有不祥的预感，当天是六月十三日，虽是六月天，天空却是一片阴霾（mái），赵明诚“葛衣岸巾，精神如虎，目光炯炯射人”。正要登舟，李清照忽然一阵寒意，自脚底升起，她高声呼道：“万一，城里突然发生紧急的事，那该怎么办呢？”

赵明诚大声应道：“跟着大家吧，万不得已先抛弃辎（zī）重车辆，其次衣被，再其次书册卷轴、古器，只有那些宗器万万不可丢弃，一定要随身携带，与身共存亡，你不要忘记了！”

赵明诚走了，李清照心中万分怅惘（wǎng），尤其局势混乱，心中又惊惧又不安，她赋了一首词：“明朝这回去也，千万遍阳关，也则难留。”隐隐然已有恶兆。

李清照正在日日夜夜惦记着，有一天，忽然使者飞报传书，说是赵明诚得了疟（nüè）疾，病倒在床。

疟疾俗称“打摆子”，发作起来，忽冷忽热，十分痛苦，李清照深深了解赵明诚性子急，发热时必然服下大量寒药，如此则大可忧虑。

一念至此，李清照急得要命，立刻雇舟南下，一日夜行三百里，赶到了建康。完了，不出李清照所料，赵明诚果然服下大量柴胡、黄芩，疟疾转为痢疾，上吐下泻，李清照就眼睁睁看着知心爱侣，一步一步走向死亡。

八月十三日，赵明诚忽然要求取笔作诗，还来不及写，已绝笔而终，连一句遗言也没有留下，死时不过四十九岁。在这一瞬之间，李清照成为孤独寂寞的寡妇，她写了一首诗：“十五年前花月底，相从曾赋赏花诗；今看花月浑相似，安得情怀似往时。”

终日的哀伤愁苦，本来就娇弱的李清照病倒了，病得差不多死去，屋漏偏逢连夜雨，她又遭遇到新的打击。

原来，当赵明诚初到建康时，学士张飞卿因为赵明诚是行家，曾经拿了一把玉壶请他品评高下，当时，赵明诚已经中暑，双方谈

清照，清崔错绘，北京故宫博物馆藏。

了一会儿，就告别了。

不料，这件单纯的小事，传到想染指李清照古玩者耳中，加以渲染，竟然变成了赵明诚想用玉壶贿赂金人，而有与金人互相勾结，涉嫌叛国的阴谋。

李清照一听之下，大为惊惧，百口莫辩，于是收拾家中所有铜器等物，想要献给朝廷，表明自己清白，她赶到了越州，高宗又逃难到四明（浙江鄞（yín）县）。东奔西跑之下，她心爱的古玩字画，差不多都丢光了，她在《金石录后序》之中，如此写："或者天意认为我的福气薄，不足以享受此尤物，或者死者地下有知，斤斤爱惜，不肯留此在人间，为什么得来是如此的困难，失去又是如此容易！然天下事有有必有无，有聚必有散，人亡之，人得之，又何足以道也？"

李清照写得虽平静，极力安慰自己看开一些，字里行间，仍然难掩悲痛之情。

词学才女晚年愁

赵明诚去世之后，许多人垂涎着李清照手中的金石古玩，遂造谣赵明诚想用玉壶贿赂金人，阴谋叛国。李清照大为惊恐，急忙收拾家中珍藏的铜器等物，一路逃难，赶着呈献给宋高宗，表明一己的清白。

不料，一波未平，一波又起。在越州时，李清照借住在一个钟氏人家家里，半夜竟然有小偷挖穿了墙，偷走她五簏（lù）的书画砚墨。簏，是圆而高的竹制盛物的箱子。

李清照一早醒来，望着挖空的墙壁，不觉泪如雨下，天地茫茫。她立下重赏，希望能够赎回宝物。

没多久，邻人钟复皓拿出十八轴来求赏，李清照一见之下，大为悲愤，晶莹的泪珠在眼眶中滚来滚去，她恨不得指着钟复皓，大骂他是强盗行径，却苦无证据，反而为了宝物安危，只有低声下气完成交易。

钟复皓拿回来的只是其中一小部分，其余丢掉的都没有再找回来，据说是被吴说贱价给买去了。

大约在四十九岁左右，绍兴二年（1132年）五月间，李清照再嫁给张汝舟。李清照到底有没有再嫁，这是迄（qì）今为止，仍然争论不休的话题。由于记载李清照再嫁的都是当时宋人记载，有笔记、有书志，也有史记，言之凿凿，似乎很难推翻。她在长期逃难、身心备受煎熬的情况之下，想要再嫁，也不是没有可能，应该予以同情。

李清照再嫁的夫婿名叫张汝舟，是个无耻小人，他之所以会娶年近半百的寡妇，主要是想谋取她手上的财物。赵明诚死后，高宗的御医王继先，曾经开价黄金三百两买赵家古董，虽然没有成交，可见李清照手上有不少值钱字画。

其后，虽然沿途失散，李清照手头多多少少仍有一些字画。张汝舟娶了李清照，东西到手，原形毕露，对她横加虐待，百般折磨。

李清照原是为了有个可依靠的晚年，不得已再嫁。婚后即发现上了大当，尤其赵明诚是个脱俗的艺术家，相形之下，张汝舟更是伧（cāng）俗市侩（kuài），李清照不但愤怒，而且觉得恶心。

换了别的女人，也许就忍气吞声，委曲求全，自叹命运不济。李清照可不，她向来是个敢爱敢恨的女子，宁为玉碎，不为瓦全。

当时张汝舟担任右承奉郎监诸军审计司，是个标准的贪官污吏，李清照逮到机会，告他一状"妄举增数入官"，等于是欺瞒上级，贪污虚报吃空缺，希望借这场官司解脱这桩痛苦的婚姻。

宋代刑法中有一条不合理的规定，妻子控告丈夫不法，即使属实，也要判妻子两年徒刑。李清照当然清楚这条律令，但是她还是毅然举发张汝舟不法行为。

这件官司的结果是，张汝舟判罪确定，除去官职，流放外地。李清照因为有个远房亲戚綦（qí）崇礼在朝为官，向宋高宗说情，使得李清照只坐了九天牢狱。

宋朝人对于改嫁，并不把它视为不道德，《宋史·礼乐志》等书中都有记载，范仲淹订下的义田规制中，更明白规定族女再嫁给钱三十斤。范仲淹、贾似道、宋度宗的母亲都曾改嫁。

宋朝是因为理学家出现，才逐渐强烈提倡妇女贞节观念，尤其是程颐、程颢两兄弟，对妇女要求甚严。但是宋朝仍允许妇女改嫁，直到明清两朝才大力倡导守节，也就是到了明清之际，才有人做翻案文章，详加考证，认为李清照没有改嫁，而是人家诬赖的。无论如何，此事对她的人品及艺术评价，没有丝毫影响。

李清照晚年四处飘零，记载不多，只知她曾在绍兴十九年（1149 年）间，携带米芾的笔墨，拜访米友仁。米友仁人称小米，自谓“懒拙老人”（米芾的故事本书前面说过），小米见到父亲大米真迹，十分愉快，曾写“易安居士一日携前人墨迹临顾……今得数句，可比黄金千两耳，呵呵！”

李清照著名词作《如梦令》词意图，明代版画。《如梦令》：“昨夜风疏雨骤，浓睡不消残酒。试问卷帘人，却道海棠依旧。知否？知否？应是绿肥红瘦。”其中“绿肥红瘦”描绘雨后海棠叶绿花残，妙到毫巅，流传千古。

李清照是中国文学史上最伟大的女作家，她的词富于性情与生命的表现，在她的作品之中充分反映早年的欢乐，中年的黯（àn）淡，晚年的哀苦。她的心声正是代表千千万万的国破家亡民众痛苦的精神，读者若是与本书前面诸北宋末年的故事互相参照，更能体会这一代女词人的悲痛。

李清照是多才多艺的，她能诗、能文，而且还会作画，古时文人有不少能画几笔兰草与墨竹，但李清照是真正能画，她曾画过一幅琵琶行图，到明朝时代还保存着。当然，她最大的成就还在词上面，她的词脍炙人口的甚多，例如著名的《声声慢》：

寻寻觅觅，冷冷清清，凄凄惨惨戚戚，乍暖还寒时候，最难将息。三杯两盏淡酒，怎敌他晚来风急。雁过也，正伤心，却是旧时相识。

满地黄花堆积，憔悴损，如今有谁堪摘？守着窗儿，独自怎生得黑？梧桐更兼细雨，到黄昏点点滴滴。这次第，怎一个愁字了得？

李清照真是一位国宝级的文学家。

理学大师朱熹

朱熹，字元晦（huì），是南宋以来影响中国学术史最大的一位学者。在他生前，名动朝野，在他去世之后，他所著《四书章句集注》（四书包括《论语》、《孟子》、《大学》、《中庸》）及《诗传》、《易义》等书，被元朝、明朝、清朝定为国家考试（进士科）的标准内容，于是四书便成为全国士人的必读书本。

一直到今天我们考大学，国文科目中的《论语》、《孟子》，大半也是以朱注为主，所谓朱注，就是朱熹的注解，因此朱熹的思想影响中国知识分子达七百年之久，往后也还要流传下去。

朱熹的父亲名为朱松，曾中进士第，历官至司勋吏部郎，因为反对秦桧的主和政策，秦桧大怒，朱松被免职还乡。

据说朱松有个朋友，精通风水地理，有一回朱松问道："我这块地富贵如何？"

那个朋友端详了一会儿道："富也只如此，贵也只如此，生个小孩儿，便是孔夫子。"后来果然造就出一个朱夫子。

朱熹小时候十分聪明，他刚开始学讲话的时候，朱松指着天告诉他："天也。"朱熹立刻反问："天的上面是什么？"朱松大为惊异，直觉认为这个小孩有脑筋。

朱松教导朱熹《孝经》，没多久，朱熹极有心得，并且在《孝经》上写了眉批："不如此，非人也。"完全是小圣人模样。朱熹与邻家小孩一块去沙滩玩耍，他也不戏水，只是一本正经在沙滩上画图，大家走近一看才发现，这个小孩竟然在画八卦。

朱熹十八岁时，举建州乡贡，第二年，进士及第。高宗绍兴二十一年（1151 年），他被任命为泉州同安县（福建同安县）主簿。朱熹治理政事十分认真，凡是政府规定指派的工作，他都一条一条写下来，张贴在门楣上，颇有企业管理精神，很像日本丰田汽车厂的“看板”原理，用大招牌指示员工的工作进度。

在同安做了三年之后，朱熹以养亲为名义，请求“祠禄”，所谓祠禄是宋朝特殊的一种制度，政府设立若干道教宫观，安置一些从政坛退休下来的人员，只拿薪俸，不用到职，朱熹的请求被批准，此后，他就在家里勤研学问。

绍兴三十二年（1162 年），宋孝宗即位。高宗皇帝在位三十六年，饱经忧患，十分消极，眼见太子贤德，便提早退位，安心当他的太上皇。孝宗即位之初，励精图治，追复了岳飞的官职，有一番中兴气象，下诏征求建言。

此时朱熹在南康兴办白鹿洞书院，提倡讲学之风，深获地方人士好评，既然宋孝宗下诏求直言，朱熹也老实不客气上了一大篇直言，他在上书中道：“今宰相台省师傅宾友谏诤之臣，都失其职，而陛下不信先王之大道，专门相信士大夫之中嗜（shì）利无耻的人……”并且一针见血地说：“必然有莫大之祸，马上就要发生，近在朝夕之间，而陛下还不知道哩。”

宋孝宗读到这里，气得脸色发青：“他什么意思，他把我看成了亡国之君了吗？”

当时宰相赵雄在旁劝孝宗：“大凡读书人最好沽（gū）名钓誉，而社会一般心理，又最好唱反调，朱熹徒有虚名，陛下如果加以罪责，他的虚名反而更高，不如先给他一官半职，一则收揽人心，再则查他是否有实学。”于是，宋孝宗先任命朱熹为江西常平茶盐，继而又任命他为浙东常平茶盐。

朱熹，佚名绘。

朱熹到了浙东，调查民隐，整肃吏治，又呈请朝廷推行“社仓”。所谓社仓，就是在地方上普遍设立一种粮仓，当饥荒之时，百姓可以向粮仓借米。没有多久，浙东灾荒平息，宋孝宗不得不夸奖朱熹：“政事确有可观。”

虽然朱熹在政事上有一套，但是他却不了解官场上官官相护的陋习。

当初朱熹被派往浙东，宰相王淮曾帮朱熹讲了话，可是朱熹“不领情”，当浙东台州知州唐仲友被百姓控告不法，朱熹调查之后，立刻提出弹劾（hé），而唐仲友来头很大，他与王淮是小同乡，关系甚为密切。朱熹这种铁面无私的做法，王淮大为不满，便怂恿监察御史出头攻击朱熹，取缔（dì）道学。

朱熹心里坦荡荡，既然要做事，就不能害怕得罪人，否则便是乡愿。朱熹入朝奏事，有好心人劝朱熹说：“正心诚意这套理论，陛下不爱听，你千万不要再多说了。”

朱夫子脸一板，正气凛然地说：“这怎么可以，我平生所学，就是正心诚意这四个字，岂可隐瞒沉默以欺骗君王？”于是又对孝宗讲了一大篇天理人欲的大道理。

回去之后不久，朱熹再度上书，提出整饬（chì）国家六大急务。奏章上呈的那天，孝宗已经就寝，听说朱熹上了表章，急忙披衣而起，秉烛夜读，读完之后，发现仍是空疏的理论，呵欠连连，困得直想睡觉。

朱熹所讲的理学，本来就不是富国强兵之道，而是希望从学问修养上来挽救人心社会。既然政治上不能发挥所长，朱熹遂努力于讲学著述，研究圣贤的经训。他从三十岁开始著述，以后一直修书不辍（chuò），一直到临终的前三天，仍然在修改《大学》诚意章。学者尊之为紫阳先生、晦庵先生，他在中国学术思想上所发生的影响，可以说是继孔子、孟子后的第一人。在台湾金门朱子祠中，供奉的便是这位人格俊伟，学术庄严的朱夫子。

鹅湖之会

南宋时代，除了朱熹之外，还有一位大理学家，便是陆九渊，学者称之为象山先生。宋代的理学，糅（róu）合了儒、道、佛三家的思想。从唐朝末年，五代之乱以来，道德崩毁，廉耻丧失，宋代学人决心从学问修养上来挽救国家社会，加上当时印刷业发达，书籍广为流传，大开讲学之风，理学更加易于风行。

和朱熹一般，陆夫子小时候便是个小圣人模样。当他四岁的时候，一举一动，端重有若大人一般，遇到不懂的事，必然打破沙锅问到底，有一天，他忽然问父亲："天地的尽头在哪里？"父亲笑笑不答，他竟然一个人关在房门里面苦思了一整天，连饭都不吃。

由于《孟子》上说"君子远庖厨"，意思是说，君子与禽兽不相同，见其生不忍见其死，闻其声不忍食其肉，所以君子远远离开厨房。陆九渊自从学了这句话，再也不愿意去厨房。

倒是先贤主张修身、齐家、治国、平天下，修身应先自洒扫应对做起，陆九渊常常拿着扫帚，洒扫庭院。他把指甲留得长长的，鞋子虽然穿旧了，却洗得干干净净，没有丝毫破败处，由于陆九渊常坐在树下，端坐一整天，大家都说他端庄雍容，是个爱思想的小男生。

九岁之时，陆九渊读到"宇宙"二字，知道"天地上下谓之宇，古往今来谓之宙"，大感兴趣，遂恍然大悟："宇宙便是吾心，吾心便是宇宙。"

十六岁的时候，陆九渊开始读《三国》、读六朝史，又听长者讲述靖康之耻，十分愤慨，于是剪下长长的指甲，开始学习弓马剑术，慨然有报国之志。

陆九渊生长在一个大家族之中，他的次兄九叙，三兄九皋，四兄九韶都是名重一时的学者，尤其五兄九龄成就更大。当时有盗匪攻击郡县，郡府委任他捍卫乡里，九龄的门人有宋朝重文轻武的观念，十分不悦，九龄却认为“这是男子汉大丈夫应该做的事”，为地方尽力，不可缩手。他对陆九渊的影响很深，人们合称之为“二陆”。

陆九渊的家是个九世同居的大家庭，到了陆九渊这一代，全家上上下下，有千余人之多，除了一栋两百年的老屋，只有不到十亩的菜田，生活之艰难，可想而知，中国古人不懂开源之道，只有努力节流。陆家门风严谨，男女各司其职，闺门之内有如朝廷一般有礼法。

据说，每天清晨，各家家长率领子弟，在大厅之中，互相作揖，然后击鼓三叠，其中一名子弟朗声高唱：“听听听，劳我以生天理定，若还懒惰必饥寒，莫到饥寒方怨命，虚空自有神明听。”

稍待一会儿，又继续接着唱：“听听听，衣食生身天付定，酒食贪多折人寿，经营太甚违天命，定定定。”

陆九渊要治理这么一个大家族，委实也不容易，所以他曾说：“我们家全族共食，子弟轮流当差，掌理府库三年，我任了这件事以后，学问因而大进。”

除了读书之外，陆九渊在少年时代，喜欢看人家下棋，他时常信步逛到临安市肆，默默地观看对弈，真是所谓观棋不语真君子。

某日棋工对陆九渊道：“官人日日来看，必是高手，愿求教一局。”

陆九渊拱手笑答：“还不到时候。”

过了三天，陆九渊购买一副棋，带回家去，挂在墙壁上，整整凝望了两天，忽然完全了然于心。于是，兴冲冲跑去和棋工下一局。

棋工先是暗笑，这小子先不敢下，怎么现在有胆子来了？不料，连下三局，三局皆输在陆九渊手下。他站起来对陆九渊说：“我是临安第一高手，凡是与我对弈者，都先讨饶让数子，今日官人下棋反领先于我，你才是天下无敌手也。”

陆九渊认为整个宇宙充满了真理，良心与善性为人类所固有，所以学问之道，只是让固有之理显露出来，他常常告诉学生：“你们耳目已经聪明，事父母自能孝，事兄长自能悌（tì），本来无所欠缺，不必他求，自立而已。”“我虽一字不识，仍是个堂堂正正的

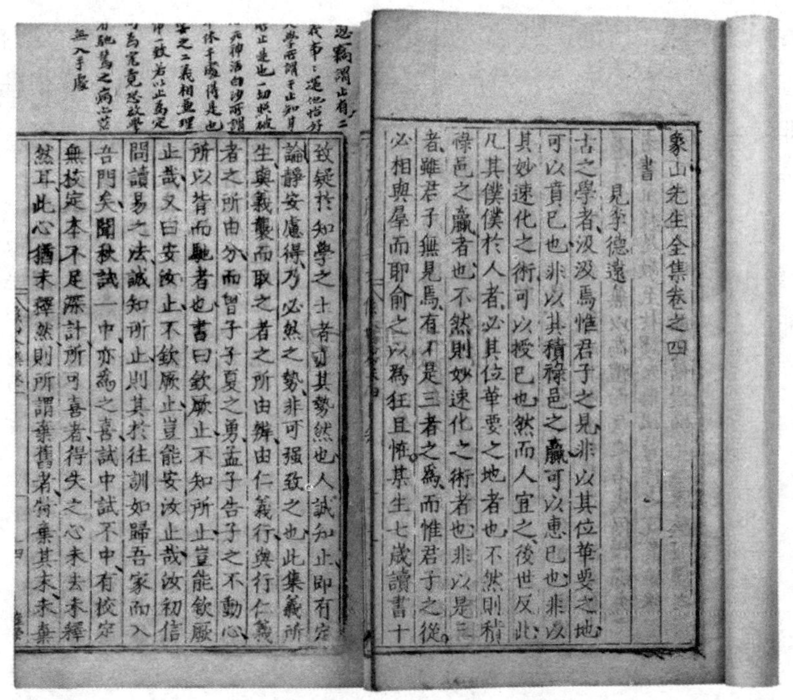
象山先生全集卷之四
書
見李德遠
古之學者汲汲焉惟君子之見非以其位華要之地
可以貴己也非以其積祿邑之贏可以惠己也非以
其妙速化之術可以授己也然而人宜之後世反此
凡其僕僕於人者必其位華要之地者也不然則積
祿邑之贏者也不然則妙速化之術者也非以是三
者雖君子無見焉有不是三者之爲而惟君子之從
必相與羣而耶俞之以爲狂且悖某生七歲讀書十

致疑於知學之士者由其勢然也人誠知止即有定
論靜安慮得乃必然之勢非可强致之也此集義所
生與義襲而取之者之所由辨由仁義行與行仁義
者之所由分而曾子子夏之勇孟子告子之不動心
所以背而馳者也書曰欽厥止不知所止豈能欽厥
止哉又曰安汝止不欽厥止豈能安汝止哉汝初信
問讀易之法誠知所止則其於往訓如歸吾家而入
吾門矣聞秋試一中亦爲之喜試中試不中有校定
無校定本不足深計所可喜者得失之心未去未釋
然耳此心猶未釋然則所謂棄舊者苟棄其末未棄

陆九渊著作《象山先生全集》，明刊本。

人。”他主张不论任何利欲，对于人的本心而言，都是后起的尘埃，只要把尘埃扫除干净，本心就能恢复了，本心如果不能打扫干净，书读得愈多，这个人的人品愈坏。陆九渊生平并没有专门著作，他说：“六经注我，我注六经，六经皆我注脚。”他倒不是要人不读书，他只是认为心地上义利之辨更重要。但是朱熹认为，陆九渊的说法容易陷入懒散，陆九渊又认为朱熹的治学，过于支离琐碎，朱陆二人便在淳熙二年（1175 年）在信州（江西省上饶县）鹅湖寺举行鹅湖之会，双方辩论，互不相容，其实他二人并没有根本上的矛盾，两人都是重视修身养性，都是发扬儒家仁义之道。

鹅湖之会以后，陆九渊开始在象山讲学。象山位于贵溪（在江西省弋阳县西），原名应天山，原为道教洞天之一，风景极美，每天清晨，陆九渊乘着轿子到精舍，与学生一起作揖后升上讲座，他的口才极佳，自谓：“我和别人谈，多从血脉上感动他。”他又因材施教，有的教以涵养，有的教以读书方法。陆九渊本身学养俱佳，即使大热天，也穿戴整齐、温文儒雅，许多弟子都觉得陆夫子像个神仙一般，也打心底爱戴他。

陆九渊不像朱夫子一般拼命著书，所以流传下来的只有一部《象山先生全集》，但是陆九渊对中国学术思想影响极为深远，是宋朝的一代大儒。

陈亮的胡椒官司

宋朝理学家朱熹、陆九渊等人讲求个人道德修养。当时，却也有人认为，国家的苦难似乎并非这些空疏的理论所能挽救。其中，陈亮便以为理学是百无一用的空虚之学，因而大力提倡实事实功的学问。陈亮的一生充满戏剧性，值得介绍。

陈亮，字同甫，学者称之为龙川先生。陈亮出生于高宗绍兴十三年（1143 年）。他一生下来，目光炯炯有神，长大以后，才气超迈，喜欢和人谈论兵事，滔滔不绝，议论风生，拿起笔来，更是一会儿工夫，就可以写出数千字的大文章，他曾经查考古人用兵成败，写了一篇《酌（zhuó）古论》。

地方郡守周葵看到《酌古论》，万分欣赏，特地找陈亮来讨论，并且对人家说："陈亮他日必为国士。"奉之为上宾。后来周葵调任参政，凡事必请教陈亮的意见，于是陈亮更得以结交天下豪俊之士。

孝宗淳熙五年（1188 年），陈亮上书皇帝，提出了几点有远见的建议：——中国原是天地之正气，天命之所钟也。可是自从中原沦入魔掌，同胞都受到异族蹂躏（róu lìn），徽钦二帝被敌人所俘虏，这是汉唐盛世后从没有发生过的事。

——现在国家与金人订立和约，互不侵犯，以为天下无事，粉饰太平，这是很危险的。

——本朝有鉴于以前藩镇拥兵自雄，太注重文事，事权过于分散，兵财集中于上，运用不够灵活，因此国力衰弱。

——南渡以后，士大夫耽于眼前逸乐，纷纷修治园林台榭，游宴自娱，没有一点儿复兴迹象，如何能够复国建国?

——本朝儒士，崇尚性命之学，蔚为风气，摇头摆尾，高谈阔论，自以为只要正心诚意，就可以解决一切困难，大声嚷嚷正心诚意，哪儿能够富国强兵?

孝宗皇帝本来就不耐烦朱夫子那一套，见了陈亮上书，万分感动，想要把这个奏章挂在朝堂，策勉群臣，并且准备重用陈亮。

当时左右大臣还不明了孝宗之意，只有心思剔透的曾觌（dí）知道了，他立刻派人去找陈亮，谁知道陈亮看不起曾觌的为人，竟然跳墙跑了，曾觌发现陈亮如此不给他面子，十分恼怒，许多大臣看了陈亮的上书，对陈亮的直言无隐，也老大不开心，接二连三在孝宗面前说他的坏话，迫使孝宗只好改变原意，命令宰相去找陈亮谈谈，看陈亮还有什么意见。

过了不久，陈亮再度上书，希望朝廷能够一改迂腐颟顸（mān hān）、暮气沉沉的作风。孝宗认为陈亮确实有才气，想要给他官做，他却拒绝了："我的本意是为国家社稷开数百年的基业，不是希望用这种方法求取官位。"

于是，陈亮渡江回家，经常与放荡不羁的朋友喝酒狂欢，喝醉了酒之后，率言批评政治，有时不免连皇帝也骂在内，便有多事者向官府打小报告。

恰好刑部侍郎何澹（dàn），过去担任考试官的时候，因为没有录取陈亮，陈亮曾经讲过不少的难听话，何澹想起来，心里就不痛快，这会儿看到有人检举陈亮的案子，大喜过望，正好来一个公报私仇。

陈亮在狱中被打得死去活来，体无完肤，熬不住酷刑的折磨，只好承认自己确有叛逆的阴谋。这件事传到孝宗的耳朵里，他知道陈亮忠心国家，喜欢批评，便失声笑道："穷酸秀才多喝了两杯酒胡说八道，哪儿有什么罪？"于是陈亮遂被放出监狱。

陈亮，像载明刻本《龙川文集》。

他方才灰头土脸回到家中，又惹上一件官司：

原来陈亮家中有一个家僮杀了人，而死者曾经当面侮辱陈亮的父亲陈次尹，死者的家属一口怨气没法子出，遂含血喷人说，这一定是陈亮主谋，陈亮又莫名其妙牵入死刑案之中，幸而辛弃疾等人竭力营救，才把此事化解。

陈亮一连两回出入监狱，坐了牢，挨了揍，十分冤枉，心灰意懒之余，更加埋首读书，励志向学，学问也就更加渊博。

乾道七年（1171 年），陈亮又再度上书，希望孝宗皇帝在高宗去世之后，积极反攻。可惜孝宗是个十足的孝子，高宗去世之后，孝宗万念俱灰，日夜流泪，守了三年孝，并且在高宗去世后的第三年，传位给光宗，并且下谕："孝莫大于执丧，朕将退休矣。"

陈亮的上书没有效果，可是他的直言，却引起朝廷中苟安大臣的不满，视陈亮为讨厌的怪人、狂人。

其后，运气不佳的陈亮居然又吃上一件官司：

按婺州地方的口味是酷爱胡椒粉，每盘菜里都要撒上许多，当地人吃得又香又辣十分过瘾，外地人却吃不消。有一回陈亮请人吃饭，席上有嘉宾，特别多搁胡椒粉，谁知他回去就暴死了，死前留下遗言："可能是陈亮在菜里放了毒药。"陈亮又第三度被关入大牢。

案子送到大理院，大家都认为陈亮这一次是劫数难逃，八成是死定了，大理寺少卿郑汝谐调阅案件，看到陈亮写的自诉状，大为惊异道："这人是国家奇才，国家若是无罪而杀才士，上干天怒，下伤国脉。"特地把他推荐给光宗，后来光宗皇帝殿试进士，陈亮取了第一，可惜却在赴任之前一天暴毙。

陈亮才气洋溢，却一辈子不得志，一连惹上三件官司，却始终不改报效国家的热情，算得上是一个标准的中国书生。

吕祖谦著《东莱博议》

台湾高中生在准备联考之时，国文老师通常会教学生们读一些《作文指南》、《作文范本》，希望同学们能够精读好文章，领略作文的奥妙，争取作文高分。在中国古代，也有类似的范本。其中《东莱博议》这本书，流传七百多年，成为科举制度的宠儿。这一篇的历史故事，我们就来介绍《东莱博议》的作者——吕祖谦。

吕祖谦家学渊源，他的祖先可以追溯（sù）到后唐户部侍郎吕梦奇。宋真宗时，吕氏出现一位宰相吕蒙正，吕蒙正的侄子吕夷简更是宋仁宗时代的名相。

吕夷简的学问道德都很好，为人处世一板一眼，连每天上朝，出入进退都是一步也不差。有一回上朝竟然忘记了礼仪，只拜了一拜便站起来了，下朝之后，恼怒万分，外界纷纷传言，吕相失仪，怕是老天爷夺走了他的魂魄。过了十四天，吕夷简果然中风，一病不起。这倒不是证明吕夷简的确中了邪，而是表示如果不是因为健康出了问题，他怎会有失礼之处？

吕夷简有四个儿子，个个器宇不凡，在小时候便流露出大家风范和不一样的气质，四个儿子分别是公弼、公著、公奭（shì）、公孺。某日，吕夷简对他的夫人说：“我们四个儿子，他日都会显重一时，但不知其中谁会当上宰相，我不妨做一个小小的试验。”

于是，吕夷简便差了丫环拿了四件瓷器，分别在四个小男孩回家之时，故意不小心在门槛前跌跤，摔破瓷器，然后观看他们的反应。

其中，老大、老三、老四都是相同的反应，当他们发现丫环不小心摔破瓷器，立刻“哇”的一声，奔到妈妈房间告状：“不得了啦，古董花瓶打破了！”只有老二公著，冷冷看了一眼，默默回到书房中用功，完全一副泰山崩于前而不改色的冷面孔。

宋儒最讲究喜怒不见于神色，吕夷简见公著的沉着，十分欢喜道：“他日必可为相。”后来吕公著果然当了宰相，在宋哲宗时代，与司马光同朝辅政，两个守旧派的老古板性情相投，反对王安石新法。

吕公著算是吕祖谦的五世祖，到了四世祖吕希哲，曾经向邵（shào）雍、孙复等大儒问学，不只是拜一位老师，可以说是集思广益，无形中开启了吕氏家学的风范。吕希哲晚年又好佛，修养更佳，不过，有时不免显得太迂一些。

有一回，吕希哲坐轿子经过断桥（中国人喜欢坐轿子，大概是自宋朝开始，虽然魏晋南北朝已有轿子，隋唐时代，只有病人才坐轿子，连女人也多半是骑马或乘马车的，宋人习惯坐轿子，不晓得是否与宋人文弱有关系），人与轿子都落入河中。

行人七手八脚下去搭救，结果发现轿夫已经溺死了，吕老夫子却好端端坐在轿子里，既不爬出来逃命，也不高声呼叫，假如没人来抢救，他老先生八成就死在轿子里了。众人见他一脸神圣不可侵犯的表情，不顾及水已浸漫半身的危险，又好气又好笑，他修身养性未免有点儿走火入魔过了头。

吕希哲每日白天遍考诸儒对《易经》的说法，晚上就和子孙们评论商榷，乐在其中，因此他的儿孙都能继承衣钵。

吕祖谦在这么一个家庭之中长大，前辈们都是饱读诗书，不苟言笑的道学先生，因此，在他很小的时候，就已经是一个小学究了。

据说，吕祖谦在少年时代，个性比较急躁。后来，读到《论语》里有一句话："躬自厚而薄责于人，则怨远矣。"这句话的意思是说，一个人严格地责备自己的错误，宽大地原谅别人的错误，那么便很少遭致怨恨了。吕祖谦细细揣摩其中道理，悟出了人生许多哲学，从此他急躁的个性完全改变了，他在宋朝的理学家之中，也是比较心平气和的一位。

吕祖谦承祖上余荫，十二岁就补了一个将士郎的头衔，孝宗隆兴元年（1163 年），他中礼部考试，赐进士及第，又中博学宏辞科，但是，他最主要的兴趣却不在做官，而在教学、做学问上面。

三十岁那年，吕祖谦母亲过世，他在金华武义的明招山守丧，开始教学生，设立学规，这便是现在还流传的《乾道四年九月规约》，规约相当严格，譬如入学以后，如偶犯过失，经同学规劝无效，改用责备仍然无效，即开除学籍，又如生活规条之中记载，学生对从前受教过的师长，每年要拜访，在路上相遇，仍要以师长的礼节来事奉。

吕祖谦，佚名绘，台北故宫博物院藏。

乾道八年（1172 年），吕祖谦担任省试考官，他平日喜欢读陆九渊的文章，却不曾相识，等到他批改卷子时，忽然眼睛一亮，笑着说："这篇写得真好，一定是小陆所写。"拆掉弥封之后，果然是陆九渊所写，大家都佩服吕祖谦的眼力。

吕祖谦与朱熹也有一段渊源，他曾亲自到武夷寒泉精舍拜访朱夫子，停留十多日，他们同读周、程、张子书，一起编辑了《近思录》。

由于吕祖谦和朱熹、陆九渊是好友，不忍见他们两人闹意见，所以从中安排了一场学术研讨会，就是前面我们说的“鹅湖之会”，吃力不讨好，双方各执己见，不过鹅湖之会为朱陆之学理出一个异同，也是学术史上一段佳话。

吕祖谦在教学时，发现学生最感兴趣之事仍在应考，因此，他写了一本《东莱博议》（他曾经隐居东莱，故人们称之为东莱先生），让学子诵读，这本书共有八十六篇议论文，都是根据《左传》一书发表的议论，体例严谨，篇篇都有章法，有人说，读《左传》而不读《东莱博议》，等于是烹饪佳肴而不放调味品，淡而无味。《东莱博议》这本书有许多白话译本，读者不妨翻翻看，开开眼界。

孝子赵善应

道学即理学，理学的思想始于北宋，宋朝许多读书人，一方面受到理学的涵养，一方面受到书院教育的熏陶，生活相当严肃，真正能够做到非礼勿视、非礼勿听的地步。

根据《宋元学案》里记载，有一次陆九渊与学生们一块吃饭，看到一个学生“饭次交足”，两只脚交叠在一起，没有正襟危坐，十分不开心。吃完饭以后，他把这个学生叫到跟前，瞪着眼睛对学生说：“你刚才犯了过错，你知道吗？”

那个学生吓得满头大汗，连连回答：“学生已经反省了。”

《宋元学案》之中又记载理学家尹彦明，他一个人住在又破又小的房间里，可是拱手敛（liǎn）足，一举一动，都有一定的分寸。他有一把旧的纸扇子，已经用了许多年了，每次用完，一定放在原来的案头，半丝毫厘都不差，一位和尚看到尹彦明如此一本正经的模样，忍不住叹息：“我不知道儒家孔子是怎样，恐怕也不过如此吧！”

理学家严格的礼教规范，由读书人士大夫影响到一般民间，所以宋朝的忠臣志士与义夫节妇，史不绝书。但是在朝廷庙堂之上，道学却是有盛有衰，甚且演变到道学与假道学之争。

在北宋时代，程颐、程颢（hào）、张载等人提倡理学，道德文章，名重一时，却受到奸臣蔡京的排挤。到了高宗南渡以后，为了要振奋人心，曾经一度褒扬圣人之学，追赠程颐为直龙图阁学士。

可是，到了绍兴六年（1136年），左司谏陈公辅上书，请求禁止程氏之学，他的理由是："现在的人崇尚程颐之说，谓之伊川之言，大言不惭谓尧舜文武之道传之孔子，孔子传给孟子，孟子传给程颐，程颐以后就失传了。许多人狂言怪语，胡说八道，然后说，这是伊川先生讲的，或者穿着长衣大袖，高视阔步，目空一切，然后说，这是伊川先生的样子。一个人要学伊川先生之文，行伊川先生之行，这还像话吗？因此我主张禁止。"

当时宋高宗认为陈公辅讲得有理，满街都是仿冒的伊川先生不是办法。于是，下了一个诏令："天下士大夫之学，以孔孟为师就够了。"意思是说，用不着在孔孟以外，再推出程颐为标榜，这是宋朝最早的道学之争。

过了一年，胡安国上书，为伊川之学辩护，他说："孔孟之学不传久矣，多赖程氏兄弟发扬光大，如果现在学孔孟而不习程颐之学，就好像一个人要进到房间里却不由大门入。"

接着，朱熹崛起，屡次上书表达意见，许多道学家群起附和。到了宁宗时代，用赵汝愚为相，赵汝愚极有人望，形象很好，赵汝愚再三举荐朱熹，宁宗便召见朱熹，任命他为焕章阁待制兼侍讲。

赵汝愚是宋朝有名的孝子，他的父亲赵善应更是以孝顺著名，我们在此打个岔，说一说赵善应的故事。

赵善应，字彦远，官至江西兵马都监，性情纯孝，父亲生病时，曾经在手臂上刺了一个洞，用鲜血和药侍奉父亲。

他的母亲胆子极小，听到打雷就会全身颤栗，脸色发白，好像要昏过去似的。赵善应在很小的时候就会保护妈妈，每次听到打雷，立刻走向赵母身旁，安慰她，叫她不要怕。

即使是三更半夜，听到雷鸣，他也会马上披衣，赶到母亲房间里去当保镖。

由于赵母受不得一点儿惊吓，有个冬天夜晚，赵善应自远方夜归，侍从正准备叩门，他立刻喝止道："不许敲门，免得吓着了母亲大人。"

但不叩门进不去怎么办？他竟然就一屁股坐在门口，忍着刺骨寒风，坐了一整夜，而侍从也只好舍命陪公子，陪着在门槛旁边熬了一个晚上。

赵善应小时候，家中十分清苦，凡是弟弟们没有制新衣，他一定不肯制新衣，新衣服做好以后，如果弟弟们没有穿，他也绝对不肯穿，即使是一个小小瓜果，也必然与弟弟们分着吃。

赵母过世以后，他哭得血都呕了出来，整日在灵柩旁流泪，一直过了许久，看到闪电，听到打雷，他都会急忙冲到母亲房间里，赶着照顾母亲。看到偌大的空房，才想起母亲已不在人世。

因为赵母属兔，赵善应终生不食兔肉。又因为赵父是生肺病死的，他也从不食猪肺、牛肺。他不但对父母心存孝思，即使听说四方水灾、旱灾，也是忧形于色，几天都吃不下饭，同僚举行宴会，众人开怀畅饮，他一个人惆怅地说："这哪儿是诸君喝酒行乐的时候？"在道路旁边，见到病人，赵善应会亲自为陌生病人煮药，遇到饥荒，赵善应会率领家人每天只吃半饱，然后周济灾民。

当然，以现代人的观点来看，赵善应有些做法不能让人接受，譬如说，他的老朋友过世了，故人孤女，贫苦无依，他便聘娶为儿媳，譬如说，为了害怕惊骚幼虫，他竟然夏天不除草，冬天不翻壤。

无论如何，陆九渊、尹彦明、赵善应等人都是心口如一，切实遵守道德规范的道学家。现在有人骂道学先生，总是说："这些人满嘴仁义道德，满肚子男盗女娼。"那是因为他们没有看到真正高风亮节的道学家，世界上当然还是有真君子的。

朱熹请吃便饭

宋宁宗即位，接受宰相赵汝愚的建议，任命朱熹为焕章阁待制兼侍讲（侍讲是官名，任务是侍奉帝王，为帝王讲授经书）。朱熹当了侍讲之后，每每陈说“正心诚意”的大道理，宁宗听了十分厌烦。

此时正是奸臣韩侂胄（tuō zhòu）当权，一手遮天，朱熹当仁不让上奏宁宗：“中外人士都言陛下左右窃其柄，臣恐怕人主的威势下移。”另一道学家彭龟年更直截了当攻击韩侂胄“假托声势，窃弄威福，不去必为后患”。

宁宗相当宠信韩侂胄，看了上奏，非常不开心，他愤愤地说：“侂胄是朕的肺腑，我对他信而不疑，他哪里会如此不堪？”

韩侂胄当然也听说了这件事，他表面上不动声色，暗地里施了一招毒计：他找来一些优伶，戴上高帽子，穿上长袍大袖的儒衣，演出一场狂笑大闹剧。

其中最惹人发笑的一角，是韩侂胄找了个宝贝蛋演朱熹，他的穿戴打扮，一举一动都像极了朱熹，当他一本正经、摇头晃脑地念着：“诚意、正心……”大家都笑翻了，尤其是宋宁宗笑得眼泪都流了出来。

经过这幕闹剧，宁宗对道学家的印象更坏了，韩侂胄乘机在旁边建言“朱熹迂阔怎能用”。

于是，丑化道学家计策成功，朱熹被赶出了朝廷。接着，韩侂胄下一个目标是赵汝愚。

赵汝愚是一个标准的中国书生，浑身上下简直挑不出半点毛病，结果竟然以赵汝愚姓赵，宋朝正好是赵家天下，“易于自立为王，造反叛变”为名，硬是把他赶出了朝廷。宋朝人所写的《四朝闻见录》中说他离开的那一天，天上下着血雨，京城人纷纷用脸盆来贮存，这当然是夸大其辞，不过，当时的确引起许多人，尤其是太学生的强烈不满。

宋朝的太学生以名德互相标榜，自负为清流，且有浓厚的历史责任感，北宋时代的太学生曾经屡次伏阙上书，指责时政，例如陈东（本书前面讲过陈东的故事），南宋时代，国家对太学生更加礼遇，太学生也更成为天之骄子。自从韩侂（tuō）胄逐朱熹，贬赵汝愚消息传出，太学生杨宏中、周端朝、张道、林仲麟、蒋傅、徐范等人上书，为赵汝愚等鸣冤，他们的措辞相当激烈：“我们深恐君子道消、小人道长，靖康之耻又要再度上演……”

韩侂胄看了上书，气得脸色发白，宋宁宗也是龙颜大怒，认为这几个年轻小伙子太张狂了，因此下诏将杨宏中等六人发配五百里外编管，历史上称之为“六君子”。

当时社会上固然大都同情道学，但也有一些人鄙视道学，原来读书人难免良莠（yǒu）不齐，有若干浅陋之人，自称自己是个道学家，平日褒衣博带，危坐阔步，一副瞧不起人的死样子，或是经常闭目阖（hé）眼，自称为默识顿悟，其实完全是个草包，根本没有学问。

于是，韩侂胄之党便建议，道学两个字实在不是一件坏事，不适合入人于罪，而是应该攻击那些以道学为标榜的伪君子，当称之为“假道学”。从此，道学又有真伪之别，这个问题愈演愈复杂。

那么，谁可以做“假道学”的代表人物呢？说来也荒唐，韩侂胄的党羽竟然选了最负众望的朱熹，尤其是太常少卿胡纮（hóng）对朱熹的攻击最厉害。

朱熹与胡纮到底怎么结的怨，讲起来十分可笑！

想当初胡纮赴建安拜会朱熹，对朱熹十分尊敬，朱熹看来也很高兴的样子，留他便餐，胡纮也答应了。

中国人爱客气，口头上的便餐，其实往往是丰盛的山珍海味，谁知道朱老夫子的便餐竟然就是便餐，胡纮等了半天，朱熹弟子捧来一碗脱粟饭，粟是小米，想来是小米稀饭之类的，也没有其他菜肴，朱熹与弟子们便正襟危坐吃了起来，胡纮当场不便发作，只有忍着气吃完脱粟饭。

朱熹，选自《历代名臣像解》。

回去以后，胡纮却是大为光火，他愤愤地对朋友说：“这完全不通人情嘛，也用不着什么大菜，一只鸡，一斗酒，山里面也不会就没有，朱熹未免太看不起人！”

其实，胡纮倒是错怪了朱老夫子，他一向自奉简约，从来与弟子们都吃脱粟饭，只能说胡纮不懂朱熹“宾至如归”的观念。

胡纮这个人实在够小气，就为了

一顿饭没吃好，竟然大张旗鼓，与御史沈继祖两个人，合作写了一篇文章，说朱熹是“剽窃张载、程颐的学说，再加上吃菜事魔的妖术，召集四方无行无义之徒，欺世盗名，如鬼如魅”。把朱熹当成了妖孽，甚且要求问斩朱熹。

宁宗本来就讨厌朱熹，看了胡纮上书之后，便把朱熹这个“妖孽”的修撰（zhuàn）之职褫（chǐ）夺，并且将其门徒蔡元定流放道州。庆元三年（1197 年），朝廷公布朱熹等五十九人为“伪学之党”，这个情形很像北宋时代的党人碑。

朱熹毕竟是个有修养的读书人，他志不在求官，心里坦荡荡，照旧在读书，也依然与诸生讲学不休，经过了这次打击，他在社会上的清望反而更高。庆元六年（1200 年），朱熹病卒，四方生徒，聚集在信州，尊奉朱熹为圣贤，并且有吕祖泰上书，请求诛韩侂胄以谢天下。

这时韩侂胄也领教了朱熹的厉害，朱熹众望所归，不是能够轻易打倒的，于是稍开党禁，但是已在民间种下了积怨。

皇位继承人的测试

宋朝高宗、孝宗、光宗三朝都是内禅，这是历史上少见的事。所谓内禅，指的是帝王仍然在世，却传位给子弟。

当年宋太宗赵光义，不传弟而传子，据说是违背了所谓“金柜之盟”，成为宋史上一大疑案。从真宗到高宗，这其中八代都是太宗的后代，反倒是宋朝开国皇帝赵匡胤的后裔，居然一直没有机会登上天子宝座，朝廷内外许多人都为此抱不平。

宋高宗南渡以后，元懿太子早夭，储位久悬，高宗便决定在太祖后代之中，挑选一位继承皇位，也就是要在“伯”字辈中选出一位天子。

于是，高宗下诏访求伯字辈七岁以下的小男孩，入宫备选。初步先是挑了十个人，品头论足如选美一般，在入围者之中又找出了两个特别伶俐的，其中一个是面圆圆的胖小孩，另一个则是较为清癯（qú）的瘦小孩。

中国古人都喜欢肥肥胖胖有福气的，因此胖小孩就被选上，瘦小孩领了三百两银子准备走了。高宗见瘦小孩鞠躬告退时，彬彬有礼，斯文可爱极了，实在难以抉择，所以又重新端详一番。

“你们两个叉手站好！”高宗下达命令。

这时，一只猫咪经过，小胖子站了许久，早已无聊，看到猫咪，忍不住起了捉弄念头，用脚不断地踩小猫，猫咪疼得呜呜叫，胖小孩又乘势踹了猫屁股一脚，脸上露出恶作剧的表情。

高宗看在眼里，大不以为然道："小猫偶尔走过，又没有碍到你，为什么要去踩它？这样子随随便便，怎能担负国家的重任？"胖小孩挨了骂，低着头不敢开口，心里头很委屈。他还小，不懂当皇帝有什么吸引人，不过，这一踢猫，倒把天子的宝座给踢走了。

胖小孩对动物缺乏爱心，不够稳重，显然是家教不良。相形之下，瘦小孩一派斯文，更表露出不凡气质，所以，反倒被留养在宫里，当时他只有六岁。

这个有礼貌的小男生，正是日后的宋孝宗。虽然"面试"成绩优异，他长大之后，能够脱颖而出，还是经过一番激烈的角逐。他的对手是恩平郡王，和他一样功课优异，一举一动都有大家风范。

大臣史浩见高宗难以取舍，便建议各赐给宫女十人，试一试两个年轻人的定力如何。过了几天一打听，恩平郡王整日泡在美女堆里乐陶陶，孝宗则如老僧入定，完全不睬宫女挑逗。当然，孝宗顺利地被立为太子了。

孝宗虽然不是高宗的亲生儿子，却比亲生儿子还要孝顺，父子感情极佳，高宗眼见儿子贤德，自己又倦于政事，想要休息了，便决意提早退位。孝宗一再恳辞，高宗一再慰勉，最后，搬入了德寿宫当了太上皇。

太上皇赴德寿宫的当天，大雨倾盆，孝宗为了表示孝敬，硬是披了龙袍，冒着风雨，亲自搀扶着龙辇到了宫门口，高宗望着落汤鸡般的儿子，又爱又怜道："付托得人，我没有丝毫遗憾了。"

高宗内禅之后，又活了二十四年，到淳熙十四年（1187 年）才过世，度过了一段悠游愉快的退休生涯。这段期间，孝顺的宋孝宗仍不时前来请安。

高宗过世，对孝宗而言是一莫大的打击。因此，在百日过后，他仍然每天吃素，加上哭得太伤心，元气亏损，瘦成一把骨头。吴夫人看不过去，偷偷叮嘱御膳房用鸡熬了汤烹调食物，一方面增加菜肴的鲜美，一方面也给孝宗补些营养。

中国人吃素本来就是为了刻苦自己，表示虔敬之心，很少人真正喜欢吃素，孝宗是皇帝，口味自然刁，他一入口，马上发现今天的蔬菜特别香，立刻“呸”的一声全吐了出来，气冲冲地大发脾气，内侍吓坏了，赶紧全盘托出。如果不是皇太后劝了又劝，吴夫人的脑袋准搬家了，最后当然是被撵出宫了。

孝宗为高宗苦苦守了三年孝，在高宗去世后第三年，他也学着老子的模样，不再当皇帝了，提早把帝位传给了太子光宗，也想过一段惬（qiè）意的太上皇生活。

但是孝宗显然没有高宗的福气，光宗一点也不孝顺，娶了李后之后，更是忤逆。李后是庆远节度使李道之女，李道原是强盗出身，李后身上流着强悍的血液，跋扈刚烈，光宗怕她怕到生了心脏病。

李后又喜欢挑拨离间，使得光宗与父亲孝宗日渐不合，起了猜疑，因此生理上的心脏病，加上心理上的心病，使得光宗远远避开了孝宗住的北宫。孝宗自忖自己是个最孝顺的儿子，竟然养出如此不孝之子，过了没多久一气病死了。

光宗因为身体虚弱，孝宗的葬礼之中竟不能执孝子礼，朝廷上下看在眼中都十分忧心，他也就这么病歪歪地撑了五年，随时都会有驾崩的危险。

赵汝愚很担心朝政中空，会造成国家动荡，因而与韩侂（tuō）胄合谋，请太皇太后出面，引嘉王入宫，请光宗内禅，是为宁宗。

由于有这一连串的巧合，所以宋朝出现了高宗、孝宗、光宗三朝内禅的现象。中国古代皇帝具有至高无上的权威，一旦当了天子，很少舍得让位，因此这是一个相当难得见到的事例。

满朝都是贼

宋光宗身体衰弱，大臣赵汝愚担心朝廷中空，引起内外惶惑，于是赵汝愚与韩侂（tuō）胄合谋，搬出了太皇太后吴氏（孝宗后），请光宗内禅，引嘉王入宫，是为宋宁宗。

赵汝愚是个标准的理学家，他做这件事，完全是为国家谋，没有丝毫图私利的目的，但是，韩侂胄可就不同了。

韩侂胄是北宋名臣韩琦的五世孙，太皇太后吴氏的姨侄，和宋光宗算起来是姨表兄弟，因为有这层关系，赵汝愚才找他商量。

当时，韩侂胄官拜知阁门事，官位也不算小了，然而人的野心是很难满足的，他认为宁宗能够当上天子，自己也有一份功劳，便去找赵汝愚建议朝廷议定策之功，赵汝愚马上搬出道学家那一套："我为宗臣，你是外戚，本来应该为朝廷做事，不能言功。"韩侂胄被浇了一盆冷水，心中怏怏。

韩侂胄虽然没有邀到功，但是他的侄女韩氏当上了皇后，他原本又是太皇太后的姨侄，所以能够自由自在地出入朝廷，从中弄权用事。

赵汝愚崇尚理学，推荐大理学家朱熹为讲筵侍讲，朱熹当面劝谏宁宗，韩侂胄是外戚小人，应当疏远。韩侂胄很恼火，找来一批优伶，扮做大儒模样以讽刺朱熹，朱熹一怒而去，他又用"以同姓居相位，将不利于社稷"为由，逼走赵汝愚，韩侂胄一时权倾天下。

宋宁宗除了把韩侂胄视为心腹，还宠信一个宦官王德谦，韩侂胄决意除掉他。

韩侂胄先备了几色厚礼去巴结王德谦，甚且拉着王德谦的手喊哥哥，两人一见如故，结拜金兰，王德谦收了一个关系密切的干弟弟，经常小宴对酌，相处甚欢。

有一回在酒酣耳热之际，韩侂胄谄媚地说："哥哥对朝廷有大功劳，应该建节钺（yuè）。"所谓节钺，指的是符节与斧钺，节是以牦牛尾作装饰的符信，钺是大斧。古时军队出征，天子授大节钺，以示威信。

王德谦有些儿心动，但是他毕竟知道自己的身份，尤其宋朝不比唐朝，从来没有宦官专权出使的例子，因此惶惑地问着："我是阉官啊！可有此前例吗？弟弟你可不要误我。"

韩侂胄拍着胸脯道："我亲自上奏陛下，马上宣麻，你等着听好消息就是了！"所谓宣麻，指的是宋朝任免将相，用黄白麻纸书写诏书，当众宣告于朝廷，称为宣麻。

王德谦大喜过望，连连举杯敬酒。

事实上，韩侂胄向宁宗告密："王德谦苦苦哀求要建节钺。"宁宗大怒，马上下令处死王德谦。

王德谦这下可慌了，事实上他原本不敢痴心妄想建节钺，急得猛拉韩侂胄的袖子，抽抽搭搭哭泣："弟弟误我，弟弟误我，现在怎么办？"

"好哥哥，你放心，你只要出北关数里，立刻便有诏返回，我还会骗你不成？"韩侂胄不断地安慰王德谦，王德谦这才破涕为笑，再三打躬作揖拜谢"好弟弟"。

结果，王德谦出了北关不久便赐死了，一直到死前，他还不晓得这是韩侂胄的一着毒计，假如王德谦不这么贪，自己去向宁宗解释清楚，也许不会惹来杀身之祸。

除掉王德谦之后，韩侂胄大权在握，在生活享受方面更是直追皇帝。他在吴山建筑了一座中国古典式的庭园，称之为南园，南园之中竹篱茅舍，宛如田家。落成之日，韩侂胄领了一批爪牙去参观，他看来看去，十分满意，深深地呼吸了一口新鲜空气道："这地方真好，像极了田园，只可惜少了鸡鸣犬吠也。"

说也奇怪，顷刻之间便听到了喔喔喔的鸡鸣，也听到了汪汪汪的狗吠，南园之中何时跑来了鸡狗，众人都十分讶异地四下寻找，结果发现是府尹赵师羼（yì）在学口技，大家都忍不住笑了起来，赵师羼还好不得意。

赵师羼这个人为了想往上爬，什么手段都使得出来，他曾经买了许多名贵的珍珠，分赠给韩侂胄的小妾们，小妾们戴上了晶莹剔透的珍珠出游，人人称羡。诸妾为了感恩图报，每个人都在韩侂胄面前极力夸奖赵师羼，既然"民意舆论"一致好评，赵师羼自然扶摇直上。当时的人写了一首打油诗讥嘲赵师羼"堪笑明廷鹓鹭（yuān lù），甘作村庄犬鸡"——可笑那朝廷里的凤凰白鹭，竟然在南园村庄学做犬鸡。

另外还有一个人许及之也够无聊无耻的了。他因为接连两年没有升官，可怜兮兮跑来韩侂胄前面哭诉，委委屈屈说了半天，不自觉膝盖就软了，最后竟然跪倒在地。韩侂胄下巴抬得高高的，在充分满足了虚荣心之后，很慷慨地施舍了许及之官位。

不久，韩侂胄过生日，许及之来晚了，进不去大门，竟然从狗洞中爬入，众人皆笑，韩侂胄更觉得面子十足，最后，许及之竟然做到了尚书。当时人也写了一首打油诗嘲笑他是"由窦尚书，屈膝执政"，窦就是洞的意思。

由于满朝都是小人用事，乌烟瘴气，市井之人竟然印了纸片沿街兜售，一纸面上画着涨潮时出现的一群乌贼，一文钱卖一本，许多儿童拿着画片儿，口中念着"满潮都是贼"，影射着满朝文武都是贼，结果这些儿童全被捉来打屁股，许多儿童挨了打还是照唱不误，可见得小朋友也有明辨是非的正义感。

韩侂胄引火自焚

韩侂胄当权用事，气焰万丈，但是朝廷上上下下都反对他，连小孩都编了歌谣骂他是“乌贼”。韩侂胄愈是攻击朱熹，朱熹的声望愈高，庆元六年（1200 年），朱熹病卒，四方仰慕的生徒，聚集在信州，为朱熹送丧，尊奉朱熹为圣贤，甚且有吕祖泰上书，要求诛杀韩侂胄以谢天下。

这个时刻，韩侂胄逐渐发现道学家惹不起，慢慢地开了“伪学党禁”，一部分被贬谪的人也都恢复了官职，可是，韩侂胄所种下的矛盾，并没有因此而消除。

有人劝韩侂胄“立盖世功名以自固”，所谓的盖世功名就是北伐金人，收复失土，那就成为宋朝的大英雄了。韩侂胄明白自己的形象太坏，确实有修正的必要，因此大为振奋，急着要去攻打金人。

“恢复失土，还我河山，以雪靖康之耻”，这本来是南宋朝野有志之士共同的愿望。孝宗淳熙年间，即有婺州人氏陈亮连续上书，大倡恢复之议，他的文章慷慨激昂，大大轰动一时，后来虽然陈亮的建言没有被采纳，但是这篇文章影响极为深远。（请参考前面所讲陈亮的故事）

宁宗之后，光复的呼声更高，恰好金章宗时，金朝内部颇为安靖，北方鞑靼（dá dá，即蒙古）作乱，群盗蜂起，金人忙着讨伐，国势衰弱，于是韩侂胄积极提倡用兵北伐。

恰好此时浙东安抚使辛弃疾求见，辛弃疾是个了不起的爱国诗人，在南宋极负声望（辛弃疾的故事前面讲过），他一向是主战派，而且和朱熹是好朋友，连这样的忠贞之士都前来附和，韩侂胄更加精神抖擞，恨不得立刻挥兵。

由于这件事，历史上有些人对辛弃疾不甚谅解，其实这是误解了辛弃疾，他一腔热血，满脑子理想，见韩侂胄有意恢复中原，自然而然起了“君子成人之美”的好心。可惜，韩侂胄的出发点只是为了个人声望，也没有还我河山的雄才大略。

不过，这时也有很多人反对和金国开战，他们的看法是宋金和平相处了很久，何必掀起战事？加以宋军并不强大，未必有获胜的把握，当然，韩侂胄不喜欢别人浇冷水，所以那些主张不可用兵的人都被贬了官。

开禧三年（1207 年），宋宁宗正式下诏北伐，战事一开始，宋军收复了泗州、光州等几个城镇，突然之间，发生了西蜀吴曦（xī）的叛变。

大家可还记得前面讲过的吴玠、吴璘兄弟？吴璘在乾道三年（1167 年）去世，其子吴挺继立，人称“吴家军”，在西蜀最得人心，吴挺去世以后，吴曦接管，声势更隆。韩侂胄和金人开战，想要借重吴曦，便任命吴曦为陕西河东招抚使。

战争刚开始，宋军虽然打了几次胜仗，不久便连遭败绩，吴曦又在此时叛变，投降金朝，急得韩侂胄一面宣布捐出家财二十万来助军，一面秘密派人赴金营求和，幸而金人受到蒙古人的威胁，金军统帅仆散揆又忽然病逝前方，所以金人就答应了宋朝谈和的要求。

开禧三年（1207 年）八月，宋朝派了方信孺赴汴京谈判，金朝的完颜宗浩大模大样提出了五项要求：一、割两淮之地。二、增加岁币。三、以金帛犒劳金军。四、交出归降宋朝的金人。五、把首议用兵之臣缚送金营。这首议用兵之臣当然就是指韩侂胄。

方信孺一听吓了一跳，他摇摇手道：“释放战俘，赠送金币，这些都好办，只有缚送首议用兵之臣实有困难。”

宗浩很生气道："你不想活着回宋朝了？"

方信孺吓得不敢再争辩，赶紧回到宋朝复命。

韩侂胄自从战场连连失利，心中懊恼万分，一心一意想要尽快求和，知道方信孺回来了，立刻召见。

方信孺一五一十回报韩侂胄，说到第五点，脸色一片绿，怎么样也说不下去。

韩侂胄气急败坏，一再追问："快说！"

"这这这……金人要求缚送首议用兵之臣。"

韩侂胄一听，熊熊怒火直冲脑门，先贬了方信孺的官，然后积极调兵遣将，准备再战。金人要取韩侂胄的命，韩侂胄当然很着急。可是他平常品德太坏，人人讨厌，上上下下都觉得，假如把韩侂胄的脑袋割下，可以停止战火，倒也是个不坏的主意。

其中礼部侍郎史弥远的反应最快，马上付诸行动，史弥远与韩侂胄一样，也不是个好东西，他朝思暮想就是希望除掉韩侂胄取而代之。史弥远入宫禀见宁宗，力陈非杀韩侂胄不可的理由。

宁宗原来的皇后是韩侂胄的侄女，两人有姻亲关系，但是，韩皇后早死，宁宗又立了杨皇后，杨皇后与韩侂胄不合，正中下怀，在旁打边鼓，宁宗便勉强同意。就在开禧三年（1207年）十一月三日，韩侂胄入朝时，被中军统制夏震刺杀在玉津园。

韩侂胄已死，金人要求得到韩侂胄的首级，朝廷为了是否要把首级交给金人争论不休，其中枢密章良能认为："今日敌人要韩的首级，固然不足惜，明天敌人要你我的首级，是否也不足惜？"也有人以为此举有失国体，韩侂胄毕竟是宋朝的大臣。

最后，礼部侍郎倪思站起来发言："侂胄的臭头颅，哪儿值得诸公争来争去？"臭头颅就被送到金朝，金人先把头颅摆在大街上，让民众参观，然后，涂上油漆，当成战利品，收藏在军器库里，韩侂胄一生嚣张，没有料到会有此下场。

吴家军的叛徒

韩侂胄讨伐金人失败，原因之一是大战刚刚展开，突然发生西蜀吴曦的叛变，使宋朝乱了阵脚。

吴曦是吴璘（lín）之孙，吴玠、吴璘兄弟世守西蜀，极得当地人心。自从孝宗以来，人们均说吴家声势太大，难以驾驭，西方但知有吴家军，不知有朝廷。因此，在光宗绍熙四年（1193 年），吴璘之子吴挺去世以后，朝廷就把吴挺之子吴曦调回中央，担任殿前副都指挥使，以便就近看管。

吴曦自幼便等着掌管吴家军，在西蜀称霸称王，不料被撤去军权，郁郁不得志。而且吴曦心想，吴家自祖父、父亲世世代代为国藩屏，朝廷竟然还不信任他，这口气实在咽不下去。

于是，吴曦积极贿赂宰相陈自强等，希望朝廷能够放他回去。其中枢密院事何澹还没有收到孝敬的红包，韩侂胄就已经答应了，何澹再三反对纵虎归山，韩侂胄很不开心道：“什么都要你同意吗？想当初你同意罢黜（chù）朱熹等伪学，现在怎么样了呢？”

吴家世守西蜀，蜀人早已习惯接受吴家军的统治，而且崇拜吴氏的忠贞爱国。听说吴曦要回到四川，一个个伸长了脖子盼归期。

吴曦带领大队人马，沿着嘉陵江回到蜀地，地方父老列队欢迎，吴曦目睹盛况，心里得意极了。一连吃了几天接风酒后，吴曦宣布，要为吴璘，也就是他的祖父盖庙，有人不以为然，因为吴家军一如岳家军，向来不为自身打算。但是吴璘毕竟对地方有大贡献，况且这也是吴曦一片孝心，众人还是欢天喜地精神抖擞把庙盖好了。

为了给吴璘盖庙，已经花费十万缗（mín），庙落成之后，吴曦又有新点子，他要在山上建一座大花园，广袤数里，每日差遣数千人搬石头、运沙石，这时开始有乡人抱怨了："吴家可能出了个败家子了，早知如此，他不要回家乡还比较好。"

另外一方面，为了重整形象，韩侂胄积极准备北伐，收复失土。开禧二年（1206年），他任命吴曦兼任陕西河东招抚使，吴曦掌握西方军政大权。当金兵南下时，吴曦与其部属阴谋叛变。韩侂胄不明就里，日日夜夜催吴曦早日用兵。

金章宗听说吴曦有投降的意图，立刻密诏吴曦："智者顺时而动，明者因机而发，你认为自己的功劳比岳飞如何？即使是岳飞，一旦被猜忌，还不是遭到悲惨的下场？以你的聪明智慧，一定能够深识天命，洞见事机，让我的军队安全东下，没有西顾之忧，到时候全蜀之地，全归你吴家所有，并且如康王构一般，加册封。……天日在上，朕不食言。"

吴曦接了密诏，大为惊喜，但是在正式叛变之前，他的内心仍然经过一番剧烈的挣扎，接连着好几个月，他都神思昏扰，一阵阵的头痛。

吴家军是一门忠烈，他自小耳提面命接受的也是忠孝节义，他清清楚楚地知道，万一人死而有灵，他的祖父、父亲知道此事，非把他碎尸万段不可。因此经常做噩梦，夜夜不得安宁，往往睡了一半，大叫一声，揭被而起，起来之后，一身汗淋淋，再也睡不着，只能背着手，在卧室之中踱来踱去，直到天明。

假如只一天、两天失眠还好，吴曦因为良心不安，好几个月来都是如此，他简直苦不堪言，到了最后，有点儿想打退堂鼓，吴曦的堂弟吴晛（xiàn）在旁怂恿道："这件事哪里可以中止，即使中止，朝廷知道了，也饶不过你！”

于是，吴曦把心一横，决定干了！开禧二年（1206 年）冬天里，金兵进入成州，吴曦退守青草原，金人再攻大散关，吴曦又退保兴州。这时，金人决定信守承诺，册立吴曦为蜀王。

吴曦大喜过望，立刻召集幕府，宣布脱离宋朝，自行独立。他的部将们不料有此一变，均强烈抗议：“如此一来，相公你忠孝八十年门户，一朝扫地矣，你要三思！”

吴曦满脸不悦道：“你们不要说了，我早已决定了！”据说，某天夜晚，吴曦夜归，笳鼓竞奏，吴曦仰望苍穹，忽然发现月亮中有一个人，和他一样正骑着马，垂着鞭子。吴曦惊奇地大叫道：“快看，月亮之中有个人像我呢！”

大家举头一看，果然月影朦胧，似乎是有这么一个影像，又不忍扫吴曦的兴，异口同声说：“还真像！”

吴曦说罢，一扬鞭，奇怪的是月中的人儿似乎也一扬鞭，吴曦大喜：“月中人就是我，可见我当贵也！”

吴曦自以为当贵，但是地方父老可不以为然，甚且吴家的亲戚们也不赞同。自从吴曦置兴州为行宫，差人禀告伯母赵氏，接她共享富贵。赵氏听说侄儿要脱离宋朝独立，马上与他绝交，避不相见。叔母刘氏则赶了来，劈头大骂吴曦，而且白天晚上啼哭不停，吴曦好生尴尬。

吴曦拿家中长辈没办法，决定利用吴家军的威望，邀请地方名士出来做官，他一厢情愿认为，看在祖父、父亲的面子上，大家会帮他这个忙。结果西蜀的知名人物都不拥护他，譬如陈咸把头发剃光，史次泰自己刺瞎了眼睛，李道传、邓性甫逃到别地方去了，大家纷纷用行动杯葛了吴曦。

韩侂胄听说吴曦叛变，急着赶快要给他封爵升官，结果，吴曦还没接到韩侂胄的命令，已经被不满的部将李好义等人刺杀。吴曦自叛变至死只有短短的四十一天。

吴曦误以为蜀人敬爱吴家军，是因为他们对吴氏有特殊的感情，殊不知这份感情是奠基在爱国的基础之上，因此吴曦要闹独立，地方乡亲马上群起反对，这也是宋朝民族精神教育的成功，才使人们有正确的爱乡爱国观念。

全保长的故事

《宋史》中有一件离奇的公案，那就是宋理宗继位这件事的内幕：

宋宁宗赵扩没有儿子，曾经抚养了一个宗室子赵询为皇太子。也许宋朝积弱，连皇族身体都不太健康，赵询活到二十八岁就得病死了。幸而宁宗又收养了赵竑（hóng），准备继承皇位，住在沂（yí）王府中。

在赵询还没有去世之前，史弥远已经注意到这个问题，曾经拜托余天锡代为留意。余天锡是史府的童子师，即是家庭教师。这位教师先生，为人恭谨有礼，很得史弥远的器重。

有一年秋天，余天锡要返乡参加秋试，史弥远郑重相托："你此番回去，注意一下宗室之子，看看有没有贤良敦厚者，挑他一两人，作为日后皇子的候选人，名义上，不妨说是沂王没有后代，要为他寻找一个继承家业的人。"

余天锡回到浙江，刚刚过了西门，忽然雷电交作，大雨倾盆，他急急忙忙躲入全保长家中避雨。

保长是地方上小吏，见到丞相府中幕客大驾光临，惊喜万状，连忙杀了一只鸡，搬出家中贮藏的老酒，保长妻子忙里忙外，弄出一大桌子的菜，热忱地款待嘉宾。

酒过三巡之后，余天锡忽然发现，桌子旁边站着两个小男孩，长得端端正正，容貌俊伟，顺口问道："这两个小孩是……"

"喔，我的外孙，大的叫赵与莒（jǔ），小的叫赵与芮（ruì），算命的曾说两个娃娃将来会大富大贵。”说着，全保长赶紧唤孙儿向余天锡请安。无巧不巧的是，这两个小男孩恰为赵家的宗室。

余天锡回到临安，立刻飞报史弥远，加油添醋地把全保长的外孙大大吹捧一番，史弥远大乐，马上召两个孩子赴临安府。

全保长接到消息，连忙咬咬手指头，试试看痛不痛，是不是真的。然后欢天喜地卖了田产，找来裁缝为孙儿办衣冠，不断地走来走去，兴奋地自言自语：“我要走老运了，一阵喜雨，不料竟然请来一位贵人。”

亲朋好友听说此事，这真是非同小可，一些平常不见面的叔叔、伯伯，刹那间全部挤到全家来，拉着小兄弟的手，说长道短，有的甚至长长一作揖，拜托他们日后多多关照。当然，饯行酒是少不了的，今天这个请，明天那个请，直把小小贵客吃得肚子都坏了。

赵氏兄弟上路当天，整个族里热闹非凡，大伙儿都说，此去一登龙门，身价百倍，举族争光，全保长不停地打躬作揖道谢，笑得两颊疼痛，即使过年也没有这么热闹。

两个小孩都不到十岁，还弄不清大人为什么如此兴高采烈，但是也跟着笑嘻嘻，觉得挺好玩的，精神抖擞地踏入相府。

史弥远见到两位小兄弟，眼睛一亮，马上相中了，再随便问了几句话，发现小兄弟应对得体，教养极好，更加喜欢。他是一个做事仔细，老谋深算的人，忽地转念一想，万一被人发现，宰相找了两个赵家宗室，偷偷抚养，后果不堪设想，于是，命令余天锡把他们俩再带回家去。

全保长那儿，自从出了这件事以后，从早到晚有许多人来奉承他，抢着送他礼，如果不收下，来人就会发急道：“你我年谊世好，就如同亲骨肉一般，若要如此，就是见外了。”一直要闹到全保长勉强收下，方才千恩万谢，低着头，笑眯眯地离开。全保长心中也以为，外孙此去，平地一声，定有富贵。

谁知，过了没两天，余天锡一左一右牵着两个小朋友又回来了，全保长惊讶得说不出话来，过了半天才开口："你们，你们就这么样回来了？"

族人们听说小兄弟一去即返，又都围拢到全家来看热闹，眼见"投资"失败，请的客、送的礼都退不回来了，忍不住冷嘲热讽，怎么样难听的话都出口了。余天锡说了几句道歉就告辞了，剩下全保长一人又羞、又愧、又窘，简直恨不得钻个地洞躲起来。

从此以后，全保长的日子可真痛苦，田产卖了，盘缠花了也就算了。最难过的是一走出大门，立刻有人指点批评，甚至被邻人一口啐（cuì）在脸上，骂个狗血喷头。

两个小朋友的日子也不好挨，经常有叔叔伯伯揶揄（yé yú）道："你们不是被请到京城去吗？京城里好不好玩？怎么这么快就回来了？"小朋友不晓得该怎么办，只好奔回家，全保长一气之下，干脆把大门关上，足不出户，一家人过着隐士一般的生活。

过了一段日子，史弥远见局势有了变化，他对余天锡说："现在可以把赵家兄弟接来了。"

余天锡差人送了信给全保长，全保长鉴于上一回的悲惨经验，说什么也不愿意再出一次丑，客客气气复了一封信，表示敬谢不敏，心领了。

史弥远又派余天锡登门造访，余天锡正色告诉全保长："你的两个外孙，长孙最贵，你不应该留置家中，要送到他的父族中抚养。"

既然如此，全保长怎敢违抗，又赶紧把孙子穿戴打扮起来，让余天锡带走了，只不知是否过了几天又回家了，还是此去是吉是凶，全保长只有对天祈祷了。

美丽的女间谍

话说史弥远把全保长的外孙赵与莒（jǔ）带到临安，改名为赵贵诚，住在沂王府之中。

沂王府中本来已经有位皇嗣，就是赵竑（hóng）。嘉定十五年（1222 年），宁宗封赵竑为济国公，虽然没有正式立为太子，但是天下都知道，赵竑就是未来皇位的继承人。

此时，史弥远已当了十五年的宰相，他与杨皇后紧密勾结，宁宗事实上只是一个傀儡皇帝，年轻的赵竑看在眼中，气愤极了。

杨皇后被选为皇后，其中有一段故事：

杨皇后小时候家里很穷，十岁的时候被父亲用两千银子卖给杂剧团当团员，后来被选入慈福宫，伺候太后娘娘。杨小妹妹生得异常清丽，才十多岁就是个小美人的模样儿，太后娘娘打心里喜欢这个小女孩，走到哪儿便带到哪儿，而且常常夸说："你们看，她长得多俊啊！"

杨小妹妹被太后娘娘这么一捧，也就恃宠而骄，渐渐有蛮横的举动出现，旁人也不敢指责。

有一回，太后娘娘出浴，杨小妹妹爱漂亮，就把太后的皇冠戴在头上，又把后衣披在身上，在镜子前面搔首弄姿，扮起当皇后的游戏，除了衣服尺码太大以外，小美人换上了光彩夺目的皇后衣冠，还真是漂亮非凡，宛若仙子。

太后浴罢，马上有人打小报告，满以为这下子杨小妹妹可惨了，不料太后娘娘抿嘴一笑："你们别吃惊，她啊，将来会爬到我这个地位的！"

果然，漂亮宝贝的青春美丽马上吸引了宁宗，自从太后收了这个杂剧女孩以后，宁宗早晚问安来得相当勤快，每次一来，眼睛就滴滴溜溜跟着小美人儿打转，太后善解人意，便赐给了宁宗。后来，韩皇后过世，小美人就当了皇后。

由于杨皇后出身寒微，生怕别人看她不起，因此处处耍权威，与史弥远两人狼狈为奸，赵竑最气杨皇后，把她看成狐狸精。

但是，赵竑自己，马上也跌入了美色的陷阱：史弥远早已看出，赵竑对他不怎么友善，他很担心宁宗过世之后，赵竑不会百依百顺，就安排了心腹潜入赵竑身旁。

赵竑是个音乐小神童，擅长鼓琴，史弥远多方寻求，找到一位也会弹琴的青春玉女，悄悄地送到赵竑身旁。

这位玉女长得粉粉嫩嫩，白里透红，嵌上一对漆黑的亮眼睛，完全不必化妆，就是天生的娇艳，而且知书达礼，尤其半歪着头弹古琴时，既专注又纯洁，简直把赵竑迷得神魂颠倒。当然，赵竑绝对不会想到，这位有音乐素养的知音会是史弥远派来的奸细！

皇室的生活本来就极其单调无聊，赵竑自小缺乏玩伴，内心相当寂寞，如今来了一个青梅竹马的伙伴，内心相当兴奋，他把自己所有的心事都向"知音"倾吐。

譬如说，他会拉着她的手，带她去看一本秘密小册子，翻开一看，里面一条条记载史弥远与杨皇后的罪状，小女朋友便问道："那你以后怎么对付他们呢？"

"我啊，我要把史弥远发配到八千里外去！"赵竑说着，不但声调提高，脸蛋也兴奋发红。他为了表现英雄气概，又指着墙上的地图说："你看到没有，这儿有个地方叫琼州（海南岛），以后，史弥远就在这儿了。"

赵竑做梦也没有料到，他亲交的红粉知己一五一十全告诉了史弥远，史弥远又恨又怕。

过了几天，赵竑又有了新点子了，他开始唤史弥远为“新恩”，小美人儿问他：“什么是新恩？”

“新恩就是新州和恩州，以后史弥远被发配的话，不去新州，就去恩州，反正就是这两个最荒凉、最僻远的不毛之地。”赵竑还在得意，史弥远却仿佛听到了录音。

起初，史弥远还以为赵竑只是嘴巴上说得狠，不会玩真的。可是，七月七日那天，史弥远笑盈盈地献上奇巧的玩具，赵竑竟然接过来就摔在地上，当场扔个粉碎，许多大臣都看在眼中，史弥远老脸挂不住，决心非除掉赵竑不可。

当时，赵竑的老师理学家真德秀看出有点儿不对劲，他曾经劝过赵竑：“皇子若能够孝顺慈母，礼敬大臣，则天命归之，否则深可忧虑也。”这个话，赵竑是无论如何也听不进去的，在他看来，杨皇后卑鄙，史弥远无耻，这两个人不值得尊敬，而他自幼一帆风顺，养尊处优，很自然的，也从来没有防人之心，只等着将来当上皇上，为国家除去奸恶！

史弥远准备动用他长期培养的暗棋——全保长的外孙赵贵诚了。有一天，他在净慈寺追念亡父，有国子监郑清之前来拜祷，史弥远努努嘴，示意郑清之跟着他来到慧日阁，看看四下无人，史弥远压低了声音道：“皇子赵竑不成器，我听说沂王府中赵贵诚甚贤，我打算请你当赵贵诚的老师，你要善加训诲，将来真有那么一天，事成之后，弥远今天这个相位就是你的了。今天这个话，出于我口，入于君之耳，如果不慎外泄，你我都有灭门之殃，你知道吗？”

“是！”郑清之一躬鞠到底：“敢不遵丞相之命！”

史弥远假传圣旨

话说史弥远发现，赵竑立誓，将来即位以后，要把他发配八千里之外，大为忧惧不安，秘密央托国子学录郑清之，要他好好教导赵贵诚（也就是全保长的外孙赵与莒），并暗中观察赵贵诚的为人。

过了一段时日，史弥远悄悄拉着郑清之问话："我听说皇侄（指赵贵诚）十分贤德，依你看，到底怎么样？"

"此人之贤，一言难尽，我只能够用两个字来形容，那就是不凡。"郑清之面有得色地回答。

从此以后，史弥远只要逮着机会，就在宁宗面前说皇子赵竑的坏话，并且赞美赵贵诚足以担当大任。由于赵竑与赵贵诚都不是宁宗的亲生儿子，平常没有多接触，史弥远也举不出什么具体的例子，这件事也就拖下来了。

赵竑的老师理学大家真德秀老早嗅到不寻常的气息，也曾经警告赵竑少发牢骚，赵竑自认为是马上要当天子的人了，不晓得为什么要东怕西怕，何况他多半是向身边的小美人吐露心愿，他怎会料到弹得一手好琴，陪他一块欣赏音乐的知音是史弥远派来的奸细。

这一会儿，事态更严重了。真德秀又再度提醒赵竑要小心，不要老是埋怨杨皇后与史弥远，但是，真德秀又不能把话说得太明显，只能够隐约地暗示，赵竑依旧不听，真德秀害怕被卷入漩涡，请辞而去。

嘉定十七年（1220 年）八月，宁宗病重。史弥远派了郑清之到

宋宁宗，选自《乾隆年制历代帝王像真迹》。

沂王府，告诉赵贵诚准备立他为皇帝的事，赵贵诚未置可否，既不答应，也不拒绝。事实上，赵贵诚的确很难回答，他是身不由己。

郑清之等了半天，十分不耐烦道：“丞相与清之交情很深，所以派我来问话，你不答一语，清之如何回报丞相？”

赵贵诚一拱手，慢吞吞地说：“绍兴老母在。”他的意思是，万一丞相有所行动，请先把家乡老母安顿好，免得老人家受池鱼之殃，言下之意是答应了，却不明白表示愿夺帝位。

郑清之把赵贵诚的答复转告史弥远，史弥远听了便笑起来：“贵诚果然不凡。”然后，立刻把赵贵诚的母亲全氏接到临安，让赵贵诚安心。

接着，史弥远趁着宁宗昏迷之际，假传诏命，以赵贵诚为皇子，改名为赵昀（yún），授武泰军节度使，封成国公。《东南纪闻》这本书中记载，史弥远曾进金丹百颗，宁宗服下不久，一命归天，真相如何不可考。总之，很快地，宁宗驾崩，整个皇宫上上下下忙着办丧事了。

史弥远差遣杨皇后的内侄杨谷石，向她报告改立赵贵诚之事。杨皇后正哭得泪人儿似的，她虽然平时与史弥远一条心，毕竟是个妇道人家，胆子比较小，所以事到临头，又打退堂鼓："不行，不行，皇子赵竑是先皇帝（宁宗）所立，怎么能够改变？"

杨谷石不知道拿哭哭啼啼的姑妈怎么办，匆匆忙忙回报史弥远，却挨了一顿臭骂，又转回内宫央求杨皇后，如此这般一个晚上，杨谷石竟然跑了七八回。最后他跪在地上，泣不成声说："如今内外军民都已归心皇子成国公赵昀，如果皇后坚决不答应，我们杨氏恐怕无噍（jiào）类矣。"（噍类是活口，指有生命而能嚼食的人。）

杨皇后一天之中，遭遇了许多大事，先是皇帝驾崩，接着杨谷石又来磨了一个晚上，她早已头昏脑涨眼睛酸涩，实在困极了，迷迷糊糊问："赵昀在哪里？"

"赵昀立刻就来！"杨谷石大喜过望。

史弥远马上派使者宣召皇子进宫，并且郑重其事警告他说："宣召的皇子是沂王府中的皇子，不是已经搬到万岁巷的皇子，如果宣错了，你的脑袋就搬家了！"

再回过头说赵竑，自从听说宁宗驾崩，他穿戴整齐，等着宣召入宫，心中盘算着，这下子史弥远可惨了，不把他发配到新州，也要把他赶到恩州去，然后才能放手大展鸿图。

一个时辰一个时辰过去了，赵竑等了又等，盼了又盼，还是不见宣召，他急得如热锅上的蚂蚁，在房间里背着手走来走去。最后，爬到小阁楼，推开窗户，注意着万岁巷的动静，黑阒阒（qù）的，连半个鬼影都不见。

忽然之间，一群宫中使者飞奔而来，赵竑心想终于来了，正要下阁楼，赫然发现使者们竟然过门而不入，这是怎么一回事？赵竑正在纳闷儿，忽地看到使者们正簇拥着一人，飞奔而去，他揉揉眼睛，想看清楚一点，由于天还未亮，也没法看仔细，他做梦也没有想到，当年与他住在沂王府一块玩耍的赵贵诚，竟然改名为赵昀，马上要当皇帝。

赵昀到了宫中，参拜杨皇后，皇后拍拍赵昀的肩膀说："从现在起，你是我儿子了。"然后，史弥远引导赵昀到灵柩前，举哀完毕以后，这才宣召赵竑，接着便是召百官之班，听候宣读遗诏。

夏震告诉赵竑，要他仍站在过去的老位子，赵竑十分诧异，他心里想，奇怪，我不是该当皇帝了吗？于是恼怒地责问："我今天岂能仍立班中？"

夏震没好气地回答："在没有宣读遗诏前，殿下仍为皇子，焉能不立在班中？"赵竑只得随班站立。但见远远的御座中竟然有人端然正坐，只听得宣诏人高声唱名："皇子成国公赵昀为皇帝。"百官罗列下拜祝贺新君："万岁！"

赵竑大吃一惊，怎么也不肯下拜，却被夏震用力按着头摔在地下，屈膝而拜，眼泪也随着滚滚而下。

真德秀为学生伸冤

赵昀即位，是为宋理宗，这一个原先寄养在外公全保长家中的穷孩子，在史弥远的安排下，竟然做了宋朝的皇帝，实在也是一件奇特的事。

理宗即位之后，改次年为宝庆元年（1225 年），尊奉杨皇后为皇太后，垂帘听政，赵竑改封济王，出居湖州（浙江省吴兴县）。

赵竑糊里糊涂丢了皇位，满怀委屈到了湖州不久，就有湖州人潘壬、潘甫、潘丙三兄弟集合私盐贩子，与坐镇楚州（江苏省淮安县）的大将李全勾结，准备共拥赵竑为帝，发兵起事。

赵竑没有做到皇帝，心里头很委屈，既然没法子挽回，也就认命了，安心当他的济王。

如今这帮盗贼，要利用他为幌子，可真把赵竑吓破了胆子，闻说潘氏兄弟等要来，情急之下，赵竑躲到水洞里。可惜运气不佳，被潘壬找到捞了起来，硬是拿了一件黄袍要赵竑穿上。

赵竑不肯，潘氏兄弟很生气，粗暴地问他："奇怪，你的皇位被史弥远抢走了，我们兄弟帮你要回来，你为什么还拖拖拉拉，像个女人一样！"

这一逼之下，赵竑哭了起来，他知道眼前非乖乖就范不可，叹了一口气道："我答应你们，但是你们也要答应我，不许伤害太后、官家。"官家指的是赵昀，赵昀虽然夺了他的帝位，天性善良的赵竑并不记恨，因为他知道一切都是史弥远一手导演的，怨不得赵昀。

盗贼答应了赵竑的要求，接着，潘壬等人逼着赵竑穿了黄袍，正位天子，并且立出榜示，公开史弥远废立之罪，并扬言："今领兵二十万，水陆并进。"准备攻打京师临安。

李全表面答应潘氏兄弟，其实并未出兵，赵竑早知道这批乌合之众起事，绝对不会成功，为求自保，他悄悄派了一个专使王元春，飞报临安朝廷，报告自己被胁迫一事，并且率领湖州州兵声讨潘氏。

当史弥远听说潘氏兄弟拥立赵竑，大为吃惊，虽然湖州之变马上敉（mǐ）平，赵竑也用行动表现出忠于朝廷。史弥远老谋深算，总是不放心，他心想，有了这回，必然有下回，赵竑即使没有夺回帝位的打算，万一被强有力者挟持也身不由己，总而言之，留着赵竑是祸根。

因此，史弥远又假传圣旨，命余天锡赴湖州，逼迫赵竑自缢，可怜的赵竑就这样不甘心的送命了，对外则说是暴毙，为了这出戏，余天锡还带了一个御医出面说明，然而明眼人一看便知，又是老奸贼史弥远玩的把戏。

史弥远假传圣旨，将皇位继承人由赵竑改为赵昀（yún），已引起天下人之不满，这一会儿，他又设计把赵竑除掉，更引起普天共愤，尤其是强调道德修养的理学家们反应最为激烈。

理学大家真德秀原是赵竑的老师，他早看出端倪，也曾提醒赵竑小心，无奈不听，为了怕卷入是非，他不得不请辞而别，内心相当舍不得这个爱徒。现在听说赵竑如此委曲求全，而且死得不明不白，心中大为愤慨，眼前浮现的全是当时师徒形影不离的景象，真德秀悲从中来，阵阵鼻酸，也顾不得明哲保身了，他心想，我这个做老师的，在学生生前，不能保护他，至少在学生死后，要为爱徒讨回公道。

于是，真德秀联合了魏了翁等人，强烈地指责史弥远，其中

真德秀，佚名绘，台北故宫博物院藏。

邓若水的一封上疏，更是把史弥远骂惨了，他要求宋理宗“扫除妖氛，以雪先帝”，这妖当然指的是史弥远了，史弥远看了上疏，冷笑一声，立刻揉成一团，丢到字纸篓去，宋理宗赵昀根本没看到，就是看到了，史弥远也不怕。只是对理学家更是不满。

自从史弥远杀了韩侂（tuō）胄之后，便积极表扬道学，收揽人心，褒奖死去的理学家朱熹、吕祖谦等人。史弥远本身是个卑鄙小人，因此他虽然不断向理学家拉拢，理学家始终对他没有好感，真德秀便曾经说过：“我们赶快离他远一点儿，让庙堂知道，这个世界还有不为官位收买的人！”这件事，颇让史弥远面子上不好看。

如今事情演变到真德秀为学生喊冤，公然指责史弥远，史弥远不能不反击，却想不出什么法子。

有个叫梁成大的小人知道了史弥远的心思，想了一个好主意，他跑到茶馆，叫了一壶茶，开始大骂真德秀与魏了翁，他很会讲俏皮话，大言不惭道：“真德秀不过是个真小人，魏了翁就是伪君子！”

史弥远听到了，觉得梁成大是个奇才，马上请梁成大赴都察院任官，希望能把真小人、伪君子的浑号给打响。

然而真德秀、魏了翁的道德和文章都首屈一指，岂是史弥远所能破坏得了？倒是梁成大这个狗腿子，被人也改了一个名，叫梁成犬。

宋理宗对史弥远的做法，内心并不欣赏，但是史弥远势力雄厚，他自己又是史一手安排当上皇帝的，也只好让史弥远当了九年的宰相，直到史弥远死后，理宗才正式提倡理学，召真德秀为礼部侍郎。

真德秀又向理宗说："湖州之事，非济王本意，济王先是逃避，后又追捕潘氏，希望陛下追封济王。"

于是，济王所受冤屈大白天下，真德秀的作为，说明了中国古代师徒的情义深厚。

史嵩之守丧丢官

《宋史》中称宋理宗误于二史之祸，前有史弥远弄权，史弥远去世后，宋理宗亲政，又有史嵩之误国。

史嵩之是史弥远的侄儿，在绍定五年（1232年），担任京湖安抚制置使，坐镇襄阳，处理军务，会合蒙古，灭亡了金朝，论功行赏，做到了兵部尚书，后来更高升为右丞相兼枢密使，军事政治一把抓。

史嵩之自认有军功，趾高气扬，狂妄自大，完全不合乎宋朝人讲究的谦逊有礼，朝中的正人君子与他都合不来，杜范、游侣等一个一个被赶出了朝廷。

如此这般，过了五年，才有一个礼部进士徐霖受不了了，上疏揭发史嵩之“挟持边功，要挟国君，培植私党，危害国家”。看到上疏的人，都不禁吓得吐舌头，为徐霖捏把汗。结果，宋理宗宠信史嵩之，对徐霖的告状置之不理，徐霖的下场也就不问可知了。

过了不久，史嵩之因为父亲史弥忠去世，请假守丧，宋理宗下诏起复，掀起了一场巨大波浪。

中国古人一向注重守丧之礼，在《论语·阳货篇》中，孔子的学生宰我曾经问孔子：“守丧守一年其实就很够了，君子三年不习礼，礼必然荒废了，三年不习乐，乐也必然荒废了，一年之中，旧的稻谷已经吃完了，新的稻子也收割了，守丧守了一年也够了。”

孔老夫子很生气，讽刺宰我：“父母死了，未满三年，你就吃稻煮的饭，穿丝织的衣，你心里安吗？”

“安啊，为什么不安？”宰我想也不想就脱口而出。

“你既然心安，那你就这么办吧，一个君子守父母之丧，因为过于悲苦，即使吃山珍海味也没有胃口，听美好的音乐也不快乐，因此不求衣食享受，现在你既然食稻衣锦都开心，那你不妨去食稻衣锦吧！”孔子气愤地训了宰我一顿，宰我低着头离开了。

宰我刚走，孔夫子便对弟子们说：“宰我这个小子真是不仁，想为人子女生下来三年以后，才能脱离父母的怀抱，守三年之丧，是天下的通丧，宰我曾经报答父母三年的恩爱吗？”

读过《论语》的人都知道，孔门弟子中，孔夫子最疼爱颜渊，最不欣赏宰我，宰我就是那个中午困了睡午觉，孔夫子骂他是“朽木不可雕也，粪土之墙不可圬（wū）也”的宝贝蛋。

宋朝人是最讲究礼教的人，《宋史》之中记载孝子守丧尽哀的故事相当多，假如有谁因为父母过世，伤心到达了极点，竟然也一病呜呼，更会得到乡里之敬重。

所谓起复，指的是官吏父母去世，不等丧期服满朝廷就再度起用。在宋朝，这种情况是很少的。通常，做官的如果父母病故，一定要请丧假三年，三年以后才能回到朝廷，当然，守丧期间，该官员原来职务早有人代替，多半又要从头起慢慢往上熬。因此，古代官吏十分害怕父母过世，万一父母相继过世，一连六年的丧假下来，政治前途也就完了，有人打趣，难怪中国古代的人，不敢不孝顺父母。

言归正传，史嵩之担心奔丧回家之后，朝廷大权旁落，因此，预先部署妥当，使得宋理宗在史嵩之热丧在身之时，就急急忙忙的下诏起复，仍为右丞相兼枢密使。朝廷满朝文武虽不以为然，也不敢吭声。一般理学家认为此事大违礼法，而太学生更是慷慨激昂。

太学生黄伯恺（kǎi）等一百四十四人，联名上疏：“自古求忠臣必于孝子之门，未有不孝者而望其忠也……今天国家土壤一天比一天少，嵩之田宅一天比一天多，而陛下仍然眷留嵩之也……臣等如果不言，则人伦扫地，与嵩之一般沦为夷（yí）狄也。”

这篇奏疏用词十分强烈，虽然斥责史嵩之，也狠狠骂了皇帝，宋理宗看了心中当然不痛快。接着翁日善等六十七人，刘时举等九十四人又联名上书，这些上疏一篇较一篇更沉痛更激切。

甚且，连太学的斋廊上都贴上大标语，上面写着：“丞相朝入，诸生夕出，诸生夕出，丞相朝入！”公然反对史嵩之，显然要闹学潮似的。

当时，朝廷命令京兆尹把他们开除学籍，太学生一听之下，闹得更凶，居然在卷铺盖走路之前，合作了一篇卷堂文，拜谢孔圣先师画像之后，离开了太学。

宋理宗颇为不悦道：“学校虽是正论，未免闹得太过分些。”

徐元吉说：“正论是国家元气，今天正论仍存学校，当留下生机。”

这个时候，史嵩之也知道自己待不下去了，宋理宗同样感受到舆论庞大的压力，只得准了史嵩之三年之丧。

说也奇怪，史嵩之刚刚回到乡里，徐元吉忽然得了怪病，全身燥热，到了晚上，指甲一个一个裂开，淌出鲜血，医生还没来，徐元吉就死了。刘汉弼也得了怪病，全身浮肿而卒。杜范继史嵩之为相，不到八十天，得了重病撒手归西。这一连串的暴卒，一般人都认为是史嵩之派人下毒，太学生又相继上疏，指责“过去小人害君子，不过使之死于蛮烟瘴雨之乡，现在反在朝廷公然行凶”。宋理宗只得将徐元吉、刘汉弼（bì）、杜范厚葬，并赐给良田。

后来，史嵩之丧期满了，理宗本想再度重用，一般言官纷纷抗议，史嵩之终究没法再回到朝廷。三年丧期在现代社会当然不可能，但是今日孝道沦丧恐怕也是缺乏有心人的提倡。

丁大全用事

在史嵩之以后，宋理宗任用丁大全。此时理宗已在位三十多年，精疲力竭，对政事日渐厌烦，每天留连在新起的梅堂、芙蓉阁、香兰亭之中，招来一些民间的倡优入宫献艺，以声色自娱。

丁大全，镇江人，出身微贱，因为巴结宦官，得到理宗的宠信，官拜右司谏，当时连丁大全在一起的三个言官，都只晓得拍马阿谀，从不知对君主忠谏，人们称他们为“三不吠犬”，比喻朝廷用了三条不会叫的看门狗。

丁大全不敢对皇帝忠谏，咬起同事的功夫倒不小，他与右丞相董槐（huì）不合，两人相互狗咬狗。

宝祐四年（1256 年），董槐上了一个奏章，批评丁大全奸佞不可用。丁大全知道此事，一面反攻上疏弹劾董槐，一面竟然半夜里亲自率领兵丁，围住董槐的府第，露出白刃，硬是把董槐架着，出了北关，丢在荒郊野外。

奇怪的是，理宗接着颁下圣旨，不但不责怪丁大全，反而把董槐的相职给免了。一向对国事有意见的太学生联名上书攻击丁大全，为董槐鸣冤。

丁大全很生气，开除太学生的学籍，把太学生发配到偏远之地，并且严戒诸生不准再随随便便议论国事。

就在丁大全弄权用事的时候，蒙古兵分道南下，国事日非，引起朝野一致的愤慨，宋理宗不得不将丁大全免职，丁大全被放逐新州，死于道上。

其实，丁大全的被贬，不完全是理宗的明断，主要是背后有一个高手在秘密操纵，那人便是贾似道。

贾似道是促成南宋亡国的一大罪人，是中国历史上著名的大奸臣，与秦桧不相上下。

贾似道是贾涉（shè）的儿子，自幼便是一个纨袴子弟，放荡无行，不务正业。长大以后，由于父荫补了嘉兴司仓。后来，贾似道的姐姐入宫，成为理宗宠爱的贾贵妃，靠着贾贵妃的裙带关系，贾似道当上了籍田令，又一再爬高到太常丞、军器监。

虽然军器监位高权重，贾似道仍然不改以往的作风，白天泡在瓦子里，瓦是杭州特有的一种称呼，就是妓女户。杭州城里城外，瓦舍共有十七处之多，久而久之，瓦舍便如同长安的平康坊，勾栏曲巷，是浮荡子弟流连忘返之地。

到了晚上，贾似道往往吆喝一群莺莺燕燕，带着精致肴馔（yáo zhuàn）、瓜果糖食、陈年老酒前往西湖，到了埠（bù）头，自有相熟的船老大前来招呼，上得画舫。

然后，船老大把画舫缓缓驶向湖中心，在船头立了一枝竹篙，直插入湖底，船只稳稳地停住，贾似道遂开始猜拳行令，饮酒作乐，肆意享受。

有一天夜晚，宋理宗在一小山边眺望西湖，忽见湖中灯火辉煌，然后模模糊糊见到几位歌伎抱着琵琶，吹着笛子，司着鼓板，细吹细打了一套《醉花阴》，然后在夜阑人静的夜里，只听得穿云裂帛的歌声朗然传来。

宋理宗眉心一皱道："此必贾似道也。"显然，贾似道浪荡的名声已传入皇帝的耳朵里了。

第二天，宋理宗把贾似道喊来问话，他坦然承认，理宗对贾似道吊儿郎当的轻浮作风大不以为然，因此特地告诉京兆尹史岩之："你要好好教训一下贾似道，不要三更半夜还在西湖闹，简直

宋理宗，选自《乾隆年制历代帝王像真迹》。

不像样。”

史岩之却答道：“似道这个人，虽然有少年习气，然而才气纵横，可担当大任。”

“喔？是这样吗？”理宗问。

自此以后，理宗果然对贾似道另眼相看。尤其是开庆十年（1268年），出了一件大事：蒙古兵围鄂州，朝廷任命贾似道为右丞相兼枢密使，贾似道暗地里与忽必烈讲和，刚巧，蒙古发生内变，忽必烈乃接受贾似道的建议，匆匆忙忙引兵北归。如此一来，鄂州之围解除。贾似道谎报一路大捷，打垮蒙古人。

宋理宗接到捷报，简直乐坏了，立刻诏令贾似道还朝，让他当宰相。

贾似道虽然生活浪漫，完全一派公子哥儿的习气，却极富机智与权术，善于拉拢人心。宋朝的太学生与理学家素来最有意见，贾似道上任之后，第一件事就是对于太学生加以种种优厚的待遇，增拨学田，提高生活费用。又特别尊崇道学，养了一大批冬烘先生。

俗语说，拿人的手短，太学生与理学家得了贾似道的好处，于是一般士子，对于贾似道都刻意歌颂，称之为“师相”，或直称为“元老”。他这一招比丁大全漂亮多了。

接着，在景定四年（1263年），贾似道又建议置买公田。原来在南宋时，发生贫富不均，富豪兼并土地问题，一般百姓苦不堪言，“三人共一碗灯，八口共半间屋”，生活极其悲惨，贾似道的办法是先实行“限田”，规定做官的人家，其田地有一定的限额，超过限额的土地，由国家收买其三分之一为公田，可以弥补国家财政上的赤字。

表面上看来，这是一个好办法，演变到后来却成为强夺民田，并且将官田再发给百姓耕种，更要逼百姓缴出超额的田租，老百姓个个不堪其苦。

同时，南宋又实施推排制度，所谓推排制度是每三年做一次财产调查，不但老百姓的房屋在调查之列，就是家里有几把刀、几把斧，乃至一头猪、十只鸡、两条狗也一一查明，官吏就根据这些敲竹杠，百姓真是“鸡犬”不宁啊。

宋朝的“周公”——贾似道

宋理宗年纪渐渐大了，他也与宋宁宗一般老而无子，于是他想立弟弟赵与芮之子赵禥（jī）为嗣，先是封为忠王，后立为太子。

当宋理宗准备立忠王为嗣时，曾经征询宰相吴潜的意见，吴潜是一个忠心耿耿的老臣，他认为忠王呆呆笨笨，胆小畏事，不是一个能够当天子的材料，因此表示异议道：“臣无弥远之才，忠王无陛下之福！”

大家还记得吗？宋理宗原是乡下全保长的一个小外孙，被史弥远一手拉拔，又使出一连串的诡计，去除赵竑（hóng）才当上皇帝。

吴潜这么一顶，等于在揭宋理宗的疮疤，理宗好生气，别过脸来不理吴潜。

狡猾的贾似道乘机下毒：“吴潜身为宰相，竟不以国事为念，可见是个不负责任的人。”并且再三表示，皇帝无子，立宗室为后，本是一件顺理成章的事。

宋理宗正在不开心吴潜，被贾似道这么一挑拨，更觉得吴潜讨人厌，于是罢除吴潜的相位，贾似道成为惟一的一位宰相（宋朝为防止专权，采用多相制），立忠王为太子。

景定五年（1264 年），理宗去世，忠王即位，是为宋度宗，度宗即位时，年已四十三岁，是个沉溺于酒色中的糊涂蛋。

据说，宋度宗的母亲在怀他的时候，服了不当服用的药物，以至于度宗生下来后，手脚发软，反应迟钝，一直长到七岁才牙牙学语。

度宗自己知道，如果不是贾似道帮忙，他这个皇帝可能泡汤，再加上他本身才能不足，处处都要仰赖贾似道，因此简直把他给捧上了天。

每逢贾似道上朝，度宗必然亲自答礼，尊一声“师臣”。居然不敢对贾似道直呼其名，因此朝中大臣都称之为“周公”，把贾似道比喻为古代孔子最尊敬的周公，实在是一件可笑的事。

贾似道看准了度宗庸庸碌碌，很好欺负，所以处处装腔作态，表现自个儿的身价不凡。

咸淳元年（1265 年），当贾似道料理完毕宋理宗的丧事，他忽然抽身引退，递上辞呈，表示任务已了，从此要归还故里，回到越州（浙江绍兴）老家去也。

贾似道真的是看破红尘，要效法陶渊明高唱“归去来兮”吗？当然不是的，他料定了度宗少不了他。为了安全起见，贾似道又秘密支使检校少傅吕文德写了一封假报告，说是蒙古入侵。

度宗看到贾似道的辞呈已经心里扑通扑通地跳个不停，再接到吕文德的密报，一颗颗汗珠涔（cén）涔流下，吓得一声：“妈呀！”急着去后宫找太后，而太后一听也马上头晕，赶快用手扶住椅子，母子二人慌慌张张找来大臣，拟妥诏命要求贾似道回朝。

贾似道见计已得逞，心中暗暗冷笑，表面上却装出一脸无可奈何的样子，两手一摊，姗姗复出。

度宗为了笼络贾似道，授他为镇东军节度使，拜为太师，封魏国公。

在以前，蔡京、韩侂（tuō）胄、史弥远都曾被“尊”为太师，都是以宰相而专有政权，这会儿，贾似道也是贾太师了，他十分得意。不过，依照习惯，太师往往可兼领节度使，于是度宗便任命贾似道为镇东军节度使，但贾似道却佯作怒曰：“节度使是粗人做的，我不接受。”这时，节度使的“节”（代表节度使的信物）已送来了，京城里人人围观，贾似道却要把节退回，表示自己“生气”了，这是从来没有过的事，弄得大家惊骇万分。

第二年，因为小事不如意，贾似道又要闹着递辞呈，度宗不答应，贾似道却非辞不可，完全没有转圜（huán）余地。

度宗不晓得该如何慰留，情急之下，几乎双膝着地，要跪下来求贾似道了，知枢密院事江万里眼见贾似道再三戏耍国君，实在是忍无可忍，看不下去了，他着急地扶起度宗道：“自古以来，没有君王向臣子下拜之理。”说着，江万里又转过身来，半带责备地对贾似道说：“圣上既如此，丞相万万不可再言去。”

贾似道立刻惶恐无比，举笏向江万里道谢：“倘若不是江公阻止圣上，似道今天就要成为千古罪人了。”

嘴巴上虽说得好听，贾似道心里恨透了江万里多管闲事，从此之后，贾似道利用职权，对江万里百般挑剔，到处找麻烦，江万里待不下去，只有辞职归故里。

到了第三年，贾似道一年一度的老毛病又犯了。这一次说什么也不愿再干下去，讲得斩钉截铁，一丝一毫都不能通融。

可怜的度宗又开始紧张了，他不停地降旨挽留，一天之中下诏四五回，并且派出宦官守在贾府门外，免得他开溜。

既然贾似道执意要走，宋度宗又非留不可，最后，双方各让一步，度宗赐贾似道“平章军国重事”的美名头衔，更赐以豪华宅第于西湖葛岭，让贾似道高卧于葛岭的风景区之中，每五日乘湖船入朝一回。

葛岭位于西湖中心，湖光掩映，芳草如茵，两岸风光，尽入眼底，完全无尘俗之嚣，附近又有吴越钱武肃王所筑的九曲城旧址，是寻幽访胜踏青的好去处，贾似道在这“上有天堂，下有苏杭”的杭州最美之处，可真是快活胜神仙，宰相如此，宋朝的国运也到了尽头了。

半闲堂与多宝阁

自从贾似道高卧葛岭以后，每五日始出葛岭，乘着湖船悠哉游哉入朝奏事，其他的时刻都在人间仙境逍遥。

宰相平日不上朝，那么，堆积如山的公文怎么办？由堂吏每日抱着公文、档案一趟又一趟赴葛岭，呈请贾似道批阅，他虽然深居简出，摆出逐渐不过问世事的隐士模样，但是朝中一切台谏弹劾、诸司荐辟，大大小小的事，没有他批过根本不能算数。

贾似道既然权倾朝野，一般趋炎附势之徒大家比赛送红包，不论中央官、地方官、监司、郡守都有价码，朝中一切政令都自贾似道家中发出，葛岭已隐隐然成为政治重心了。

贾似道发迹之初，宋理宗曾经对他夜半挟妓游湖不以为然，现在高卧湖中别墅，贾似道大可以堂而皇之游个痛快了。西湖开辟于唐穆宗时，宋朝曾经加以疏浚（jùn），湖水清澈奇巧、画栋雕梁。

在葛岭别墅之中有一间房间叫“半闲堂”，半闲堂可以说是贾似道的客厅，也可以说是书房，里面收藏有各种字画古董。

现在我们收集古字画的人，若是看到画中有一方“半闲堂”的图章，表示这幅字画曾被贾似道收藏过，那可真是名贵稀罕无比。因为半闲堂太有名了，也有许多后人为了提高字画的身价，特别刻了一个假的半闲堂的章子盖上去。

半闲堂中除了珍贵的书画以外，贾似道还为自己制造了一座肖像，当他本人不在时，肖像就代替他在半闲堂中附庸风雅一番。

宋度宗，选自《乾隆年制历代帝王像真迹》。

葛岭之中除了半闲堂，还有一个著名的房间，称之为“多宝阁”，顾名思义，多宝阁之中一定有许多的宝贝了，这里面到底有多少宝贝？因为贾似道的运气好，没有像明朝奸臣严嵩、清朝奸臣和珅一般死后被抄家，详详细细列了一张清单，因此我们无法查考多宝阁中的真实情况。

但是由一个小故事，就可以知道贾似道是怎样上天下海地搜集宝物。贾似道听说余玠（jiè）有一条珍贵的玉带，立刻派人去四川访求，访求了半天才知道，原来这条玉带已经随余玠入了土殉了葬。

贾似道仍不死心，非得到手不可，他居然派人挖了余玠的坟，开了他的棺木，硬是取出了玉带。想余玠还是守蜀名将，尚且在死后被开棺，一般小民若是手上有珍宝，哪儿能逃得过贾太师的手掌心。

除了搜集古铜器、书法、名画、金玉珍宝之外，贾似道还有一项特殊癖（pǐ）好——搜集美女。他喜欢的美女范围很广，而且很奇怪，举凡大家闺秀、小家碧玉都有兴趣，青楼名妓固然为贾似道所喜，连空门女尼他也爱，甚且皇帝身边的宫人，贾似道也会千方百计把她弄入葛岭。

被贾似道当成收藏品的美人儿，虽然长得花容月貌，在贾府中也不愁衣食，却是相当可怜的一群人，因为贾似道性情残忍，带有一点儿虐待狂。

有一回，贾似道带领姬妾们倚着小楼看窗外，西湖畔正有两名少年郎由湖登岸，这两人生得唇红齿白，风度翩翩，十分的潇洒，引人注意，其中一妾忍不住叹息：“啊，真是美少年。”

“你喜欢他吗？若是喜欢，我就为你纳聘。”贾似道半开玩笑道。

那姬妾不答，只是一个劲儿低头在笑。

过了一个时辰，贾似道端来一方盒子，把诸姬妾们叫到跟前，诡异地说：“我刚刚已为她纳聘了。”说着，揭开盒子一看，赫然是说错话的小妾的头，大小姬妾们看了无不大吃一惊，其中一个难过得当场大呕大吐。

葛岭一向是门禁森严，闲杂人等一概不许出入。某次，一位侍妾的哥哥赴贾府找妹妹，他乡下人头一回见这等场面，不免东张西望，好奇得很。

“你是什么人，看什么看？”警卫一把揪住了乡下人。“我，我，我找我妹妹。”乡下人吓得张口结舌，警卫不由分说把他提到了贾似道面前。

“我妹妹是张美秀，我是她哥哥，我叫……”乡下人还没有说完话，贾似道就下了命令：“把他丢到火中烧死！”

这时张美秀也听说此事，着急地赶了出来，跪在贾似道面前苦苦哀求：“请太师饶命，他确实是我的哥哥，我娘找他来告诉我……”

“你不必多说了，就是你亲哥哥也不许乱闯！”贾似道既蛮横又无理。

宋朝人是很讲究美食的，中国的烹调艺术在南宋更是发达到了极点，当时筵席上的许多食谱如“水龙脑”、“洗手蟹”、“莲花鸭签”，做法都已失传。贾似道尤其是个美食家，他喜欢吃天台桐树上的香蕈（xùn），自有人大老远帮他捎来，可惜香蕈隔了一段时日便会走味儿了，于是，送礼者干脆连桐木一块送到葛岭，可以想见其工程之浩大。

贾似道又喜欢食用苕（tiáo）溪的鳊鱼，会拍马者又养了千条鳊鱼，按日为他送上。

他在葛岭过着穷奢极欲的生活，百姓却民不聊生，敢怒不敢言，只能悄悄在歌谣之中讽刺朝廷粉饰太平，譬如乡下妇人满头珠翠，其实全是玻璃做的，杭州人就唱道："满头都是假（贾），无处不琉璃（流离）。"暗指贾似道当权，弄得到处流离失所也。

贾似道斗蟋蟀

贾似道终日待在半闲堂里，闲着也是闲着，总要多想一些好玩的乐子，他最喜欢玩的是赌蟋蟀。蟋蟀好斗，而且两只凶猛的蟋蟀斗起来拼个你死我活，煞是精彩。贾似道最好此道，他经常带着一群姬妾，与赌徒们席地而坐，昏天黑地地斗蟋蟀，下赌注。

由于宰相独好此调调儿，不但临安城里的蟋蟀身价百倍，附近城市乡村，蟋蟀的价格直逼黄金，尤其是谁要能找到品种特异，勇猛厉害的蟋蟀，再加以训练调教，送到宰相府，保管有重赏。

一只蟋蟀打不了几个回合就死了，因此，贾似道需要大量生猛的蟋蟀才能一直赌下去。于是官吏们正事不做了，率领着大批百姓翻山凿洞找蟋蟀。

贾似道混在狎客中赌博，大呼小叫，丑态百出，完全是一派流氓作风。曾有赌客指着杀得难分难解的蟋蟀道："哪！这就是我宋朝的军国大事。"

事实上，宋朝的军国大事正在吃紧，蒙古大军兵围襄阳，大将吕文焕的求救文书，如雪片一般飞来。贾似道蹲在地上，全神贯注斗他的蟋蟀，连军报也没时间看。

贾似道富可敌国，享尽了人间富贵，但是他除了斗蟋蟀之外，没事还要玩一玩、耍一耍宋度宗才甘心。他在第三度递上辞呈，度宗赐以葛岭之后，曾经有三年没有开口辞相位。到了咸淳六年（1270 年），他又以多病为借口，撂纱帽不肯干了。

度宗最怕贾似道来这一招，每次贾似道嘟嘟囔囔不想干了，度宗就膝盖发软，眼冒金星，他好话说尽，眼泪都要掉下来了，贾似道依然执意非走不可。

最后，度宗低声下气，拜托贾似道六日一朝，入朝一拜，就是六天才上一天班，其余全是周末假日，贾似道仍然不肯。

“那，那就十日一朝吧。”度宗搓着手哀求道。

从此，贾似道十日一朝，入朝不拜。非但不拜，每次退朝，度宗还赶快起立，行注目礼，目送贾似道迈着方步，大摇大摆地步出朝廷。

当时，蒙古兵围襄阳，前线紧张极了，度宗也晓得，每次想要问，又不敢开口，心中总是期待贾似道自己说，但是，贾似道总是不说。

度宗真是好耐性，这一等，他竟然熬了三年，不敢开口询问，由此可见这个皇帝是怎样的窝囊，无怪乎贾似道骑到度宗头上撒野。

终于等到有一日，度宗鼓足了勇气问他：“襄阳之围已三年，你准备怎么办？”

岂料贾似道这个老滑头居然回答：“北兵早退去。”

贾似道这么回话，做皇帝的原该痛加斥责，这简直是欺君之罪嘛，但是度宗害怕，他不敢，呆立半晌，不晓得如何是好，心里头却是很生气。

谁知贾似道不得理却也不饶人，接着又逼问度宗：“陛下是听什么人说襄阳被困三年？”

事实上，许多忧心忡忡的大臣都曾经跟度宗提过，度宗不敢回话，情急之下说：“噢，一个女嫔说的。”

“哪一个女嫔？”贾似道仍要打破沙锅问到底。

心虚的度宗只好告诉贾似道一个女嫔的名字，过了没有两天，女嫔被人害死。

自此而后，没有人敢再上奏皇帝边事告急之事，度宗碰了这个钉子，下一次也不敢再问贾似道了，事实上，问了半天也是白问。

咸淳九年（1276年），守襄阳的吕文焕因救兵不到，又闻说宰相大人忙着斗蟋蟀的“军国大事”，无暇顾及宋朝边境的军国大事，心寒极了，愤恨交加投降蒙古人。吕文焕赤胆忠心，完完全全是被朝廷逼的，天下汹汹，都为吕文焕抱不平，也都恨死了贾似道误国殃民。但是贾似道仍然好官我自为之。

有一次，度宗赴郊外举行祭礼，贾似道担任大礼使，礼成之后，正准备还宫，忽然下起倾盆大雨，只好等雨过天青之后，再起驾回宫。

谁知一个时辰、两个时辰过去了，雨势愈来愈猛，没有停止的迹象，度宗身体孱（chán）弱，有点儿受不了了。当时护驾的侍卫胡显祖是胡贵妃的哥哥，忍不住劝皇帝先坐轿子回宫。度宗也点点头，正要上轿。

忽地，贾似道一吼：“臣为大礼使，岂有大礼使不知，陛下竟然擅自举动，既然如此，我这个宰相也不必做了。”可怜的度宗又胆战心惊，连忙慰留贾似道，贾似道仍然气鼓鼓的，非辞官回家不可。最后，度宗不但撤了胡显祖的职，而且把胡贵妃剃光头发，赶入尼姑庵，贾似道才勉勉强强继续当宰相。

度宗在位第十年，贾似道母亲过世，照理是要守制三年，但是援史嵩之的例，马上起复，史嵩之不守丧，闹得轩然大波，贾太师不守丧，没人敢吭声。

贾母出殡的当天，坟墓一如皇陵，文武百官全部参加，突然大雨倾盆，而且是狂风暴雨，“大雨大雨一直落”，竟然没人敢打伞，没人敢易位。许多老臣回家之后都伤风感冒，几乎一命呜呼。

宋朝本来国势积弱，被贾似道这么横整胡来的乱搞，大宋的江山，不久就断送了。船到桥头未必直也，度宗若不是这么无能，被贾似道肆意玩弄于股掌之上，国家也不至于走上绝路。蒙古能够灭亡宋朝并不是偶然的事，下面我们要回过头来讲一讲有关蒙古的故事。

阿兰豁阿折箭教子

南宋国势衰弱之际，在中国北方，蒙古正悄悄地兴起。

提起蒙古，那似乎是个遥远又神秘的地方。许多人中学读过元朝的历史，除了很痛苦地背过蒙古四大汗国及蒙古西征，背完了又还给历史老师而外，大家对蒙古的了解实在极其有限。从本篇起，我们将试着用有趣又有系统的方式，为读者们介绍蒙古的历史，增加对蒙古文化的了解。

在中国历史中，有关蒙古最早的纪录是《旧唐书》的《北狄传》，称之为“蒙兀儿室韦”，在今天黑龙江省西北部及外蒙古车臣汗北境一带，天连天，地连地，有辽阔的草原和戈壁，正如同著名的蒙古民歌中所唱的：“敕勒川，阴山下，天似穹庐，笼盖四野，天苍苍，野茫茫，风吹草低见牛羊。”整个蒙古高原是荒凉、干燥、寒冷。不同的气候景观，也孕育出不同的文化。

蒙古人主要是以游牧与狩猎为主，它的社会、政治、经济、军事都是以此为基础。据说成吉思汗曾经说过：“有一天我的子嗣们若是放弃了自由自在的游牧生活，和汉人一般，住进用污泥造成的房屋，那就是我们蒙古人的末日了。”由此可见，蒙古人是多么以游牧生活自豪。

根据蒙古学者札奇斯钦所写的《蒙古文化与社会》一书中，他曾考证蒙古黄金史，有这么有趣的一段：

有一天，成吉思汗带着几个皇子，大伙儿畅谈什么是人间最快乐的事。术赤说："我想要谨谨慎慎地牧养家畜，再挑选一块最好的地方，把官帐安置好，大家一块儿宴会享乐。"

察合台说："在我看来，克服敌人，击溃对手，能够给幼驼穿鼻孔，或是万里长征把戴宝冠最美的美女掳回来，那才过瘾！"

拖雷也神采飞扬接口道："骑上调练好的良驹，带着驯好的猛鹰，到深泽行猎，去捉布谷鸟，或是骑着花斑枭（xiāo），带着海青鹰，去捉花斑鸟，这才有意思哪。"

由此可知，游牧与狩猎是蒙古人最有兴趣的事。蒙古的家畜的地位，因而分为五个等级次序：马、牛、骆驼、羊、山羊。我们也能够由此了解蒙古文化的一部分。

马是蒙古人最喜爱的家畜，人在空旷的草原上，离开了马，简直寸步难行，所以蒙古人有一句谚语："人生最大的不幸是少年的时候离开了父亲，在半途之中，离开了马。"

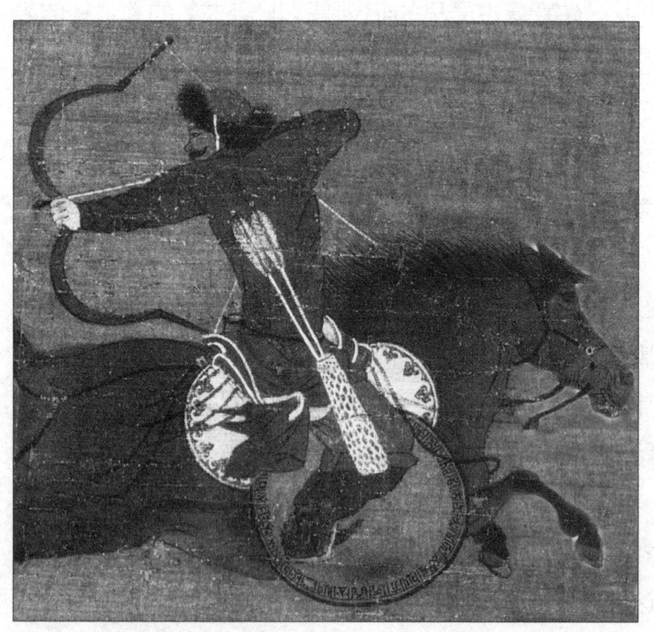

于骑马飞驰之际扭身射箭，正是蒙古劲骑的拿手好戏，佚名绘。

快捷的马匹载着蒙古人，建立了元朝帝国，无怪乎蒙古人对马另眼相看了。许多蒙古人家，在帐幕外悬挂许多小旗，旗上画着一匹有翅膀的飞马，表示这家人的运气如天马行空。蒙古人甚且认为，人死后升天，也是骑马上天的。

在马群之中，又以白马最为尊贵，蒙古亲王向来是骑白马的，真是所谓“白马王子”，蒙古人进贡最高级的礼物是“九白之贡”——白驼一匹，白马九匹。

蒙古小孩到了三四岁就时常随着父母骑马，五岁的时候，已经可以自己骑着一匹马，由父母牵着，在草原上驰骋（chí chěng）了，好厉害！

牛是和人家住在一起的，它们自己会早出晚归，不需牧人照管。牛不仅是供给游牧人食粮，而且也是拉车的交通工具。蒙古的牛以犛（lí）牛、毛牛为主，比中原的牛壮得多。

骆驼是长程运输的交通工具，骆驼也是所有家畜之中，最凶猛不驯的动物。

羊分为长尾与圆尾的两种，羊毛虽粗，却极为纯白美丽，蒙古人常说草原上的羊群美得像撒在绿绒上的珍珠。羊肉、羊乳是蒙古人主要的食粮，羊毛、羊皮则是衣服的材料。

蒙古人是怎么样来到现在的蒙古高原的？根据蒙古人自己的传说，在铁木真（成吉思汗）出生的两千年前，蒙古人因被敌人打败而惨遭屠杀，只剩下一男一女，逃到额儿格涅昆山中，繁衍后代，经过了许多年，有一个蒙古人娶了美女阿兰豁阿为妻，生了两个儿子之后，丈夫就死了，阿兰遇到了一件神奇的事，又生了三个儿子，阿兰曾告诉她五个儿子说：

“记得那段时候，每天晚上有一个黄白色的人，借着帐篷天窗露空之处的光线，进来抚摸我的肚皮，光线就这么渗透入我的腹中，然后黄白色的人，又借着光影，如同黄狗一般，摇摇摆摆出去了，这样看来，你们都是上天的子民，你们不是普通凡人啊！”

阿兰是蒙古史中著名的母亲，以善于教育子女著名。有一回，阿兰煮了腊羊肉，给五个儿子吃。一般而言，蒙古人多半在冬季十一月，把肥羊宰了，将肉切成细条，阴干制成腊羊肉，准备春天吃，因为春天羊瘦了，不适宜宰食。

烤好的腊羊肉，芳香扑鼻，十分诱人。五个兄弟狼吞虎咽，吃得干干净净。

接着，阿兰给每个儿子一枝箭杆说："折断吧！"

他们毫不费力地把箭杆"咔嚓"一声折成两段，拿在手上玩儿。

阿兰又取来五枝箭杆，紧紧地捆在一起，再交给他们说："折断吧！"老大先来，他使尽全力，汗珠涔涔而下，还是折不断，无可奈何交给老二，老二也试了又试，脸红脖子粗，依然失败，只好再交给老三,一直到了老五，没有一个人能把五枝箭杆折断。

母亲阿兰开口了："你们五兄弟就像是五枝箭，分开来容易被折断，若是合而为一,五人同心，谁能折之？"

这段故事，许多人都听过，恐怕很少人知道这是一个蒙古妈妈的床边故事，很有意思吧！

也速该抢亲

在上篇中，我们说到，阿兰豁阿用折断箭杆的例子，教训她五个儿子要团结对外。

阿兰当初是被抢亲抢过来的。

都蛙锁豁儿是一个独眼龙，虽然只剩下一只眼睛，却是个千里眼，能够看到比别人更远的景物。

有一天，他和弟弟朵蔑（miè）儿干登山，远远看见有一群人，其中有个女郎，生得异常标致，独眼龙眼睛尖，把那女郎前前后后看得异常清楚，他一拍大腿道："这个女子生得真好，若是不曾嫁人，可讨来给弟弟做妻子。"

于是，兄弟两人快马加鞭赶下山，找到那位女郎，一问之下，她名叫阿兰豁阿，也不曾嫁人，而且是当地著名的美人儿，独眼龙好高兴，不由分说便把阿兰抢了回来，给弟弟做妻子。

阿兰生了五个儿子，最小的一个叫孛（bó）瑞察儿，因为年纪小，四个哥哥联手欺负他，在母亲阿兰死了以后，四人分了家产，把小弟弟摒弃在外。

孛瑞察儿没有办法，只好垂头丧气策马而去，靠着驯黄鹰为生，练习武功。

等到孛瑞察儿逐渐壮大，取得邻近部落的支援，他四个哥哥才想起小兄弟，也忆起母亲当年的耳提面命："你们五个兄弟有如五枝箭，分开来容易被折断，若是合而为一，谁能折之？你们五人一心，则坚强无敌也。”

这个时候，孛瑞察儿才被迎回来，而且不久之后当上了酋长。

孛瑞察儿回到家里以后，与四个哥哥倒是相处甚欢。有日，他骑着小马，跟在哥哥身后，一边儿放马小跑，一边儿说着：“哥哥，一个人身上要有头，衣服要有领才好吧？”

这个话说得没头没脑，哥哥懒得理会。

于是，孛瑞察儿又重复了一遍，大哥这才开了口：“你到底在讲些什么啊？”

“我的意思是，刚才在统格梨克小河，我们看到的那群人，没有领袖，没有组织，就好像一个人身上没长头，衣服没有领子，很容易对付的，不如我们去掳掠他们。”

兄弟们商量了一会儿，心想反正闲着也是闲着，不如去试一试身手，五个兄弟上了马，孛瑞察儿当先锋杀向前去。

孛瑞察儿在掳掠行动中，抓到了一个怀孕的妇女，面貌姣好，他眉毛一挑道：“你叫什么名字？”

“我，我是兀良合真。”

话还没说完，孛瑞察儿已经一把搂住兀良合真的腰，把她抱上马，扬长而去。这个怀孕的妇女，就做了孛瑞察儿的妻子，孛瑞察儿便是成吉思汗第十代祖先。兄弟五人大抢大掠之下，马群、食粮、属民、仆婢都有了，孛瑞察儿因为抢了一个孕妇，连儿子都有了。

成吉思汗父母的结合，也是抢亲成婚。

也速该有一天在斡（wò）难河放鹰，正好遇见了蔑儿乞族在迎亲，也客赤列都精神抖擞，满脸红光，等着当新郎。

也速该好奇地瞄一眼新娘，啊，真是美若天仙，难怪也客赤列都如此兴奋。也速该心想：“这么美丽的一个贵妇人，应该属于我才好。”他赶紧回家讨救兵，拉了两个哥哥助阵。

他三人一到，也客赤列都就害怕起来了，夹着马逃到山冈上去躲避，也速该兄弟也立刻快马加鞭冲上山冈。

这时，美丽的新娘月伦开口了："你看那三个人吗？他们来者不善，似乎要取你的性命，你赶快逃吧，只要捡回一条命，你一定还有美丽的闺女和夫人的。"

"如果，如果你还记得我，你可以再娶一个女的，让她的名字也叫月伦，你快点逃吧！"

说着，月伦脱下自己的衬衣，交给也客赤列都："这上面有我的体香，你闻着我的味儿当纪念吧！"

此时，也速该兄弟追了上来，也客赤列都拿着衬衣，慌慌张张地逃走了，月伦就换了一个新郎。

月伦心中很难过，她遥远地眺望着也客赤列都消失的方向，痛苦地说："也客赤列都逆着狂风，飘散着头发，在旷野中饿着肚子，不知道怎么样！"月伦哭得惊天动地，连斡难河的河水都震起波浪，山谷都洋溢着回声。

也速该的二哥劝她说："你所搂抱的人早已越过山岭，你所痛哭的人儿也早已渡过了许多河川，你再哭再闹，也找不到也客赤列都的身影，你还是别哭了吧！"

月伦这才慢慢止住了泪水。

从上面三个故事看来，当年游牧社会抢亲是普遍的，而且是合法的，女人只有乖乖地认命。所以月伦做了也速该的妻子以后，还过着相当美满的生活。

月伦是蒙古史上一个相当重要的女人，因此，也速该抢亲这一件事情，是改变了蒙古历史，甚且世界历史的一件大事。因为月伦就是成吉思汗的母亲。

坚强的蒙古母亲——月伦

在上一篇中，我们介绍了也速该抢亲成功，娶了美女月伦。

公元1155年（宋高宗绍兴二十五年），也速该与塔塔儿人展开大战，俘虏了塔塔儿两个部将，其中一名叫做铁木真。

也速该回到家里，听到月伦刚刚产下一名男婴，也速该十分高兴，依照蒙古的习惯，为表示胜利的光荣，便以“铁木真”为儿子命名，这个婴儿铁木真就是日后创建蒙古帝国，震撼世界的成吉思汗。

铁木真生下来的时候，据说他手里拿着一个血块，形同髀（bì）石。所谓髀石，就是羊的蹄与腿骨相接处的髀骨，蒙古人用它当玩具。这块血块，色如猪肝，十分坚硬，这块凝血也象征铁木真的一生——铁血，他在铁血中出生，也在铁血中成长壮大。

在铁木真九岁那年，他的父亲也速该带着他，到月伦娘家，准备寻求一个理想的结婚对象。走到一半，遇到德薛禅（德薛禅的意思为贤者或是智者）。德薛禅问也速该：“你这么匆匆忙忙，要到哪儿去啊？”

“我要到这孩子的母舅家去求亲。”也速该笑着回答。

德薛禅仔细端详了铁木真，夸赞道：“这个孩子真不错，眼中有火，脸上有光。”

蒙古人喜欢用“眼中有火，脸上有光”赞美小朋友，意思是说脸上容光焕发，目光炯炯，具有热情。蒙古人对于脸色苍白，眼光冷漠，没有热情的孩子，是没有兴趣的。

德薛禅很兴奋地说："也速该亲家，昨天我做了一个奇怪的梦，梦见白海青（老鹰的一种）抓着太阳和月亮，飞来落在我的手臂上，可见这就是你带着你的儿子前来的预兆啊。"原来，德薛禅看上了铁木真，想把女儿许配给他。

"来来，也速该亲家，到我家去看看我女儿的姿色吧！"德薛禅拉着也速该父子，回到家中。

也速该看到德薛禅的女儿，也是个脸上有光，目中有火的女孩，正合自己的心意，一眼就相中了。

德薛禅的女儿，名叫孛儿帖，十分美丽，比铁木真大一岁，刚好十岁。当天晚上，双方家长即认定了这一门亲事，也速该留下了一匹马作为聘礼，又依照德薛禅的请求，把铁木真留在岳家，也速该交代道："我把儿子给你当女婿，我儿子怕狗，你可别叫狗儿吓着我的儿子呀！"然后，也速该就回去了。

铁木真，佚名绘。

也速该走到一半，正好遇到塔塔儿人在摆筵席，他饥肠辘辘，不客气地下马歇息，昂然入座。

塔塔儿人认出也速该，想起以前被掳掠的旧恨，在食物中掺了毒药。也速该不知情，大块吃肉，大碗喝酒，十分过瘾。

回到家以后，也速

该渐渐不舒服，一阵阵冒冷汗，他这才知道中了毒，临终之前，命人赶往德薛禅家中，把铁木真接回来。

月伦如今孤儿寡母，十分可怜，铁木真最长，只有九岁，他下面还有三个弟弟，一个妹妹，分别是七岁、五岁、三岁，小妹妹还在摇篮里。

蒙古人有一种特殊的摇篮，用一块二尺长的木板钉成，下面有两个弓形的木条，两旁有孔，易于穿带，把婴儿缚在板上摇晃催眠，这种方法据说可以使幼儿的腰腿发育正常。

除了四子一女外，铁木真有一个庶母，也生了两个男孩，这一家子总共有九个人，都要靠月伦张罗。

自从也速该被毒死之后，族人对月伦母子不理不睬，无论祭祖、烧饭、祭祀都不理会月伦，月伦十分伤心地哭诉："你们为什么在分领祭祖的胙（zuò）肉与供酒时，故意不肯等我呢？你们难道不知道，我的孩子还没有长大吗？"

"呸！你若是刚好碰到了，才有你吃的，哪有你一来，就分你肉的道理！"族人大声呵责月伦。

过了没多久，也速该的部众，更被泰赤乌人引诱走了，抛弃了月伦母子，他们撤走帐篷，毫不留情地说："溪水干了，明石碎了，还留在这里做什么？"

月伦听说此事，拿着军旗，前往追赶，截回了一部分部众，但是这些被追回来的部众，仍旧不肯留下，没多久，又偷偷地溜走了。

月伦无可奈何，幸亏她很能干，拾果子、掘野菜养活孩子们。

铁木真渐渐长大，他和他的弟弟们都成了臂力过人的勇士。

铁木真说："我们要奉养母亲。"于是，兄弟们制作了钓钩去钓鱼，还用火烘弯了针，去钓细鳞白鱼，更用拦河网去捞小鱼、大鱼。

有一天，他们兄弟三人去捕鱼，一条很亮的大鱼上钩了，却被庶母兄弟夺走了，在此之前，铁木真捉到一只鸟儿，也同样被抢走了，兄弟们好生气，赶快回来向母亲告状。

月伦却和颜悦色：“不要那样，我们除了影子之外，没有别的同伴，除了尾巴之外，没有别的鞭子，你们兄弟应该要团结。别忘了，泰赤乌人的仇还没有报！”

月伦真是一位识大体的慈母！

铁木真死里逃生

也速该死后，月伦带着铁木真兄弟，孤儿寡母过着艰困的日子，祸不单行，泰赤乌人偏又来找麻烦。

泰赤乌人在也速该死后，带走他遗留下来的部众，他们见到铁木真日渐茁壮，有如“雏儿脱毛了，羊羔儿长大了”，决定先下手为强，经常寻衅，月伦母子很害怕。

有一次，泰赤乌人又来了，母子们就在密林中折下树枝，搭起棚子，以供全家人躲藏，更把三个年纪小的藏在崖缝儿里。

泰赤乌人高声叫道：“叫你们的哥哥铁木真马上出来，其余的都没有事！”

兄弟们赶紧呼唤：“铁木真，快逃！”

矫捷的铁木真骑上快马，逃入密林深处，躲了起来，泰赤乌人把山团团围住，不怕铁木真逃掉。

铁木真在密林里熬了三天三夜，正想要走出去，忽然，他的鞍子从马上脱落下来，回头一看，肚带仍在，鞍子怎么会掉下来呢？他自忖：“莫非是上天阻止我？”于是留了下来。

又过了三天三夜，铁木真实在饿慌了，他准备不顾一切地下山，正要走出密林。忽地，一块巨大的岩石滚下来，不偏不倚恰好挡住出口。铁木真又想：“莫非上天又在阻止我？”他再度留了下来。

到了第九天，铁木真快要饿扁了，他自言自语道：“总不能这样不明不白莫名其妙地死去啊！不如出去碰碰运气。”由于有岩石挡道，他拿出利刀，砍断树木，缓缓地走下山来。他一出现，马上被泰赤乌人逮个正着。

泰赤乌人兴高采烈地拿住铁木真，带回他们的地盘，让他戴枷示众。隔天夜晚，正是一个祭祖的“红圆光日”，泰赤乌人在斡难河举行大规模的宴会，只留下一个瘦弱小童看守铁木真。

铁木真眼看机会来了，他举起手上的枷锁，往那个小童身上一敲，小童应声而倒。他急忙奔入斡（wò）难河岸的森林，跳入水里，只留下一个头在水面。

看守的小童苏醒之后大叫：“犯人逃了！”泰赤乌人闻声而至，当夜月光朗朗有如白天，他们沿着斡难河树林，一排一排接着找，非把铁木真找到不可。

泰赤乌人中有一个叫锁儿罕失剌的，忽然发现铁木真仰着脸，躺在水里，忍不住起了爱才之心，他对铁木真说：“正因为你如此有见识，目中有火，脸上有光，泰赤乌人才这般恨你，你放心，我也不告发你，你就这么谨慎地躺着吧！”

正在这个时候，大队泰赤乌人赶了过来，锁儿罕失剌说：“白

蒙古人的俘虏，佚名绘。

天里让犯人给逃走了，现在天黑了，怎么找得着？还是按着原来的路迹，去看看未曾看过的地方吧，那个戴枷（jiā）的人能逃到哪儿呢？”

大家都累了，异口同声说：“好啦，明天再找吧！”

等到泰赤乌人走远了，锁儿罕失剌再回到水边，对铁木真说：“他们现在已经散了，赶快回去找母亲和弟弟吧，如果遇见别人，你可别说曾经遇到我。”

锁儿罕失剌走后，铁木真心想，我现在逃，可也逃不远，锁儿罕失剌倒真是一个老好人，昨天晚上，他两个儿子看守我，还曾经替我松了枷，让我安睡一夜，我不如前去投靠他们。

于是，铁木真蹑手蹑足，顺着斡难河，寻找锁儿罕失剌。铁木真依稀记得，他两个儿子说过，家里经常打马奶，一直搅拌到天明，聪明的铁木真一路走，一路侧耳倾听，他听到把马奶灌到皮囊里的声音，他循着声音，找到了正在忙碌的锁儿罕失剌。

锁儿罕失剌见到铁木真，吓了一大跳，很不高兴地说：“你跑来干什么？我不是告诉你，要你去找妈妈？”他的两个儿子倒是忙着为铁木真说情：“雀儿被鹞鸟追赶，躲到草丛里，草丛还要救它，如果我们不救铁木真，倒显得比草还不如了。”

说着，两兄弟合力帮铁木真松了枷，顺手把枷扔入火中给烧了，叫铁木真坐在后面装羊毛的车里躲着。在蒙古游牧地区，由于时常要迁移，所有财产，如果不是时时要使用，多半都储藏在环绕穹帐周围的车子上，所以羊毛也是放在车上。

两兄弟唤妹妹去照顾铁木真，并且叮咛道：“记住，别对任何人提起这件事。”

天明之后，泰赤乌人到处寻觅，不见铁木真的下落，疑心有人把铁木真藏了起来，一个营一个营地逐家查访。

泰赤乌人搜查到锁儿罕失剌的家中，内内外外都被搜遍了，最后又去搜查装羊毛的车子，把一捆一捆的羊毛搬出车外，快要看到铁木真的脚的时候，锁儿罕失刺急中生智道：“这么热的天气，羊毛里如果有人，怎么受得了？”

蒙古人一向怕热，泰赤乌人认为他的话言之有理，便不再搜查，转往别家去了。

泰赤乌人走了，锁儿罕失刺对铁木真说：“为了你，差一点我们家像风吹灰散般的毁了，你赶快走吧！”他送了铁木真一只骡马，煮了一只羔羊，又给了他一桶马乳，铁木真千谢万谢地离开了。

少年英雄结伴行

铁木真历尽千辛万苦，逃离泰赤乌人的掌握，回到了故居。但是，铁木真的母亲月伦已经举家迁走。

铁木真循着斡难河，一路寻寻觅觅，终于找到了母亲和弟弟妹妹们，全家商量的结果，为了防止泰赤乌人再来骚扰，决定搬到更荒凉僻远的不儿罕山之中，以土拨鼠为食。蒙古人通常是不吃土拨鼠的，由此可见，铁木真当时一家生活贫困的情形。

即使是躲在深山里，命运之神仍然不放弃考验他们，铁木真当时全家的财产不过只有八匹银灰色的马，一匹甘草色的黄马。有一天，强盗来了，把八匹银灰马给劫走了，等到家人发现，强盗已跑远了，惟一剩下的黄马，又被别勒古台骑着去追土拨鼠了。

别勒古台回到家，听说这件事，叹口气道："我去追！"

铁木真说："你不行，我来吧！"说着，铁木真骑上秃尾巴的黄马，顺着草上踏过的马迹，一路追踪而去。他在滚滚黄尘之中追了三天，什么也没有看到，十分泄气，到了第四天一早，铁木真看到一个年轻英俊的少年正在挤马乳，于是，向他打听。

"今天清早，天还没有亮，我看到八匹银马，从这里走过去了，我指给你踪迹。"过了一会儿，他又说："算了，不如我陪你一块儿去吧，朋友，你这一路一定很辛苦了，男子汉的苦难原是一样的，我们不如做个伴儿，我叫博尔术。"

博尔术看看铁木真的黄马，笑着说："骑这种马，你永远也别想追得上，不如把它给放了吧！”老黄马垂头丧气，差点儿要吐白沫，实在也跑不动了。

铁木真换上博尔术牵来的黑脊梁白马，他骑上去，拍一拍马头道：“嗯！果然是匹好马。”

博尔术顺手把挤了一半的皮桶子，用皮斗子扎了起来，放在野地里，自顾自地与铁木真并辔（pèi）而行，大概也是英雄惺惺相惜吧。

两人昏天黑地赶了三天，到了第三天傍晚，太阳快要下山的时候，铁木真看到久违了的八匹银马，正在大圈子外面吃草。

铁木真说：“伙伴，你留在这儿，我把马赶出来。”

“讲了与你一块儿做伴，我怎能留在这儿？”说完话，他也放马直奔，把那八匹银马赶出圈子外。所谓圈子，是蒙古一个游牧单位，常用车辆环绕帐幕放置，形成一个圈圈，作为栅寨之用。

他们顺利地赶出了八匹银马，随即强盗追上前来，博尔术说：“伙伴，快把箭给我。”

“为了我，让你受伤，不好意思，我来射吧。”

铁木真箭法极准，回首一射，马上命中，然后他俩趁着天色渐暗，逃离了强盗的追赶。他们日夜赶路，一连赶了三天三夜，回到博尔术的家里。

铁木真满怀感激地说：“伙伴，若不是你，我能找回这些马吗？咱们分吧，你要多少？”

博尔术听了，昂首大笑：“你以为我要的是你的马吗？我只要交你这个朋友。马，我是不希罕的，你大概不知道，我父亲是纳忽伯颜，有名的大财主，而我是他惟一的儿子。”

正在此时，纳忽伯颜走出来了，他因为儿子离奇失踪，哭得泪流满面，忽然看到儿子回来了，还带着一个壮健的少年郎，又高兴又生气，于是一面哭泣，一面责备儿子，哭哭笑笑的，闹了好一阵子。

蒙古人与蒙古马，佚名绘。

博尔术扮了一个鬼脸道："怎么啦！别生气，好朋友辛辛苦苦地前来，我去给他做伴，现在不是回来了吗？"然后，他骑马出去，把放在野地里扎起的皮桶子、皮斗子拿回来，快快乐乐打了一场牙祭。

纳忽伯颜看着两个少年郎，都是"眼中有火，脸上有光"，活泼泼的模样，心中十分喜欢，劝勉他们说："你们两个年轻人要互相照顾，日后不可相弃。"这时候的博尔术只有十三岁大，他以后成为成吉思汗的四杰之首。

铁木真临行之前，博尔术替他准备了一只肥肥的羔羊，一皮桶马奶，给他当行粮。铁木真带着八匹银马，轻快地回到家中。

月伦母子们，由于铁木真一去未返，正在担心他是否出了事，忽然看到铁木真笑嘻嘻地回来，还带着八匹被夺走的马匹，真是高兴极了。

这一趟铁木真回来之后，月伦看着儿子真是长大了，有意为他成亲。

铁木真听月伦妈妈这么提议，心中也十分欢喜，马上带着弟弟，顺着克鲁伦河去找岳父德薛禅。

想当初，德薛禅一眼相中了铁木真，这会儿久别重逢，激动地猛摇铁木真："听说泰赤乌人把你视为眼中钉，我愁得快要绝望了，好容易我们又相见啊。"德薛禅又忙着把妻子找出来见铁木真，丈母娘看女婿愈看愈有趣，开始准备结婚大典了。

铁木真成亲

汉人成亲的方式，大家都很熟悉。现在，我们借着铁木真的成亲，介绍一下蒙古的婚姻习俗。

当初，铁木真订亲，是由父亲也速该带着他，去外地寻访得来。在塞北的蒙古，自古就地广人稀，又严格执行族外婚，近亲不得结婚的规定，因此，娶媳妇颇为麻烦，不得不长途跋涉，到其他民族中去访求佳丽，这也是容易造成抢亲的原因。

蒙古的婚姻，差不多都是由族长或父母之命而定的，很少有自由恋爱而结合的。在蒙古文献之中，最早一篇记载蒙古人婚嫁故事的，就是铁木真成亲的一段。

在铁木真九岁的时候，也速该带着他，到母亲月伦娘家，去找一个女孩定亲。半途中遇到德薛禅，他一眼就发现了铁木真年纪虽小，相貌不凡，兴奋地说："你这个儿子是个脸上有光、目中有火的孩子啊，也速该亲家，我昨天夜里做了一个梦，梦见白海青抓着太阳和月亮，飞来落在我的手臂上。原来这个梦是你带着你的孩子前来的预兆啊。我们翁吉剌惕（tì）人自古就是男儿们相貌堂堂，女儿们姿色娇丽。……也速该亲家，到我家去吧，我的女儿还小呢，你看看吧。"说着，德薛禅就把他们领到自己家里去。

也速该一见德薛禅的女儿，活泼伶俐、跳跳蹦蹦，也是一个脸上有光、目中有火的女孩儿，正合自己的心意，马上就相中了。

第二天一大早，也速该醒来头一件事，就是向德薛禅提亲。

德薛禅笑逐颜开道："你多求几遍，我才许，这才会被人尊敬；少求几遍，就许给啊，要被人看轻的，女儿家的命运，没有老在娘家门里的。我把我的女儿给你们吧，把你的儿子当做女婿，给我留下，你回去吧！"

于是，也速该把自己的马儿，当做订礼给了德薛禅，铁木真也留在准岳父家。也速该走后，半途中遇到塔塔儿人宴客，他不客气地入席，塔塔儿人认出也速该，想起前仇旧恨，在酒食之中暗暗下毒，也速该回家不久一命呜呼。

蒙古习俗是，一经许婚，男方必须马上送上订礼，并且让未来的女婿留住在岳家。铁木真是因为遭到父丧，匆匆返家，才没在德薛禅家中住下。

这一回，铁木真已经长大，前往岳家迎亲。德薛禅夫妇大喜，即命女儿孛儿帖与铁木真成亲，这一年铁木真二十岁。

根据蒙古习俗，在迎娶之日，新郎要佩带弓矢前来，这个时候，女方派人阻止他们到女家的穹帐附近，于是双方的"说（shuì）客"出场辩难。男方说明他们此来的目的、新郎的家世等等。

女方的代表，则一面处处与对方为难，一面述说女家的美德与优良传统等等，他们之间的一问一答，都是用韵文，这种对话没有一定的东西可以背诵，必须是脱口而出，朗诵创作才可，最后一定是女方让步，叫他们来迎娶。

新郎进入岳家以后，要向女家的父母长亲行跪拜之礼，并且接受他们的祝福。然后女家的双亲赠送新郎一套新衣，叫他穿上，把预备好的弓箭，让他佩上，然后，在祝福声中，送女儿骑上骏马。

接着，要举行一场盛大的宴会，在宴会中所饮用的酒，必定是一瓮新酒，瓮口用皮革包起来，献酒时拿新的象牙筷子，刺破皮革，倒出酒来，这也是用以象征此家女儿的贞洁。

新娘离开家时，要换上漂亮的盛装，同时还要从头到脚，换上一

蒙古的盛大宴会，佚名绘。

件一色的布罩，罩袍的颜色则依占卜的吉日不同而互异。新郎新娘走到一个适宜的地点之时，下马祭拜苍天，拜天礼仪完成之后，新娘去除衣外的布罩，两人才算正式结为夫妇。

依照蒙古的习俗，父母要亲自把新娘送走，孛儿帖的父亲送小两口到克鲁伦河畔，母亲搠坛则陪着爱女，一直送到铁木真家。

蒙古男儿新婚之时，他的父母一定会为他建一个崭新的穹庐，这就是他的新房。在这个穹帐之中，有新夫妇的喜床，这一张床，永远不会再更换，也没有任何外人可以坐在上边，或是把物件放在上面。

更有趣的是，在建盖支搭这新的穹帐之时，一面搭，要一面朗诵祝福，祝贺这一对新人白首偕老，一生幸福，子孙满堂，事业发达。同时，还要把一块乳油抹在天窗上，抹奶油时，也要说些吉祥如意的话语，祝福这个新房的主人，譬如：“有莲花般的顶盖，坚固结实的墙壁，细长美好的房椽，光辉明朗的天窗，愿这穹庐成为他们长寿幸福、子孙繁衍的住所。”

孛儿帖拜见婆婆月伦之时，带来一件上等黑貂裘，作为拜见翁姑的见面礼。铁木真把这件名贵的黑貂裘，转送给客烈部长王罕，用来联络感情，铁木真说：“你与我父亲曾经结为安答，就如同我父亲一般，我现在娶了妻子，我把我妻子呈给翁姑的衣服拿给你。”

所谓安答，指的是互换赠物，盟誓结为弟兄的意思。

王罕接过黑貂皮褂子，十分欢喜：“我帮你把背离的百姓，再重新组合起来！”到此一时刻，铁木真才真正走上了成家立业的道路。

铁木真爱妻被掳

铁木真结婚以后，很想念曾经助他一臂之力，帮忙找回八匹银马的博尔术。于是，派了弟弟别勒古台到博尔术家，邀请他前来做伴。

博尔术正好也很思念铁木真，顺手带着一件毛绒袄，骑上一匹甘草黄马，就随同别勒古台来了。两人相见，互相重重地拍击，十分开心。从此以后，博尔术在铁木真家住下来，再也没有分离。

同时，铁木真在婚后，举家迁往克鲁伦河，过了一段幸福快乐的日子。

有一天清晨，天还没有亮，在铁木真母亲月伦身边使唤的老女仆——豁阿黑臣忽然惊醒，觉得不对劲，她趴下来，用耳朵贴紧地面，全神贯注地倾听，果然有自远而近的人马喧腾声音。（按蒙古草原广大而宁静，以耳伏地，可以察觉到二三十里外的动静。）

老女仆急忙推醒月伦："赶快起来，我听见地震动的声音啦，莫不是泰赤乌人又来了！"

月伦大叫一声："赶快把儿子们叫醒！"然后急急忙忙起来了。

铁木真等几个儿子，动作迅速，飞快地跑出帐篷，去抓自己的马。在蒙古游牧地区，很少有人将马拴在马槽里过夜的，多半都是把马加上脚绊，使马匹可以自由地在离家不远的地方吃草，自在地走来走去，有时，马匹也会走到两三里外的地方去闲逛。所以，要骑马的时候，必须先把马抓回来。

由于马匹不够用，因此铁木真夫人孛儿帖缺了马，一筹莫展。

忠心的老女仆把孛儿帖藏在一辆有黑篷的车子里，套上了一匹花牛，也向不儿罕山奔去。

牛车刚走不久，立刻迎面遇上了蔑儿乞人。原来，此次前来的不是泰赤乌人，而是蔑儿乞人。

想当初，铁木真的母亲月伦，原是蔑儿乞人也客赤列都的新娘，在迎娶之时，半途杀出个也速该，惊见月伦貌美如花，约了兄弟们抢亲，把月伦夺了回来，当了也速该的妻子。

蔑儿乞人的新娘被抢跑了，又气又恨，早想找机会报复。也速该生前，武力强悍，只好容忍到底。也速该死后月伦母子一再迁移，蔑儿乞人不知其下落，直到此时才打听出来，铁木真一家住在克鲁伦河，势力单薄，正是一雪前耻的最佳时机。

蔑儿乞人凶巴巴地拦住牛车，问道："你是什么人？"

老女仆镇静地回答："我是铁木真家里的人，刚去主人家剪完了羊毛，要回到我自己的家去。"

"铁木真在家吗？他家离这儿有多远？"

"远倒是不远，可是不知道在不在家，我是从后边出来的。"

"噢，那你走吧！"蔑儿乞人对老女仆的回答倒是相当满意。（按蒙古习俗穹帐的安排是，卑下的人帐幕设在东北角，他们的出入，不经过主人穹帐之前，而是由后面绕过去。）

于是，蔑儿乞人放马小跑走了。

老女仆立刻猛抽牛背，正要赶快跑，不幸地，车轴断了，蔑儿乞人又在树林里捉住别勒古台的母亲（就是铁木真的庶母），提着她两条腿，奔过来问："这车里载的是什么？"

老女仆说："羊毛。"

蔑儿乞人中一个较年长的说："弟弟们，孩子们，下马看看。"

一大群蔑儿乞人七手八脚，把车子的门摘了下来，赫然看见一位漂亮的贵妇人坐在里面，他们马上猜到这是铁木真年轻漂亮的妻子，兴奋地把孛儿帖从车子里拖了出来。

蔑儿乞人围着不儿罕山，一连展开三次搜捕行动，都徒劳往返，因为不儿罕山林木稠密，连“吃饱的蛇都难以穿过去”，只在此山中，云深不知处。蔑儿乞人心想，当初也速该抢走了月伦，如今蔑儿乞人抢走了也速该的妾，外加铁木真的妻子，也算是报仇了，便一阵呼啸而去。

铁木真听说敌人已走，不知是真是假，不敢冒冒失失跑出来，他派遣了别勒古台出山，偷偷跟在蔑儿乞人后面，一连跟了三天三夜，确定蔑儿乞人回家了，铁木真一行才自不儿罕山下来。

铁木真到了山脚，他捶着胸说：

> 使豁阿黑臣老母（老女仆）
> 像鼬鼠般能听的缘故，
> 像银鼠般能看的缘故，
> 才使我身体能够躲避。
> 不儿罕山荫庇了我这小如蝼蚁的性命。
> 我好受惊吓啊！
> 对于不儿罕山
> 每天清晨要祭祀，
> 每日白昼要祝祷，
> 我子子孙孙
> 切切铭记！

祷告完毕之后，铁木真依照蒙古风俗，面对日光，解下腰带，挂在脖子上，左手拿帽，右手捶胸，跪拜了九次。（按蒙古习俗之中，九是最大的，也是吉祥、富足的象征，因此，九次跪拜是最崇敬之礼。）

铁木真夺回妻子

上一篇我们说到，蔑儿乞人为了报复也速该抢走月伦的仇恨，把铁木真的妻子，别勒古台的母亲（铁木真的庶母）一块儿掳去，分别配给蔑儿乞人当老婆。

铁木真与孛儿帖，一向感情很好，气得牙齿吱吱咯咯响，他知道一个人对付不了蔑儿乞人，只好去请求义父王罕帮忙。

王罕倒是很够意思，他一拍胸脯道："去年我穿上你送来的黑貂皮褂子时，我不是就说过吗，要把你那散失的百姓再集合起来。这件事我会摆在腰子的尖里、胸膈（gé）的腔里。"意思是铭刻在心。

为了万无一失起见，王罕又建议邀请札木合加入，他说："我要毁灭所有的蔑儿乞人，你派人去通知札木合做左翼，我派兵两万当右翼，我们三面夹攻，一定会胜利。"

铁木真与札木合也是老朋友了，当铁木真十一岁的时候，两人就互换髀（bì）骨，成为安答，就是结拜兄弟。

蒙古小孩没有什么玩具，多半就是玩髀骨。髀骨是大腿骨，共有四面，均作凹凸不平状。在冬天大雪纷飞时，青少年多半在冰上投掷或者踢牛髀骨当游戏，羊的髀骨最小，多半用于室内，比赛谁弹得准。

札木合说："铁木真的床铺给弄空了（意思是妻子被掳走了），我的心都疼了，肝也疼了，我们既然是心肝一般的亲族，就该同心合力撞毁蔑儿乞人的营帐骨子，撞折他们供奉福神的门框。”

于是，札木合“祭了远处能看见的高军旗，打了用犍牛皮制作，敲起来有沉重之声的战鼓，骑着黑脊的快马，穿上用皮绳系成的铠甲，拿起有柄的环刀，扣好了带箭扣儿的利箭”，带着两万人马，赶来会师。

王罕的两万人，加上札木合的两万人，以及一万名也速该死后归来的旧部一起在斡难河上源集合。札木合慷慨激昂地说：“看啊，这就是我们蒙古谚语所说的，就是有风雪，也要守约，就是下雨，在约会的时候，也不得落后。”

话说蔑儿乞人，原是兴高采烈，庆贺报了一箭之仇，他们把孛儿帖许配给也客赤列都的弟弟——赤勒格儿。当初月伦就是在嫁给也客赤列都迎娶途中，被也速该拦截抢去的。

现在孛儿帖的配给丈夫开始后悔了，他懊丧地说：“老乌鸦的命本该是吃残皮剩壳的，我不自量力，竟想吃鸿雁、仙鹤，侵犯到极尊贵的夫人，这次招惹到孛儿帖，全蔑儿乞人都将遭殃，我这羊粪一般的命也要惨了。我想钻进幽暗峡谷中躲一躲，可是，谁能做我的围墙保护我呢？”说完，他就夹着尾巴逃命去了。

当天晚上，蔑儿乞人顺着薛凉格河惊慌逃难，蒙古联军没有遇到丝毫的抵抗，在敌人的区域里尽情地烧杀掳掠，铁木真在兵荒马乱之中高声地喊着：“孛儿帖，孛儿帖！”

孛儿帖与老女仆豁阿黑臣正缩成一团躲在车里，听到熟悉的洪亮的声音，互相面对面，交换了惊喜的眼神，就跳下车，循着声音的来源寻找。

在一片漆黑的夜里，孛儿帖仍然一眼认出了铁木真的缰辔，她呼唤铁木真的名字，铁木真转眼见到孛儿帖，大喜过望，两人热烈地拥抱在一起，老女仆豁阿黑臣在一旁看着，眼睛也湿湿热热的。

铁木真急着与孛儿帖叙叙旧，暂时不准备再前进，他派人告诉王罕与札木合说：“我所要的，已经得到了，夜间不必兼程前进，我们就在此地下寨吧。”

铁木真欢天喜地地找回失去的妻子，他同父异母的弟弟别勒古台，却因为寻不着母亲暗自神伤。

有人告诉别勒古台，他母亲在前面的营子里，别勒古台兴冲冲地赶去，他母亲却穿着有洞的破羊皮袄，从门的左侧溜走了。

他母亲对人说：“我听说儿辈们都做了可汗（意思是指做了王罕的义子），我却在这里被配给了坏人，我哪儿有脸去见我儿子的脸呢？”说罢，她就到树林里躲了起来，不肯再和儿子见面。

别勒古台找不到母亲，怒不可遏（è），像发疯似的，一面念念有词：“还我的母亲来！”一面逢人就杀，见人就砍，据说杀了三百多蔑儿乞人，凡是可作为奴仆的都用做奴仆。

铁木真也凶性大发道：“让我们把蔑儿乞百姓的胸腔弄穿，把他们的肝脏捣碎，把他们的床位掠空，把他们的亲族毁灭，把他们残余的人都俘虏了吧！”

孛儿帖回来以后不久，生下了长子术赤。后来铁木真西征时，想以术赤为继承人，次子察合台便反对，他的理由是：“他是蔑儿乞人的种，我怎肯受他管。”

术赤一听，怒火中烧，两人几乎当场动手打了起

蒙古族贵夫人形象，佚名绘。

来。说起来，也不能怪察合台不服，因为铁木真为长子取名为术赤，而术赤在蒙古语中的意义是“客人”。

铁木真经过这一战，威望与声誉日隆，塞外草原上的人民，都推崇他为英雄，于是部族实力强大，过去的旧部纷纷来归。

铁木真与札木合

铁木真在王罕与札木合的帮助之下，抢回了爱妻，心里十分痛快，他和札木合是少年玩伴，久别重逢，彼此有说不完的话。

札木合说："还记得我们当年结为安答的情形吗？"

"怎么不记得呢？"

当时铁木真只有十一岁，札木合也差不多这个年纪，冬天里冰天雪地，两个青少年在结冰的斡难河上打髀骨。（髀 bì 骨是游牧地区最普遍的玩具，髀骨有四面，均作凹凸不平状，在冬季，儿童或青少年多在冰上比赛投掷，或者踢牛髀骨为游戏。）

铁木真与札木合都是活泼壮健，脸上有光，目中有火的男孩子，玩得不亦乐乎，自然而然互称安答（结拜兄弟），并且互换髀骨为信物。

为了郑重起见，到第二年春天，札木合用牛角钻成一个箭头送给铁木真，铁木真也用柏木做了一个精巧的箭头回赠，两人亲亲热热地互叫安答。

回想这一段年少往事，两人都觉得十分甜蜜，铁木真说："以前老年人常说，凡是结为安答的，性命是一体，不得互相舍弃，要做性命的救护者，咱们彼此要亲爱啊！"说着，铁木真把从蔑儿乞人掳掠而来的金腰带解下来，亲自为札木合系在腰上，并且牵来名贵的海骝（liú）马，叫札木合骑上去。

札木合也拿了一条金光闪闪的腰带，为铁木真系上，又找了一匹漂亮的白马，送给铁木真。

于是，在忽勒答儿山崖之前，铁木真与札木合绕着枝叶茂密的大树，彼此称为安答，发誓要互相友爱，并且大开庆祝宴会，又唱又跳，晚间并且共被而眠。

由于他二人形影不离，舍不得分开，札木合要率领蒙古部众回去了，怎么办？铁木真干脆举家随同札木合一块儿走，从此以后，更是情投意合，完全是兄弟一般。

两人义结金兰，相亲相爱过了一年半载。有一天在起营的途中，铁木真、札木合一同在车辆前边儿走的时候，札木合说：“铁木真安答，我们靠近山麓（lù）住下来吧，我们放马的可以得到帐篷住啊，沿着涧边住下吧，我们放羊、放羊羔的可以得到东西吃啊。”

这句话说得没头没脑，铁木真不明白札木合的意思。另外，可

蒙古人用毡车装载器物用具，迁往新居地，18世纪绘画。

能札木合讲话时，脸色不太好看，总之，铁木真就整个人愣住了。他一言不发地停留下来，等着正在移动中落后的车辆，札木合则自顾自地往前走了。

此时，月伦和铁木真的妻子孛儿帖赶上了队伍，发现铁木真呆呆的在出神，忙问他在想什么，铁木真困惑地说："方才，札木合安答说，靠近山住下吧，我们放马的可以得到帐篷住啊，沿着涧边住下吧，我们放羊、放羊羔的可以得到东西吃啊。我不明白这话的意思，我也没有回答他什么，正想问问母亲呢。"

月伦母亲还没有作声，孛儿帖就说："人家都讲，札木合安答喜新厌旧，如今已到厌烦我们的时候了，方才他说的话，靠不住就是要图谋我们，我们趁着夜里赶快走吧！"一个人做客久了，总难免不是滋味，大概铁木真也有同感，所以断然决定，当夜离开札木合的营区。

铁木真和札木合的分离，是蒙古帝国的起点，是蒙古历史上一件大事。札木合这句奇怪的话，究竟原意何在，当时铁木真都搞不清楚，现在史家更难推测。

铁木真一行原是趁着黑夜溜走的，但是到了天亮一看，好奇怪。后头跟来许许多多的人马，这些人当中，属于蒙古尼伦部、多儿勒斤部以外，还有一部分外族，这些人都是不满意札木合的统治，情愿追随铁木真创立基业的，在这批人之中，铁木真得到好几位特殊的将才。

另外，还有一个特殊的人物——豁儿赤，他是萨满教（蒙古原始宗教）的巫师。他怎么也跟来了，引起众人的好奇。

巫师扯着嗓门说："我们是圣贤擒获的妇人所生的，我们与札木合是生于一个肚皮，一个胞衣的，我们本不应该与札木合分离的。但是，昨天神降临到我的身上，使我亲眼看到一头惨白的乳牛，先是围绕着札木合团团走，把他的房子车辆都撞毁了，然后去撞札木合，弄折了一只犄（jī）角，还剩下一只犄角，这只牛发起火来，揭起尘土，突然开始说人话，要札木合把犄角拿回来。

“最奇怪的事还在后头。一会儿，一头无角的犍牛挽曳一大帐的桩木，循着铁木真走过的辙迹，发疯似的，乱吼乱叫，它也会说人话，叫嚷着：‘天地商议好了，要叫铁木真做国家之主。’因此，论亲情，我不该离开札木合，只因为亲眼看见神明指示，不能不相信。”

巫师这番神话，众人听得目瞪口呆，对铁木真更加深信不疑了。在中国历史上，历代创业帝王都流传有许多神迹或奇貌的故事，例如汉高祖双耳垂肩，双手过膝；宋太祖生下来时体有异香，赤光绕室等。让人们以为是天降圣人，使得多数愚夫愚妇在神权的恐怖之下奉如神明。

铁木真的神话，也是差不多的宣传，在古代民智未开，人们容易相信不足为奇。奇怪的是到了今天，还有迷信的人误以为乩童疯子是神灵附体，抢着去索取“明牌”，实在叫人想不通。

铁木真被拥立为成吉思汗

在上篇，我们讲到了铁木真与札木合不合，愤而离开了札木合，结果，札木合许多部下纷纷跟着铁木真走。

其中有蒙古萨满教的巫师，名叫豁儿赤，他说了一个神话，他看到一头没有角的牛，忽然开始讲起人话吼叫着：“天地之意，教铁木真做国土主人。”因此“论亲情，我不该离开札木合，但是因为亲眼看到神的指示，不能不来”。

巫师这番话，众人听了又兴奋又敬畏，大家一齐向铁木真行注目礼，愈看愈觉得铁木真长相非凡，本来就应该当众人的领导，于是高声欢呼着，跳跃着，铁木真也是顾盼自雄，得意极了。

事后，巫师向铁木真邀功道：“铁木真，你如果有朝一日，真的做了国家之主，你要使我怎样的享福呢？”

“我叫你做万户的长官。”

巫师撇撇嘴道：“万户的长官，算什么享乐？还不如让我自由在全国挑选三十个美女，还比较动听。”

铁木真满口应允，后来，在平定秃马惕（tì）人以后，由于巫师自由的选美，曾经惹起当地严重的民变。

游牧民族比起农业民族，更具有强烈的英雄崇拜。铁木真，显然就是蒙古草原新崛起的英雄。

蒙古人特别喜欢口述祖先英勇事迹，陶铸儿童成为一名战斗员；一个原先没有文字的民族，竟然能够凭着世世代代口耳相传，

蒙古族萨满巫师做法时的法服。

使得后代子孙牢牢记住二十几代的家谱，可见他们多么重视这一种教育方式。

海都、合不勒可汗、也速该等都是蒙古人耳熟能详的英雄，此时铁木真的声望不仅达到他父亲也速该的标准，甚且有过之而无不及，他善于用人，善于处事，公正而合理，比起那些贪婪又自私的各部酋长，他无疑是一个英明杰出的领袖，所以不但旧时蒙古部落联盟的诸部，都聚集在他的麾下，甚且原本不属于蒙古部落联盟的其他部落，也倾心铁木真，愿意在麾下效命。

于是，铁木真的几个至亲，共同推举铁木真为汗，铁木真先是客气地让给叔叔，叔叔不依，又让给儿辈察儿别乞，他也不敢当，最后，铁木真俯顺舆情，当仁不让地即汗位，号成吉思，这一年，铁木真不过三十五岁，他的部下并且共同发誓：

铁木真你做了可汗之后，
众敌当前，
我们愿意做先锋冲上前去，
把外邦美丽的贵妇，

臀部光整的良驹骏马，献来给你。
如果违背了你的号令，
叫我们与妻儿家属分离，
把我们的头颅抛在地上！

铁木真就位蒙古可汗以后，遣使分别通知王罕与札木合，札木合听到消息，气得坐都坐不住，他认为铁木真是靠着大家一块儿征讨蔑儿乞成名，战后又分化了他的部众，把所属的也速该旧部带走，现在居然窃取蒙古共主的名号，这一口气无论如何也咽不下去。

公元 1190 年，札木合出兵攻打成吉思汗，他率领三万人，分十三翼前进，会战的结果，铁木真被打败，退守斡难河。札木合为了报仇，大肆烧杀所有曾经协助成吉思汗的部众，引起草原人民普遍的痛恨，纷纷投靠成吉思汗，因此，成吉思汗在战败以后反而势力大增。

1201 年，札木合又再次出兵攻打成吉思汗。成吉思汗在这一场战役之中，颈项上脉管受了重伤，不断地淌出鲜血，者勒蔑焦急地不停地用嘴嚅吮瘀塞的血，他整张嘴都染满了血，却坚持不肯让别人代劳。

就这样一直到了半夜，成吉思汗幽幽地醒了，他低声呻吟着："血都干了，我好渴啊！"

者勒蔑立刻脱了帽子、靴子、衣服，只剩下一条裤子，冒着刺骨的寒风，跑到对面的敌营里，想要偷一点儿马奶。找了半天，找不到马奶，却发现一桶酪，欢天喜地地抱回来。所谓酪，是由牛奶略微发酵，做成半流质的食品，可以用水调稀食之，有点像欧美人食用的"起司"。

者勒蔑搬来了一桶酪，又忙着找水，把酪调好，喂成吉思汗喝下。酪是相当营养的补品，成吉思汗喝了三天，也足足休息了三天，再加上他本来身强力壮，逐渐恢复了体力。

成吉思汗惊讶地发现，他所躺的地方，已经被者勒蔑嚅吮出来的鲜血，弄成一片泥泞。

成吉思汗看了就说："你为什么不吐得远一些？"

者勒蔑说："当时，你情况危急，忙得我又咽又吐，又不敢走远，怕你难过。"

"我躺在这儿时，你又为什么赤身跑到敌营里去，万一被捉住，你不会出卖我吧？"

"我是故意脱了衣服去的，万一被发现，我就说本来是前来投降的，因为被成吉思汗手下捉住，把衣服剥光，剥到还剩裤子时，我突然逃脱。这样，他们一定会相信，给我衣服，收容我，给我马，那我还不会找机会溜回来照顾你吗？"

成吉思汗听了，感动得不能说话，也暗暗佩服者勒蔑的机智。

王罕父子

铁木真被拥为成吉思汗以后，不但札木合不高兴，后来与义父王罕也失和。

王罕与铁木真的父亲也速该曾经结为安答，相得甚欢，成吉思汗为了重续这段旧谊，把妻子拜见翁姑的礼物——一件名贵的黑貂皮袄呈献给王罕。

有一回，王罕部众遭到乃蛮的洗掠，王罕差使向成吉思汗求援道：“我的百姓妻儿都被乃蛮俘虏了，请差你的四杰来救我吧！”

原来成吉思汗麾下有木合黎等四位大将，远近驰名，号四杰，他们另有一个名称叫四骏。

四杰赶到之时，王罕的儿子桑昆正在千钧一发之际，他骑的马大腿被射中，几乎被擒，四杰一番厮杀以后，全胜而归。

王罕十分欢喜道：“先前，成吉思汗的贤父，我的安答也速该勇士曾经帮助我，搭救我失散的百姓。如今铁木真儿子又把我失散的百姓给搭救了，倘若有一天我老了，要登高山，成为过去，由谁来管理全国的百姓？”

所谓“要登高山，成为过去”，意思是说，有一天他死了，要把尸骨安葬在山崖之上，当时蒙古贵族们有这个习俗。

王罕又接着说：“我的弟弟们没有品德，我仅有的独子桑昆，有和没有一样，不如让铁木真当桑昆的哥哥，我有两个儿子，也就安心啦！”

于是，成吉思汗与王罕在土兀剌河边的黑林里聚会，他们亲亲热热地互称为父子，异口同声起誓："征伐众多的敌人，要一同出征，围猎狡猾的野兽，要一同围猎。"两人并且说定：

我们两个人受人嫉妒，
若是被有牙的蛇所挑唆，
不要受他挑唆；
要用牙用嘴互相说明，
要用口用舌互相对证，
彼此信赖。

但是一会儿，挑唆的蛇就出现了，他不是别人，正是王罕的儿子桑昆。

成吉思汗为了增进两家情谊，希望能够让自己的长子术赤娶王罕的女儿，而让自己的长女嫁给桑昆的儿子。

但是桑昆却坚决反对这两门婚事，他狂妄地说："我们的亲人若是到他们那里去，就要站在门后，专心地正坐着，他们的亲人若是到我们这里来，就要坐在正面向着门后看。"

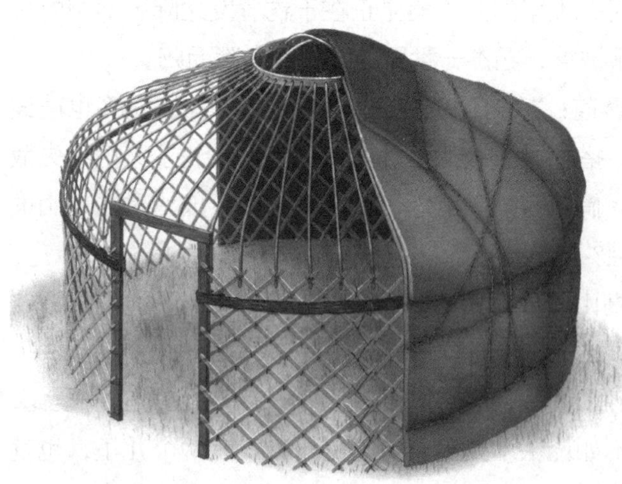
蒙古包构造图。

这句话的意思很费

解，根据札奇斯钦教授的看法是：蒙古包的构造，门是向东南开的，室内北面正中与门相对的地方，是主人的座位，离门不远的左边，是年辈较低，身份较低者谒见亲长的地方，桑昆这句话就是说，我们的人到他家里，要当成晚辈或是仆辈，他们的人到我家来，就要升做主人了。

另外有位学者屠寄的看法是，成吉思汗夫人孛儿帖，曾经遭蔑儿乞人掳走，后来被成吉思汗救回来之时，半途生下长子术赤，许多人怀疑术赤不是成吉思汗的儿子，成吉思汗似乎也有此疑惑，因为蒙古语中术赤的意思为“客人”，天下哪有父亲管儿子叫客人的道理？桑昆可能是基于这个原因，认为术赤是客人，日后不能继承汗位，所以反对把妹妹嫁给术赤。

无论桑昆究竟心里是怎么想的，反正他一口回绝成吉思汗的婚事，让成吉思汗下不了台，颇为寒心。成吉思汗的叔叔阿勒坛等三人看出双方有隙，就在此时，改向王罕父子靠拢。

阿勒坛是由于前一回讨伐塔塔儿战役时，违反军令，曾经被成吉思汗狠狠处罚，心怀怨恨，所以出此下策。

成吉思汗能够建立蒙古帝国，原因之一是他军令如山，在讨伐塔塔儿人之前，成吉思汗郑重下令：“战胜敌人，不得贪恋战利品，所有战利品大家均分。假如同伴被敌人追赶，就要合力救援。”

结果，一开仗，成吉思汗部队势如破竹，成吉思汗大为兴奋，总算报了杀父之仇。（成吉思汗的父亲也速该就是在塔塔儿人宴客时，进去吃了点东西，被下了毒，一命呜呼。）

由于塔塔儿人十分富有，蒙古人很穷，从来没有看过银制摇车、镶有珍珠的锦缎被子等宝贝，成吉思汗的叔叔阿勒坛等人看傻了眼，恋恋不忍离去，又情不自禁看到好东西就伸手抢，眼中闪烁着贪婪的光芒。

成吉思汗发现阿勒坛等竟然不打仗，人就逗留在战利品那里，十分愤怒，把他们抢来的掳掠品完全没收，并且重重地处罚。

阿勒坛恼羞成怒，又恨成吉思汗这个侄儿半点情面也不顾，老早就不满了，听说成吉思汗与王罕父子的感情有了裂痕，立刻迫不及待地投向桑昆，希望借着王罕父子的力量，达到报仇的目的。

桑昆的诡计

在上一篇中，我们说到，在讨伐塔塔儿人的时候，成吉思汗的叔父阿勒坛等人违反军令，擅自掠夺财物，成吉思汗予以重罚，阿勒坛怀恨在心，一怒之下，投奔王罕、桑昆父子。

札木合也在旁边进谗言道："我的安答铁木真与乃蛮塔阳汗暗中订有约定，彼此也互换使臣，他虽然口里叫着父子，心中却别有打算，你们还信他呢！不如先下手为强，若是攻打铁木真安答，我也一同加入。"

阿勒坛也兴致勃勃地帮腔："我们几个也帮忙，用手捉住他们的手，用腿去绊倒他们的腿。"

桑昆一向讨厌成吉思汗，王罕愈是夸奖成吉思汗，他心里愈不畅快，因此他怂恿道："你们说的都有道理，可惜我父亲王罕还不知情，你们为什么不去让他知道？"

岂料王罕听了以后，反而教训札木合等人道："你们为什么要把我亲爱的儿子铁木真说得如此不堪？如今我们还要拿他做倚仗呢，现在假如对我儿怀着如此险恶的用心，老天必然不会庇佑我们的，札木合你这个人最大的毛病，就是没有准的话儿，到处乱说。"

桑昆听说了王罕的反应，十分不悦，认为父亲老是偏袒成吉思汗，于是，又派人来进谗言："有口有舌的人都这么说，你为什么不相信？"

如此反复再三，桑昆轮流派人去说服王罕，总是不得要领。最后，桑昆紧绷着一张绿脸，气冲冲地威胁王罕：“好啊，你现在这般看不起我这个儿子，如果万一有一天，你被白的呛着，黑的噎着，你的这些百姓由谁来管理？你把我这个亲生儿子弃之不顾，却去相信铁木真，是应该的吗？”说完，桑昆掉头就走，不理会王罕的叫喊。

所谓“被白的呛（qiāng）着，黑的噎着”这句话的意思是说，父亲年纪大了，白色的马奶喝下去会呛着，黑的肉类咽下去会噎着。

王罕毕竟仍然疼着桑昆，赶紧派人把他找回来，对他说：“哎，随你们的便吧！”

于是，桑昆闪烁着狡猾的目光，笑嘻嘻地说：“成吉思汗不是

蒙古王公大宴图，佚名绘。

想要我妹妹嫁给术赤吗？我们不如就答应他，然后在许婚的筵席，不兀勒札儿大宴上，活捉铁木真。”

不兀勒札儿大宴，意思是羊的颈喉宴。羊的颈喉的筋肉，坚韧，耐嚼，表示坚毅不二，永久不离开，用以象征夫妇百年好合，这句话一直流行到今天，蒙古青年男女自结婚日起，要一连吃三天羊颈喉肉，象征恩爱幸福。

成吉思汗接到消息，以为王罕父子改变主意，愿意亲上加亲，欢天喜地带着十多个人前来，由于路途遥远，借宿在蒙力克老爹的家里。

蒙力克老爹见成吉思汗满面红光，喜滋滋的模样，忍不住浇他一盆冷水：“以前你向王罕求婚，希望术赤能娶他的女儿，他们曾经鄙视我们，不肯许给，现在为什么反而邀请我们去吃许婚的筵席？妄自尊大的人为什么愿意回头？说不定其中有诈，不如以春天到了，我们的马瘦，必须要养养马，推掉这个宴会。”

成吉思汗一听，忙着向蒙力克老爹道谢，毕竟是他年纪大，经验丰富，深谋远虑。于是他派不合台、乞剌台两个人为代表，自己就不去了。

这一边儿，桑昆等人正准备要捉拿成吉思汗，盼了半天，只等到两个代表。桑昆等人就一起说：“我们的计策被发觉了，事不宜迟，明天一早就去捉拿他吧！”

筵席散了以后，桑昆手下之一也客回到家里，对他太太阿剌黑赤惕说：“大家商量好，明天一大早，要去捉拿铁木真，若是有人把这个话告诉了铁木真，不晓得会怎么样呢？”

他妻子阿剌黑赤惕连忙阻止道：“你这个人怎么胡言乱语，当心会有人把它当成真的！”

正在说这句话时，也客家放马的仆人巴歹刚好进来，送来一罐马奶，又匆匆告退。

巴歹回去，对他的伙伴乞失里黑说："你猜，我刚才听到什么？桑昆他们明天要去捉拿成吉思汗。"

"真的？"乞失里黑说，"我也去听听看，这可不是闹着玩的小事。"

乞失里黑走到也客帐篷外边，听到也客一面磨箭，一面埋怨他太太说："方才我们在说些什么？万一被仆人听到怎么办？莫非要把舌头去掉？否则挡得住谁的嘴？"

也客看到乞失里黑进来，对他吩咐道："把那只白马和白嘴的枣骝马准备好，我们明日早早要骑。"

乞失里黑更加确定，明日一早果然有所行动，他飞奔回去告诉巴歹："你刚才说的话没错，现在我们两个去告诉铁木真吧！"

巴歹与乞失里黑当晚在帐篷里，杀了一只羊羔，用凳子烧了火煮熟，打了一顿丰盛的牙祭，分别骑了原先主人一早要用的白马与白嘴马，直奔成吉思汗营帐。

巴歹恳切地禀报："如果蒙成吉思汗信任，就请不要疑惑，他们已经决议包围捉拿你了。"

成吉思汗吃惊不小，但是马上镇定地下令："减轻驮载，抛掉一切，赶快躲避，即刻动身。"

在千钧一发的当头，成吉思汗表现了处变不惊、慎谋能断，他果断地指挥撤退。

倒楣山战役

成吉思汗得到密报，说是王罕父子要活捉他，当晚，他下命令给跟随的亲从们，减轻驮载，抛掉一切，连夜快马加鞭，沿着卯温都山向后移动。

第二天中午，太阳偏西，众人正在午睡时，忽然看到一阵阵的尘土飞扬，大呼一声："敌人来了！"于是展开一场昏天黑地的恶战。

卯（mǎo）温都山原为成吉思汗的避暑胜地，所以称之为汗山。在这场战役之中，成吉思汗被打得七零八落，他的第三个儿子窝阔台及四杰中的二杰都曾散失，大将忽亦勒答儿也受了伤，由于差一点儿全军覆没，所以卯温都山又称之为"倒楣山"。

幸而，桑昆的脸腮也被飞箭击中，坠落马下，这一场惊天动地的战役稍歇。

王罕看到儿子中箭，又心疼又生气地埋怨："招惹那不当招惹的，格斗那不当格斗的，使我爱儿的脸上钉了钉子，我要为我儿索命！"说罢，便不顾一切往前冲。

王罕的妻子在一旁苦苦相劝："可汗，可汗，不要如此，记得吗？以前求子的时候，我们曾经在柳条上拴了小布条（这是蒙古萨满教的礼仪），又听了巫师的话，口中不断'阿备阿备'地喊着；现在当然要爱护这已经生了的儿子桑昆呀！

"况且，蒙古人，大部分和札木合、阿勒坛、忽察儿在一起，是属于我们的，与铁木真在一起反抗的蒙古人，能到哪儿去？他们既无骏马可骑，又无庐舍可住，他们如果不来，我们就像用衣服下摆兜干马粪一般把他们捉来吧！”

干马粪是蒙古草原的燃料之一，蒙人捡拾干马粪时，多半用衣服的下摆兜起来拿走。因此，这句话的意思，正如成语“探囊取物”，是易如反掌之意。

王罕听了妻子的劝告，长长叹了口气道：“好，那么就小心，不要叫儿子难受，好好照顾他吧！”说完，就从厮杀的地方退回去了。

第二天清晨，成吉思汗清点兵马，发现仅剩下二千六百人，于是向东北撤兵，一直撤到巴勒绪纳海子才休息。当时巴勒绪纳河水干涸，只剩下泥浆可饮。成吉思汗见到部众在患难中相随不舍，内心深为感动。于是他喝了一口泥巴水道：“将来有福同享，如果我失信，让我像河水一般干涸。”

蒙古军队涉过河水，开向远方，佚名绘。

接着，成吉思汗把杯子拿给随从的人，随从的亲信也轮流喝泥巴水誓死效忠。当时同饮此水者共有十九人，现在还有十四人的姓名可以查考。

成吉思汗为了缓和兵势，争

取主动与充实内部，派了两名使者，向王罕送话道：

我亲爱的汗父啊，
为什么嗔（chēn）怒，
恐吓我啊？
莫非你受了别人的刺激？
你忘记我们曾经一块起誓，
若是被有牙的蛇挑唆，
不要受它挑唆，
要用牙齿和嘴对证。

接着，成吉思汗又举了几个旧日相处的例子，证明自己的的确确对得起王罕。

“自您汗父后，因为你是四十个儿子的长兄，你继任汗位，杀了你两个弟弟，你叔父出兵前来征伐，幸亏我父亲也速该救了你，你因此与我父亲结为安答，你还曾经说过：把也速该的恩典报答给他的子子孙孙吧。这是我对得起你的地方之一。

“当你背叛了古儿汗，穷困得挤干了五只山羊的奶吃，刺出了骆驼的血喝，只剩下一匹可怜的瞎眼黑鬃黑尾的黄马，我念着父亲与你的交情，把掳掠蔑儿乞人得到的马匹、穹帐、粮食都给了你，不到三个月，把你养得白白胖胖。这是我对得起你的地方之二。

“我像一只山鹰，飞越捕鱼儿海子，为你去捉灰羽青足的鹤。这是我对得起你的地方之三。

“再说，当你的百姓被乃蛮掳去，你的儿子桑昆作战时，他所骑的马后腿被射中，几乎束手就擒，我的四杰赶到，千钧一发之际，救了桑昆。这是我对得起你的地方之四。

“我对待你像父亲一样，从来没有因为自己得的少而抱怨，也从未因为享受不好而要求改善，一部车子有两个轮子，如果一个轮子折断，车子就不能够再移动。”

王罕听了这些话，心里十分惭愧，他垂着头说：“唉，我违背了与我儿不可违背的道理，如果，我看见我儿再生恶念，就和我这血一般，被他人刺出。”

说着，王罕就用剜箭扣的刀子，刺破他的小手指，让鲜血流出，盛装在一个小桦木皮桶里说：“交给我儿子！”

成吉思汗又说：“去对桑昆安答说，穿着衣服生的儿子是我（指义子），赤裸着身子出生的儿子是你（指亲生儿子），我们的汗父曾同样地看待我们，你莫非是想在汗父还在的时候，就做可汗吗？”

王罕听完成吉思汗传来的话，内心颇为惭愧，埋怨儿子桑昆贻（yí）误大事，然而桑昆毫无悔意，不惜决裂到底。

乃蛮塔阳汗

上一篇我们说到，王罕受了儿子桑昆的挑拨，对成吉思汗用兵，成吉思汗为了缓和兵势，争取主动与觅取充实内部的机会，遣使请问被突袭的原因，并且举出一件件的往事，说明曾经再三有德于王罕。王罕听了，十分惭愧，用刀刺破小指，让鲜血滴在桶内，交使者带回，表示忏悔。

成吉思汗利用王罕疏于防范之际，随时准备反攻，因为他知道王罕是一时良心发现，等到桑昆再进几句谗言，王罕又会急着开战。

机会来了，有一天成吉思汗两个手下急着飞报："王罕现在正立起金帐，举行宴会，是我们围攻的时候了。"

所谓"立起金帐"的意思是说，立起以细毛布做成的金碧辉煌的巨帐，是蒙古贵族举行盛大宴会使用的。

成吉思汗立刻挥兵，包围了王罕部众，厮杀了两天两夜，到了第三天，他们不能抵抗，只好投降了。但是王罕、桑昆父子却趁着夜间溜走了。

这次王罕方面的主将是合答黑勇士，战败之后，合答黑跑来对成吉思汗说："依着蒙古惯例，凡是抵抗者死。但是我实在不忍心自己的主人被抓去杀掉，为了让他逃脱，保全性命，我就为他制造一个逃脱重围的机会。现在，我也没有别的话可说，命该死便死，如果能被成吉思汗赦免，我愿为你效力。"

成吉思汗是个爱才的人，他看合答黑勇士"脸上有光，目中有火”，一副准备慷慨就义的神气，心中十分喜欢。于是，降下圣旨道：“不忍舍弃正主的人，为的是保全主人，这岂不正是男子汉大丈夫？倒是一个可以做伴的伙伴。”

王罕、桑昆两人狼狈逃出重围，王罕口渴极了，悄悄走入乃蛮的地方，正要喝水，被乃蛮的守卫一把抓住，王罕急着说：“我是王罕。”

可是守卫不认识他，也不相信他，只把他看做一个乱闯阵地的陌生人，当场就杀了王罕。

桑昆则跑到荒野中寻水，他命令马童阔阔出去找一找水源，阔阔出竟然准备丢下桑昆，带着妻子远走高飞。

阔阔出的妻子倒是一个有情有义的人，她对阔阔出说：“当你穿着金花儿衣裳，吃着美味食物的时候，桑昆不是对你极好，常常开口闭口我的阔阔出吗？现在你怎么可以把你的桑昆撇弃呢？”说着，阔阔出的妻子便杵在那儿，一动也不肯动。

阔阔出被妻子的抢白，弄得脸上有些挂不住，尖刻地讽刺道：“你是不是想拿桑昆当丈夫？”

“呸！”阔阔出的妻子道，“你不是常说，我的女人的脸真丑，和狗脸皮差不多？你至少该把舀水的金盂还给桑昆，让他能够喝水。”

“这倒可以。”于是，阔阔出把金盂还给桑昆，带着妻子，跑去见成吉思汗，把经过一五一十报告清楚，阔阔出原以为成吉思汗会赏赐一大笔财宝，不料成吉思汗发脾气道：“你这样的人，如今要给人做伴，谁敢相信？”因此下令，把阔阔出杀了，倒是大大地奖赏了阔阔出的妻子。

乃蛮人杀了王罕，被乃蛮塔阳汗的母亲古儿别速知道了，她说：“王罕是先前的长老，伟大的可汗，把他的头拿来看看，如果真的是他，咱们应该祭奠一番。”

王罕的头被割下来，放在雪白的大毡下，塔阳汗叫媳妇们先行礼、斟酒、拉琴（蒙古特殊的乐器，叫马头琴）、献爵，正在此时，王罕的嘴角上扬，竟然笑了起来，死人头会笑，真是不可思议。

乃蛮的塔阳汗好生气，认为这个死王罕不怀好意，气得大步踏前，把王罕的头扔在地上，踩个粉碎。（这段记载，出自《蒙古秘史》，死人头会笑，确实奇怪，也许是塔阳汗看走眼了。）

塔阳汗很看不起蒙古人，他狂妄地说："蒙古人也梦想要当皇帝吗？天上只有一日一月，地上如何有两个主人，咱们去夺他们的弓箭。"

塔阳汗的母亲也看不起蒙古人，她轻蔑地说："干什么呀，那些蒙古人臭臭的，气味不好的，衣服破烂的，快别理他们，叫他们离开得远远的，但是不妨把清清秀秀的女儿们带来，教她们洗手洗脚，然后来挤咱们的牛奶、羊奶吧！"

塔阳汗接着说："不论怎样，反正我们乃蛮人就去蒙古人那儿，把他们的箭筒掳来吧！"

乃蛮人准备进攻的消息，传到了蒙古人的耳朵里，有些人说："我们的马瘦瘦弱弱，现在怎么办？"

成吉思汗的弟弟别勒古台愤怒地回答："怎能拿马匹瘦弱来推辞，一个人活着的时候，就让人家把自己的箭筒夺去，活着又有什么用！生为男子，死也要跟自己的箭筒、弓与骨头躺在一起。乃蛮人因为国家大、百姓多，就说大话，我们去进攻吧！"

当心他们大量的马群不会站在那里，
等我们去掠取；
当心他们把穹帐驮走不会留在那里，
等我们去占有，
我们勇敢地进攻吧！

蒙古与乃蛮的大战即将展开。

蒙古与乃蛮大战

成吉思汗准备与乃蛮的塔阳汗大干一场，他首先检阅兵马，颁定军制，立千户，设千夫长，立百户，设百夫长，又立牌子头，设十夫长。

原来蒙古是一个训练有素的军事国家，全国皆兵。所谓“十人为一牌”，这一牌便是最低层的军事单位，属于这十名士兵的家庭，就是供给这十名士兵的后勤单位。

此外，成吉思汗又下令：“选拔一千名勇士，厮杀的日子，站在我面前厮杀，平常的日子做我的散班护卫。”

“护卫”的蒙古语读为“怯（qiè）薛”，原意是恩宠，表示“天子的宠儿”，成吉思汗又挑了八十名宿卫，七十名散班轮流值班，然后日班与夜班“在我们喝汤的时候交接”。

于是，双方大战即将展开。

乃蛮的哨兵捉到一匹蒙古马，马背上戴着破破的鞍子，哨兵失声笑了起来：“原来蒙古的马这么瘦。”

蒙古人也晓得蒙古马瘦的缺点，朵歹对成吉思汗说：“我们人少，长途跋涉，又累坏了，不如先停下来，让我们的马匹吃饱，每一个人都点起五把火。听说，乃蛮虽然人多，他们的首领塔阳汗却是个没有出过门的弱者，他看到火光点点，到处都是，一定会害怕。”

成吉思汗完全赞成这个心理战，于是下令部队散开，布满整个撒阿里旷野，每个人都点了五把火炬。

乃蛮哨兵看了，赶紧飞报塔阳汗："不是说蒙古人少吗？怎么过一个白天，他们的营火就比天上的星星还要多！"

塔阳汗急得慌，他儿子屈出律倒是不怕，他分析道："蒙古人虽然战马消瘦，听说，他们的营火多如繁星，那么，蒙古人必然是很多的了，现在如果我们交兵，必败无疑，蒙古人打起仗来，勇猛无比，杀得目不转睛，刺得脸上不断流出黑血也不停，可怕极了。不如，我们退过阿勒台山，将我们的军队整顿好，再像逗狗一样，把蒙古人一直逗到阿勒台山之前，那时候，蒙古人的瘦马早已疲乏，我们马匹肥壮，胖得正吊起肚子来，我们就可以迎头痛击了。"

屈出律并且嘲笑他父亲："怎么倒像一个妇人般害怕起来？"

塔阳汗手下的大将豁里速别赤也说："你父亲从来没有把男子的背脊、战马的后胯给敌人看过，如果早知道他这般胆小，你母亲古儿别速虽然是个妇人，倒是勇气十足，还不如叫她来治军。"

塔阳汗被儿子、部下这么损，十分恼怒，他动了肝火道：

冲锋陷阵的蒙古骑兵，波斯人绘。

“怕什么，该死的性命，受苦的身子，反正都是一样，那么，就厮杀吧！”

成吉思汗一向身先士卒，他自己做先锋，命合撒儿统领中军。当时，札木合正与乃蛮一同起兵，也一同来到那里，塔阳汗就问札木合说：“他们这些蒙古人怎么像是狼追羊群，一直追到人家附近呢？”

这句话的意思是，平常很少有狼会到人家附近来袭杀羊群的现象，只有在风雪之夜，才有如此可怕的事发生。因此，塔阳汗的话，是对狼的大胆与凶猛，十二万分的惊畏，也就是恐惧蒙古兵。

偏偏札木合又接着吓唬他：我安答铁木真用人肉喂养了四条狗，他们分别是者别、忽必来、者勒蔑与速别额台，这四个人啊——

额似青铜。
嘴如凿子。
舌像锥子，
有铁一般的心肠，
他们在厮杀的日子，
吃的是人肉，
他们在平常，
拿人肉当行粮。

塔阳汗听了直冒冷汗道：“算了，我们离那些下等人远一点儿吧。”于是就往后退。

不久，塔阳汗又发现有一群蒙古人，自后边跳跃着，窜绕着想冲上来，塔阳汗又问札木合：“他们怎么像是饥饿的小马，急着要吮母奶，在他们母亲身边周围奔跑跳跃，窜绕向前。”

札木合说：“这些蒙古人专门追赶有长枪的好汉，把他们带血掠夺，又专门追杀带有环刀的男子，把他们砍杀抢劫，你瞧，这不正是欢腾跳跃地要追杀上来吗？”

塔阳汗看看自己，身上又是长枪又是环刀，正是他们意图宰割的对象，心下一惊，又扯着札木合道：“算了，既然如此，我们就离开那些下等人远一点儿吧！”说着，又往后退了几步。

一会儿，塔阳汗眼珠又瞪得大大的，着急地问：“在他们后边，冲上前来的，那个如贪食的饿鹰一般垂着口水，张开尖嘴，急急扑上来的是谁？”

札木合回答：那个前来的，就是我的铁木真安答——

他全身是用生铜制成的，
就是用锥子去扎，
也找不出空隙；
他全身用精铁锻成的，
就是用大针去刺，
也找不出空隙。

塔阳汗一听，心里扑通扑通地跳着。

札木合自愿求死

在上一篇，我们说到，蒙古人与乃蛮人展开大战，乃蛮的首领塔阳汗喜欢说大话，其实却是个胆小的懦夫，一辈子没有上过战场，因为被儿子与部下嘲笑，一时冲动，督军前进。

塔阳汗看到蒙古军的阵容，已经心生胆怯，再被札木合加油添酱一激，把蒙古军队形容得如魔鬼兵团一般，便想退据山顶，但是，蒙古军已经杀气腾腾冲了上来。

札木合恐吓着塔阳汗说："你看成吉思汗像饿鹰一般，流着口水奔来了吗？这是因为，你曾经夸下海口，乃蛮的战士如果看见蒙古人，连山羊的蹄皮也不许剩下，你看着吧！"

塔阳汗拍拍胸口道："哇，好可怕，不如在山上立住阵脚吧。"他又问道："那个从后边过来，气势雄厚的人是谁？"

札木合说：铁木真的母亲月伦，曾经用人肉把她的一个儿子养大。

身长足有三度（伸长双手，从左手尖端到右手尖端为一度），
能吃三岁小牛，
身穿三层铠甲，
能拽三只犍牛，
把带弓箭的人整个咽下。
他就是铁木真的次弟，拙赤，合撒儿。

塔阳汗不由分说，拉着札木合便往后退。由于塔阳汗心理上已经输了，因此，两军交锋，乃蛮大败，他们逃跑的时候，从纳忽山坠下，互相乱跌在一起，摔得骨骼、毛发都碎了，如同烂木一般，彼此压踏而死。

第二天，蒙古军擒获了穷途末路的塔阳汗，成吉思汗并且派人把塔阳汗的母亲古儿别速带来，轻蔑地对她说："你不是说过，蒙古人有臭味儿吗？你怎么也来了？"并且把她纳为妃子。

古儿别速一向看不起蒙古人，她曾经说过："那些蒙古人气味不好，衣服破烂的，叫他们离远一点儿，但是不妨把他们清秀的媳妇、女儿们带来，教她们洗了手脚，帮助咱们挤牛奶、羊奶。"

在征服乃蛮的时候，札木合与乃蛮人是在一起的，因此，乃蛮大败，札木合的百姓也被俘虏，他身边只剩下了五个伙伴，逃到唐努山上，饥寒交迫，相当狼狈。

五个伙伴饿得发慌，偷了一只羯（jié）羊，生起火来烧着吃，羯羊又称为大青羊，颜色青黑，是一种有大盘角的野山羊，毛长绒厚，又轻又暖，为防寒上品。

札木合看了很不高兴，怒声责问："是谁把羯羊杀了这样吃法？"

这五个人一气之下，抹抹油嘴，合起来动手把札木合捉住，送到成吉思汗那儿去。

札木合十分羞愧地找成吉思汗的手下传话："乌鸦竟捉住了黑鸭子，下民奴隶竟然敢向他们的可汗动手，我的可汗安答，你怎么讲呢？"

这句话有解释的必要，黑鸭子是较大的鸭子，类似黑天鹅，非乌鸦所能捕拿，乌鸦应该只能吃残皮剩雀的，不配吃天鹅与仙鹤的，所以部下不能够背叛主人。

成吉思汗也认为奴婢家丁陷害主人，这是大逆不道的事情，因此，虽然五个伙伴自认为是大功一件，成吉思汗却降下圣旨：“怎能让向自己正主动手的人生存？那样的人能跟谁作伴？向正主下手的人，连同他们的亲族，一律斩首。”于是，当着札木合的面，把五个伙伴一块儿杀了。

当然，成吉思汗是存心做给札木合看的，他靠近札木合说：“现在我们两个人又相合了，可以互相做伴，我们两个曾经亲密得如一辆车的两根车辕，后来，你却另有打算而分离了，让我们再住在一起，互相提醒彼此所忘记的，互相唤醒那瞌睡的吧。”

成吉思汗又换了一种更亲切的语调说：“就算你曾经离我而去，你依然是我吉庆有福气的安答，虽然分裂了，你仍旧用言语使乃蛮心惊胆战，这等于用口杀了他们，这也是你对我的恩惠。”

札木合三番两次地恐吓塔阳汗，的确等于为成吉思汗打了一场心理战，但是札木合想起种种前尘往事，头垂得好低好低。札木合讷讷地说：“早在小时候，当我们一起吃不可消化的食物，一起说不可忘记的语言，一起盖一床被子的时候，因为受了旁人的挑唆，受了奸人刺激，以致说了刚硬的话，互相分手，除非剥掉我的黑脸皮，否则，我没有脸再见安答。”

成吉思汗还是希望破镜重圆，札木合却不能接受他的好意，札木合长吁一口气道：“我在应当做伴的时候，未曾做伴，现在安答，你已经把整个国家平定了，我来做伴，还有什么益处？只会在黑夜入你的梦，白日扰你的心，成为你领上的虱子，襟上的草刺，扎得难受。你有贤明的母亲，生来俊杰，有干才的弟弟们，有豪强的伙伴，有七十三匹骏马。我呢？自小父母就弃养，没有兄弟，我妻好说闲言闲语，所以我失败了，请安答赐死的时候，不要让我流血而死，把我的骸骨葬于高地，我必将永远永远祝福你的子子孙孙。”

成吉思汗见札木合死意坚决，也就成全了他的心意，降下圣旨：“叫他不流血而死，不要把他的骸骨弃在露天，好好殓（liàn）

葬。”（根据蒙古萨满教的说法，流血而死是大忌，所以札木合如此忌讳。）

成吉思汗与札木合原是多么亲爱的安答，结果却要亲自下达处死的命令，成吉思汗心中真是痛如刀绞。

成吉思汗的功臣

成吉思汗能够建立伟大的帝业，最大的因素是他知人善任，恩威并济，他重视纪律，言出法随，但他也爱护部下，处处体贴入微。在征服乃蛮之后，成吉思汗论功行赏，把一个一个大将叫到跟前，加给恩赐，我们择要介绍几个。

木华黎（有的史书记为木合黎或木合里），他是个健壮的蒙古英雄，身长七尺，虬（qiú）须黑面，猿臂善射，能挽两百石的弓箭，对成吉思汗忠心耿耿。

曾经有一回，成吉思汗战争失利（胜负乃兵家常有之事，即使是成吉思汗也不例外），又遇到大雪，竟然找不到牙帐，只好在草泽中暂宿一晚。木华黎执意不肯睡，他站在雪深至膝的草泽中，手里张着毛毯，瞪大了眼睛，竖起了耳朵，全神贯注守卫成吉思汗，整整一个晚上，一步也没有移动。

第二天一早，成吉思汗带着木华黎一行三十人，急驰在溪谷间，成吉思汗忽然转过头来问道："万一半途遇到强盗，那该怎么办？"

"我就用我的身体来抵挡。"木华黎迅速地回答。

过了一会儿，果然一群强盗自石中窜出，木华黎不慌不忙，张弓搭箭，三发中三人，强盗头子大惊失色问："你是谁，这般厉害？"

"木华黎也。"

于是，一群强盗知难而退。

木华黎的忠诚得自父教。木华黎的父亲当初把儿子带来时，曾经对成吉思汗说：

我教他做你门限里的奴隶，
若是敢绕过你的门限啊，
就挑断他的脚筋，
剜出他的心肝！

事隔多年，现在成吉思汗要论功行赏，他看着木华黎说："我想起当年我们蒙古人在斡（wò）难河聚会，大伙儿快活跳跃，筵宴享乐，你父亲就在枝叶繁茂的大树下，把你交给了我，因此今天我才能坐在大位之上。

"我要叫木华黎的子子孙孙都做全百姓的国王，我封给你木华黎国王的名号，做合剌温山（即兴安岭）的万户。"

成吉思汗并当众夸奖木华黎："我与你如同车首有辕，身上有臂也。"

除了木华黎，成吉思汗最感激博尔术，读者们还记得他吗？就是成吉思汗在艰困年少时代遇见的小贵人，以后两人一直形影不离。

成吉思汗对博尔术说："记得年幼的时候，我丢了八匹银灰色的骠马，我在路间住了三宿，我追踪而去时，半途遇到了你，你热情洋溢地非要给远来困顿的朋友做伴，连家里的父亲都没通知一声，就把挤马奶的皮桶盖起来，丢在旷野，叫我把秃尾巴的甘草黄马给放了，叫我骑你那名贵的黑脊梁白马，你自己骑上那匹黄马，和我做伴，追了三宿，我们才追回八匹白马。"

成吉思汗叹了一口气道："你不晓得我那时候有多感动，你是大财主纳忽伯颜的儿子，而且是独生子，你犯不着冒着生命危险，与一个一无所有的年轻人为伴，只因为你心中有豪杰之气，愿意与我同甘共苦。

“我也记得，当初我们分手以后，我心里想你，叫别勒古台唤你来做伴，你立刻披上灰色毛袄骑着甘草黄马来了，一直到今天。”

成吉思汗与博尔术真是感情深厚，成吉思汗常说，每当轮到博尔术值夜，他就睡得特别安稳，他二人都是军事长才，经常促膝密谈，通宵达旦。

汗山之役，成吉思汗寡不敌众，将士溃失，第二天早上检阅士马，发现窝阔台（成吉思汗之子）及博尔术失踪了，成吉思汗心烦意乱，他担心博尔术的安危，甚且超出儿子之上，许多人都说，没见成吉思汗如此失态过。

又过了一天，博尔术机智地夺了一匹马，回到营中，成吉思汗这才松了一口气，频呼：“博尔术无恙，天助我也。”

由于成吉思汗与博尔术之间，不仅是长官与部属的关系，更有一份惺惺相惜的知己之谊，所以，每当成吉思汗大发脾气，只有博尔术有办法劝他息怒。

成吉思汗对博尔术说：“你勇武的事迹，我岂能尽述？你和木华黎两个人总是催促我做正当的事，直到我做了为止，总是劝阻我做错误的事，直到我罢手为止。我要让你坐在众人之上，九次犯罪不罚，出掌右翼，做以阿勒台山为屏障的万户。”

成吉思汗又对蒙力克老爹说：“你我二人，出生，生在一起，长大，长在一起，你这个有福分的吉庆之人，对我的恩庇（bì）护助难以计算，尤其王罕、桑昆父子二人，要用计谋骗我前去的时候，亏得蒙力克老爹你的谏阻，否则，恐怕我就落在打旋的水里，正发红的火里了，我想起你的恩德，就到子子孙孙都不能忘记，现在我要你坐在这座位的头上（就是坐在上席之意）。”

从以上三个例子，我们可以发现，成吉思汗对部下的好处，点点滴滴铭刻心头，所以每当成吉思汗遇险的时候，就有人舍命救他，使他迅速恢复战力，重整旗鼓，反败为胜，这是成吉思汗高明之处。

月伦教训成吉思汗

在上一篇中，我们讲到成吉思汗大封功臣，其中包括曾经救了他一命的蒙力克老爹，然而蒙力克老爹的一个儿子阔阔出，却让成吉思汗伤透脑筋。

蒙力克老爹自幼随同父亲，作为也速该的家臣。也速该遇害而死，铁木真兄弟年幼时，备受蒙力克老爹照顾，成吉思汗对这位长辈始终相当尊敬。

老爹一共有七个儿子，其中第四个儿子阔阔出是“帖卜腾格里”，这是蒙古萨满教术士的尊称，也可译为天使。帖卜腾格里长得怪模怪样，专门做些有违常理之事。他曾经在冰天雪地里裸奔，惹来众人围观。他又曾经预测，“铁木真将称汗，号为成吉思汗”，由于预言准确，许多蒙古人对他深信不疑。

蒙古人是相当迷信的民族，因此巫师的话，具有一言九鼎的功效。以前豁儿赤曾经公开表示，他亲眼见到神牛显灵，预测铁木真做国家之主，使得许多札木合的部下，抛弃札木合，改为投奔铁木真。

豁儿赤虽然有功于成吉思汗，但是他生平无大志，也没有野心，只是贪图美色，成吉思汗很容易就满足了他的愿望，让他自由自在挑选三十位美女为妻，大享齐人之乐，并且封为万户。

但是，帖卜腾格里这个巫师，却不是等闲之辈，他有强烈的政治野心，加上他有兄弟七人，家大业大，他的父亲蒙力克老爹，又具有崇高的政治地位，可以作为政治资本，这些因素加起来，使得成吉思汗对帖卜腾格里反感之至，别说是万户，连千户都不肯封给他。

帖卜腾格里当然知道成吉思汗讨厌他，他表面不动声色，却暗暗使了一条毒计，借着当巫师的方便，离间成吉思汗与弟弟合撒儿的感情。

在成吉思汗的弟弟之中，合撒儿是神箭手，别勒古台则臂力过人，两人都是东征西讨的英雄。别勒古台是庶母生的，没有地位，因此帖卜腾格里挑了合撒儿，作为挑拨的对象，他到处对人说："根据天象显示，蒙古应该一次由铁木真掌国，一次由合撒儿掌国。"

蒙古人很相信巫师的预言，这则预言愈传愈广，动摇了成吉思汗的领导地位，成吉思汗颇为不悦。合撒儿则暗暗欣喜，期待有掌国的机会，兄弟之间开始有了芥蒂。

帖卜腾格里干脆一不做，二不休，先联合七个兄弟下手，把合撒儿狠狠毒打一番。

合撒儿抚着伤口，跑去向成吉思汗哭诉。成吉思汗当时正在为旁的事儿发愁，很受不了合撒儿又跑来烦，尤其心中有疙瘩以后，愈看合撒儿，愈觉得他横眉竖目，相当不顺眼。

成吉思汗皱着眉头说："你那么能干，凡是活人，都胜不了你，你怎么会被别人打败？"说着，丢下话就走了。

合撒儿被外人欺负，自己亲哥哥非但不伸出援手，反而话中夹枪带棍，冷嘲热讽，合撒儿眼泪夺眶而出。回去以后，愈想愈委屈，一连三天都赌气，不来见成吉思汗。

成吉思汗三天不见合撒儿，当然也知道他在生闷气。成吉思汗自己也有一肚子的恼怒，眼不见为净也好。

正在此时，帖卜腾格里走进来，边走边呢喃："长生天的圣旨，预示可汗，一次由铁木真掌国，一次由合撒儿，若不赶紧把合撒儿去掉，恐怕就会酿成祸事。"

成吉思汗被帖卜腾格里这一激，当下作了决定，立刻出发，捉拿合撒儿，去除祸患，成吉思汗其他兄弟们，眼见骨肉相残即将展开，急着飞报母亲月伦。

月伦听到消息，非同小可，用白骆驼驾了黑篷车，飞也似的一路赶了过来。

在黎明之时，月伦赶到了，只见成吉思汗把合撒儿的衣袖捆住，去了冠带，正在气呼呼地问话。在蒙古，去了冠带表示去除权威，指为罪犯之意。

月伦好生气，她大步向前，亲自把合撒儿捆住的衣袖解开，把冠带还给了合撒儿，披戴起来。成吉思汗见老母亲动了火，也不敢吭声儿。

月伦踱着步子走来走去，压不住怒火，然后，她坐下来，盘着双腿，缓缓解开衣服，露出乳房，她难过地指着胸口道："你们看到了没有？这是你们都吃过的奶，你们这些一生出来就咬破自己衣胞的，弄断自己脐带的东西们，合撒儿做了什么？你们要这般对待他？"

说着，月伦凌厉的目光扫过成吉思汗等人，一个一个都惭愧地低下头。也速该早逝，他们兄弟都是寡母月伦带大的，月伦有智慧，也能上战场，成吉思汗兄弟们自小对妈妈是又敬又爱又怕。

月伦接着教训道："记得你们小时候，铁木真只把我这一个奶吃完了，合赤温、斡（wò）惕赤斤两个人合起来，连一个奶也吃不完，只有合撒儿胃口好，把我两个奶都吃完了，使我的胸膈松快舒服。所以，我的铁木真心胸有毅志，我的合撒儿有射箭的力量与本领，能叫搭弓射箭的人降服，现在，敌人灭了，你就用不着合撒儿，要把他毁灭了？"

成吉思汗等母亲稍稍平息了怒火，才小心地赔罪："让母亲生气，我怕也怕了，羞也羞了！"垂着头说："我们走了。"

蒙力克老爹父子

由于母亲大人出面，合撒儿躲过了一劫，但是兄弟之间，已经撕破脸了，很难再重修旧好。成吉思汗为了整个蒙古的统一，不得不先发制人，夺去合撒儿的百姓，只留给他一千四百人，当然，削兵权这件事是瞒着月伦的。

月伦后来还是知道了，她十二万分的伤心，儿子长大了，母亲的话也听不进去了，一气之下生了重病，没多久，这位蒙古历史上了不起的母亲与世长辞，成吉思汗万分悲痛，更加恼怒惹起争端的帖卜腾格里。

另一方面，帖卜腾格里的声势日增，渐渐凌驾于成吉思汗之上，甚且有讲九种语言的百姓，日夜在帖卜腾格里那儿聚会，参加聚会的信徒，比聚在成吉思汗系马处的都多。所谓“系马处”，指的是蒙古王府、贵族府邸的左方或是左后方，外来者必须至此下马。

帖卜腾格里能够招揽信徒，主要因为他是巫师。按蒙古和其他北亚的游牧民族，除了一小部分住在山岳森林以外，其余绝大多数的人，都是生存在天苍苍、野茫茫的大草原上，而对着疾风、暴雨、日月、高山、大河、森林、水火，人的生死、死后的去处，以及其他不能解释的自然现象，都是形成原始宗教信仰的因素，这不只是蒙古民族的情形，其他古代民族的宗教信仰也是如此。

萨满教的巫师，多半有点精神异常，或是神经质，当他们精神发生异状时，神灵附体，披头散发，身着法衣，一面朗诵祷词，一

萨满教巫师彩陶俑，河北磁县大冢营东魏墓出土。

面击鼓摇铃，舞步愈来愈快，直到昏迷不醒为止。在他们失去知觉的时候，正是他们的灵魂出窍与神灵沟通的时候，当他们苏醒过来以后，便可以把神灵的指示传达给百姓。

帖卜腾格里上次耍了一招，害得成吉思汗与弟弟合撒儿失和，他食髓知味，又动起成吉思汗幼弟帖木格的脑筋，抢走了帖木格的百姓，也表示不把成吉思汗看在眼里。

帖木格派了一位使者前去，结果，使者被痛痛毒打一顿，他们又把马鞍绑在使者的背上，不怀好意地说："你背上马鞍，帖木格不就等于有了两个使者？"

使者背着马鞍，吃力地走了回来，哭哭啼啼向帖木格报告受辱的经过。帖木格第二天就自己去找帖卜腾格里理论："我派了使者前来，挨了打，步行回去，现在我要自己来索回我的百姓。"

话还没说完，帖卜腾格里兄弟七人一字排开，凶神恶煞似的指责："你认为你派使者前来是应该的吗？"

帖木格是老幺，平时受哥哥们的保护，生性比较懦弱，被七兄弟们一呵斥，害怕会挨打吃亏，嗫嚅道："派使者来，确实是我的不是。”他声音小得几乎听不见。

“既然自己知道错了，你就跪在帐后悔过。”七兄弟轻蔑地发号施令。

帖木格见他们人多势众，逼不得已双膝落地，心里头恨得牙痒痒的，一遍一遍告诉自己：“看我回去怎么告诉我哥哥去。”

第二天一大早，天还没有亮，他就跑到成吉思汗的金帐里，长跪榻前，一五一十报告受辱的经过，帖木格愈说愈伤心，说完以后便嚎啕大哭。

成吉思汗皱着眉头听完经过，还没有开口，孛儿帖夫人在被子里欠身坐起，忧虑地说：“这些人到底准备做什么，日前结党，把合撒儿给打了，现在又为何要帖木格跪在他后边，这成了什么体统，他们把你长得如松柏一般的兄弟加以谋害，完全不顾你的情面，万一有一天，你如大树一般的身体倒下来的时候，你的小儿子们如何掌管这乱麻一般的国家，群鸟一般的百姓，你不能不管一管啊！”说着，孛儿帖夫人啜泣着又哭了起来。

成吉思汗稍微思索一下，转身对帖木格讲：“待会儿，帖卜腾格里要来，你看着办吧。”

帖木格立刻兴奋地准备了三个强壮的大力士，等着报仇。

过了一会儿，蒙力克老爹和他七个儿子都来了。帖卜腾格里正要坐下，帖木格向前揪住帖卜腾格里的衣领说：“昨天，你教我悔过，现在我们较量一下吧！”帖卜腾格里也扯住帖木格的衣领，互相扭打着。

成吉思汗下令：“你们到帐外去，比试力量。”

一出了帐篷，三个预先埋伏的大力士就抓住帖卜腾格里，活活折断了他的脊骨，扔在车辆的后面。

帖木格进来报告：“帖卜腾格里不肯较量，躺在地上怎么也不肯起来，是个不中用的家伙。”

蒙古人角抵戏，选自清人绘《赛宴四事图·布库》。

蒙力克老爹一听便知道是怎么回事，他伤心地说：“我从大地只有一块土这么大，江海仅有一条溪这么宽时就来做伴了，你们岂可如此？”蒙力克其他六个儿子挽起袖子，准备打架。成吉思汗一闪而过，佩了箭的护卫散班们在成吉思汗周围站立着，六个儿子也不敢再闹事了。

成吉思汗派人看守帖卜腾格里的尸体，奇怪的是第三天夜里，天将要亮的时候，帐房的天窗开了，连尸体也不见了，成吉思汗说：“帖卜腾格里向我弟弟动手脚，又在我兄弟之间无端地进谗言，所以不为上天所喜，连性命带身体都不见了。”他又责备蒙力克老爹：“都是你不劝戒孩子们的品德，才闯下大祸。”但是，想到蒙力克老爹的功劳，成吉思汗又原谅他了。

金朝的灭丁计划

成吉思汗统一蒙古之后，他要做的第一件事就是对金国用兵，要一雪耻辱。

远在金熙宗时代，蒙古的俺巴孩酋长与塔塔儿族作战，俺巴孩失败，被塔塔儿族擒获，被送往金朝献俘。金国当时国势威猛，强大无比，金熙宗特别制作了一个刑具，名叫木驴，把俺巴孩钉在木驴上面，活活地钉死。

消息传到蒙古，蒙古人都异常悲愤。可是，悲剧还没有划上休止符，金熙宗见蒙古人个个强悍，很担心日后蒙古鞑靼会成为金国的强敌，若不及早扑灭，日后必成为大患。于是下令，每年派兵北剿，名为“灭丁”。

金国的灭丁计划之下，蒙古人每年白白牺牲了不少壮丁，但是蒙古这个民族，生性剽悍，仍然有如不灭的火种，并且一天较一天强壮。

俺巴孩死了以后，他的侄儿忽图勒继承了汗位，他恨透了金国，发誓要报金国杀叔之仇，他一辈子都在忙着复仇，与塔塔儿人打了十三次大仗，无数次小战，总是败多胜少，当然，更是打不过金国。

忽图勒之后，继承汗位的便是成吉思汗的父亲也速该，可想而知，成吉思汗幼年就听了不少金国的故事，尤其自母亲月伦处得到的家教，他牢牢记着曾祖俺巴孩被木驴酷刑处死的往事，随时准备报仇。

当成吉思汗茁壮之际，刚好正是金章宗浑浑噩噩、醉生梦死的时候，金章宗之前为金世宗，人称“小尧舜”，是金朝九个君主之中，最为贤能的一个。

金世宗以后，金章宗即位。金章宗即位以前，性好儒学，温文儒雅，朝野上下都对他寄以厚望。岂料他当上皇帝以后，一切都走了样儿。一变而为声色犬马，贪图享受，尤其是宠爱郑辰妃，闹出许多笑话。

郑辰妃原是金世宗宠爱的人。金世宗过世以后，章宗立刻纳为己有。郑辰妃聪明慧黠（xiá），善于谄媚，深得章宗的欢喜，每天把郑辰妃搂在膝盖上批阅公事，互相打情骂俏，当然弄不清奏章上写的是些什么了。

章宗承安三年（1199 年），章宗带着郑辰妃到蓬莱院中摆酒宴客，院中陈列着五光十色的玩物，章宗拿起一件精雕细琢的瓷器，仔细辨认器上的款识，原来这些都是宋徽宗宣和年间宫中的御物，是金人占领汴州时掳掠而来的。章宗猛然之间想起，宋徽宗在靖康之难中的惨状，不都是因为贪图享乐而肇（zhào）祸吗？刹那之间，一张脸孔变得死白。

南宋官窑珍品贯耳瓶。

聪慧过人的郑辰妃马上察觉到章宗神色有异，她妩媚地笑道：“制造物品的人，未必自己有福气使用，南帝但知制造，以为陛下用耳。”

郑辰妃巧妙的说辞，使得金章宗转忧为喜，也就不以为意了。

这年秋天，章宗偕同郑辰妃赴东明园赏菊花，只见园中的玉屏，画的是宋徽宗建造的艮（gèn）岳（即万岁山）。

章宗好奇地问内侍余琬：“这个画的是什么？雕梁画栋，千岩万壑？”

余琬回答：“启奏陛下，这是南朝赵家宣和皇帝宋徽宗，运送东南花石建造的艮岳，因而败亡了国家，先皇帝（金世宗）命令将其画下来，引以为戒。”

这件事不偏不倚刚巧说中了郑辰妃的心事，她曾经与章宗乘御辇经过御龙桥，看到桥是玉石砌成的，晶莹可爱，立刻扭着身子撒娇，央求章宗：“把桥拆下来，搬到宫中再重建嘛。”

章宗为了讨美人欢喜，马上答应了她的请求，并且在宫中建芳华阁、岩洞等等。

郑辰妃认为，余琬的话是冲着她来的，反唇相讥道：“宣和的亡国，并非用东南石建造艮岳，而是错用了童贯、梁师成这批小人。”

余琬明明知道郑辰妃是避重就轻，却也不敢分辩，金章宗遂未再把宋徽宗的教训放在心上，依然沉迷于享乐。

由此可见，读历史虽然能教人聪明，使人勿蹈前人的覆辙，但也要有智慧、有毅力接受前人失败的经验。金章宗看到了宋徽宗的败亡，金世宗也用图画，提醒章宗记取历史的教训，章宗却还是走到了宋徽宗的老路子。

章宗为了巩固不稳的皇位，对自己的宗室大肆诛杀，杀了自己的叔父郑王允蹈，连带着要杀郑王的儿子——爱王大辨。

大辨并非住在京城，他正在领兵镇守边疆五国城（吉林省依兰县），这个地方与蒙古接壤。金章宗派了兵马来捉大辨，大辨为了自保，转向铁木真求援。

铁木真正准备一报金人“灭丁”之仇，逮到机会，还不马上含笑答应？他轻轻松松打垮了金朝军队，金朝的军队再也不是金兀术时代的威风凛凛，不论都总管或是节度使，都是皇亲宗室或世家子弟，绝大部分都是庸才草包，根本不能打仗，金朝前代的尚武精神荡然无存，慢慢学会宋朝奢侈纵乐的风气。

大辨靠着成吉思汗的协助，打退了金章宗的军队，但是“请神容易送神难”，既然把蒙古军请了进来，再想把铁木真送走，可不是一件容易的事。

金朝迁都汴京

在上一篇中，我们说到，蒙古人与金人结下血海深仇，蒙古祖先俺巴孩被金人打败，金人设计了特制的木驴，把他活活钉死。以后，金人每年实施灭丁计划，企图灭蒙古人的种。

到了金章宗时代，国势衰弱，章宗讨伐属下爱王大辨，大辨情急之下，请来铁木真助阵，铁木真轻而易举打败了章宗，大辨却开始后悔引狼入室。

铁木真挟持着大辨，要求牲畜，要求人口，要求布帛，大辨一点儿反抗能力也没有，只得一一照办。

大辨情急之下，郁郁以终，他年少不更事的儿子完颜雄继承父位。铁木真听到噩耗立刻派出大将戍守五国城，表面上是保护，其实等于占领。

金章宗晓得铁木真厉害，不敢再和他交锋，派遣卫王完颜永济为特使，赐予铁木真新的封号。当时，蒙古草原尚未统一，铁木真也没有一举灭金的把握，也就装着笑脸，接受了新的封号。

蒙古与金人的冲突，暂时告一段落。

等到铁木真统一了蒙古，当上了成吉思汗，又过了两年，金章宗去世，卫王永济当了金朝天子。

成吉思汗是见过永济的，一副畏畏缩缩的窝囊相，他打心眼里看不起永济。因此，当金朝使者前来，成吉思汗询问："新天子为谁？"

"卫王也。"使者回答。话还没有说完，成吉思汗的口水已喷到使者脸上："我原以为中原皇帝是天上人做的，如此一个庸才，哪堪为中原之主!"

成吉思汗立即断了与金朝的邦交，再也不屑接受金人的封号了，并且挥兵居庸关，向金主求婚，并且请求割地。

金主最怕成吉思汗，委委屈屈地答应每年奉上三十万，但是地不可割。

成吉思汗大怒道："其地我不能自取乎？"于是再度进兵云中、九原，他三个儿子也分取云内（山西大同）等地。此时，金主永济也领导不下去了，金将胡沙虎杀了永济，改立完颜珣（xún）为宣宗。

宣宗对蒙军照样一筹莫展，成吉思汗一举囊括了金朝九十余州，最后，成吉思汗下了一个通牒给金宣宗："你家河北、河东郡县，皆为我所有，你今天剩下的，只有一个燕京而已，这是上天要削弱你家，我如果迫你于危境，那是我不仁，不如我撤兵，但是，你要备重金犒师，以平息我将士们之愤怒。"

金宣宗哪儿敢不依，他献上金帛、马匹，并且把金朝最美丽、最贤慧的美人儿——完颜永济的女儿献给成吉思汗，另送童男女五百名，绣衣三千袭，御马三千匹及数不尽的金银财宝运到蒙古。

成吉思汗欣然接下了礼物，并且下令金宣宗向北边遥拜，表示对蒙古大汗的尊敬。金宣宗别无选择，只得照办。成吉思汗这才下令北归。

金朝满朝文武简直被成吉思汗吓破了胆。蒙古兵一走，众人议论纷纷，个个都察觉，燕京是待不下去了，金宣宗下令立刻迁都，愈早愈好。

于是，金朝慌慌张张打点收拾，把燕京国库中的金、珠、犀、玉、琥珀、玛瑙，宫中所存的文书、档案，连同嫔妃、侍从与中央高级官员，一股脑儿用三万辆马车，三千头骆驼，浩浩荡荡运到新都汴京（河南开封），也就是北宋时代的首都。

当金宣宗带着文籍、书画、图史等器物回到汴京，汴京城中百姓喟叹："想不到九十年前被金人掳走的东西，现在又回到汴京了。"也有人交头接耳道："家中长辈们说过，靖康之难时，金人是何等张狂，不想不到一百年，金人也有今日。"

金宣宗气喘吁吁逃到汴京，心脏还在扑通扑通地跳个不停，忽然听说成吉思汗又发了脾气。

原来，成吉思汗认为："既然双方讲和，还要迁什么都？可见

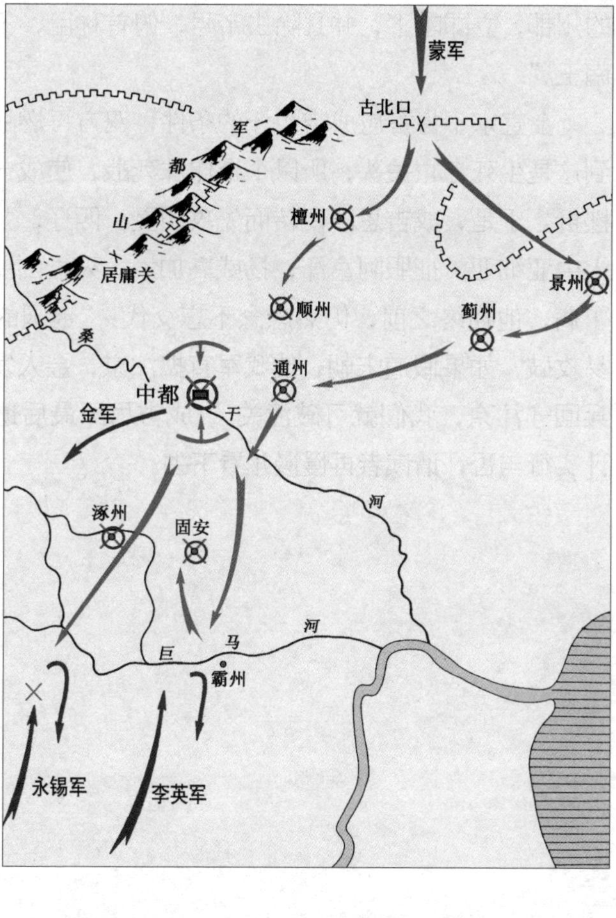

蒙军攻陷燕京示意图。蒙太祖九年(1214年)，蒙军以金迁都汴京为借口，出兵北古口，连克景、蓟、檀、顺等州。又派大将木华黎进攻并控制辽东，彻底切断燕京与辽东的联系。次年，金派永锡、庆寿率兵增援燕京，又派李英从大名向燕京运粮，永锡军在涿州附近被蒙军击溃，李英进至霸州，与蒙军遭遇，一触即溃，军粮被夺，庆寿军胆破，掉头南逃。至此，因粮尽援绝，金军被迫弃城南逃，燕京终于陷落。

得讲和是假的，对我有怀疑，对我有遗憾，讲和根本是一着缓兵之计。”

成吉思汗紧接着派出军队，直攻燕京，金朝宫室被焚，大火一连燃烧了一个月，满目疮痍，金朝的宗庙、神器、陵寝完全落于蒙古人手中。

蒙古军并没有以攻下燕京为满足，成吉思汗最终极的目的是整个儿摧毁金朝，所以渡黄河，追踪南下。金宣宗着急万状，遣使求和。

成吉思汗回答：“和是可以和，但是要把河北、山东我军取得的州郡，立即献下，并且除去帝号，俯首称臣，不如，我封你为河南王。”

金宣宗不肯答应成吉思汗的条件，双方再燃战火，也许金人想到这是生死存亡关头，所以个个作殊死战，使成吉思汗的南攻受到挫折，于是，成吉思汗便转而先攻西夏、西辽，并破花剌子模，深入中亚细亚，征服阿富汗，扬威高加索。灭亡西夏之后，铁木真得了病，他临终之前，仍然念念不忘交代：“金国的精兵在潼关，不易攻破，如果假道宋朝，使我军直捣汴京，金人发急，必然调潼关兵回守汴京，我们就可破潼关。”成吉思汗最后遗留下来的锦囊妙计实行与否，请读者再慢慢儿看下去。

花剌子模国王阿拉丁

成吉思汗在短期之内，攻不下金朝，决定暂缓，因而开始了蒙古第一次西征，目标是——花剌子模。

花剌子模是当时中亚最大的帝国，所占领的地方就是古波斯地，也就是今天的伊朗。

蒙古灭西辽之后，所领疆域，东起渤海，西到葱岭，与花剌子模相接壤，成吉思汗也听说花剌子模是西方一个大国，为了拉拢友谊，他曾经写了一封信给花剌子模的国王阿拉丁，这封信写得是霸气十足。

“我知道贵邦土广人众，愿意与贵邦彼此修好，我爱贵国之君，有如我爱自己的儿子一般。君当知我已经征服女真，统有中国北部，以及诸突厥族，战士如蚂蚁一般多，财富积山，实在用不着觊觎（jì yú）他人领土，我所希望的，不过是双方互市罢了。”

花剌子模的国王阿拉丁看了信十分生气，他不晓得自己怎么平白当了人家的儿子，莫名其妙地短了半截，当天晚上，找了带信的使者——花剌子模商人马合木来问话，并且吹胡子瞪眼睛道：“他是什么人，有多少兵力，竟然敢把我当儿子？”

马合木见阿拉丁发脾气，他知道阿拉丁火起来不是好玩的，立刻谄媚地说：“蒙古汗哪里能够与你相比呢？”

阿拉丁把成吉思汗的国书一摔，恨声道：“总要让他知道我不是蒙古的儿子。”不过，阿拉丁还是答应互市通商。

过了没多久，有一批维吾尔人，约莫一百多人，受了成吉思汗的委托，带着许多东方货物，前往花剌子模贸易。不料，走到锡尔河附近，竟然被花剌子模守将逮捕，指称他们是蒙古人派来的间谍，全部捉起来杀掉，货物充公没收。

其中有一个商人比较机警，溜得飞快，他奔回蒙古，一五一十向成吉思汗报告。

成吉思汗一听之下，活活气个半死，立刻派遣一个使者、两个副使前往花剌子模交涉，并且传话道："贵国前与我约定，不得虐待两国商贩，今日忽然之间违约，你枉为一国之主也。假如此次杀人越货之事，果然是贵国守将所为，请将守将交给我惩（chén）罚，否则，请即备战……"

满脸胡须的蒙古人，佚名绘。

花剌子模国王阿拉丁，不满意成吉思汗教训人的口气，不但没把守将交出，反而杀了使者，让副使回去通风报信，又为了羞辱副使，竟然把两位副使的胡子给剃了。

成吉思汗看到副使归来，面颊青光闪

闪，毛髭（zī）髭的胡子给剃个一根也不剩，火大透顶，认为是奇耻大辱，他脱下帽子，解开衣带，跪在地上发誓道："为了兀忽纳等一百使臣，我要以冤报冤，以仇报仇，征伐他们……"

在征伐之前，也遂夫人提醒成吉思汗说："可汗打算越过峻岭，横渡大河，长征绝域。假如你那大树一样的身体倒下去，你那像群雀一般的百姓托付给谁呢？

"在亲生的四个儿子之中，到底要指定谁？应该叫你诸子、诸弟、众多臣民们，和我们这些无知无识的人知道啊，我把所想到的提出来了，愿意听候圣旨裁决。"

其实，也遂夫人提出来的问题，其他人也想到过，但是，谁有这么大的狗胆？在此，不能不介绍一下也遂夫人。

成吉思汗的后宫佳丽，人数众多，分置四处，称之为四大斡（wò）耳朵。在打败塔塔儿人之后，成吉思汗纳了也客扯连的女儿也速干夫人，也速干十分美丽，很得宠幸，也速干夫人对成吉思汗说："我蒙可汗恩典，叫我确确实实受人抬举，我有一个姊姊，名叫也遂，比我更美丽，比我更配得上可汗，她已有了夫婿，如今在这离乱之中，不晓得到什么地方去了。"

成吉思汗半开玩笑道："若是你姊姊比你还好，我就派人去找，若是你姊姊来了，你把这位子让给她吗？"

也速干夫人答道："如果蒙可汗恩典，只要看到我姊姊，我马上让位给她。"

因此，成吉思汗颁下圣旨，叫人寻找，当也遂与夫婿进入森林时，遇到蒙古大军，她丈夫吓跑了，也遂夫人就被带了回来。

也速干见到姊姊，站了起来，把位子让了出来。成吉思汗发现也遂果然更美，很合心意，马上娶了也遂，也遂也很高兴。

塔塔儿人完全被灭之后，有一天，成吉思汗在外面饮宴，也遂夫人、也速干夫人陪在两侧。也遂夫人忽然长叹一口气。成吉思汗心细如发，他把木华黎等人唤来，降下圣旨：“你们这些聚会的人，快快按各个部族聚在一块，可能有陌生人侵入了！”

果然，有一个苗条清瘦的年轻人站了出来，他说：“我是塔塔儿也客，是也遂的丈夫，被敌人俘虏的时候，害怕逃走，以为现在安定就来了，我没料到混在众人当中，怎会被认出来呢？”

成吉思汗担心他想报仇，降旨道：“在眼睛看不到的地方，把他杀掉！”于是，也遂的夫婿便被杀了。

当时蒙古人抢亲是合法的习俗，倒不能用汉人眼光批评成吉思汗的做法，在众多妻妾之中，也遂夫人最受宠，经常随侍成吉思汗左右，因此，也遂夫人才有胆量提出成吉思汗身后的事。

继承人风波

在上一篇中，我们说到，成吉思汗西征之前，也遂夫人提醒他，早日指定继承人，以免有一天成吉思汗“那大树一样的身体倒下去时，像群雀一般的百姓托付给谁”？

成吉思汗说：“也遂是个妇人，说的话非常有理，弟弟们，儿子们，谁都没有提醒过我，我也把这事忘了。有一天，我也要追随祖先而去，我岂不是忽略了大事？我也脱不过死亡的捆索。在我的儿子之中，术赤最长，你怎么说？”

术赤还没有开口，老二察合台立刻插嘴道：“让术赤先说，这岂不是要把国家托付给术赤吗？我们怎么可以叫这个由蔑儿乞人那里带来的人管辖呢？”

读者们还记得吗？铁木真与孛儿帖结婚之后，蔑儿乞人前来报仇，掳走了孛儿帖。后来，当铁木真抢回爱妻之时，孛儿帖已大腹便便，没多久就生下了儿子。成吉思汗将长子取名为术赤，术赤在蒙古语中的意思是“客人”。可见得成吉思汗也怀疑术赤其实不是自己的儿子。

术赤长大了，自然也晓得这件事，心中一直耿耿于怀。成吉思汗这个做父亲的，倒是挺有风度，从来没有提起过，也从来没有差别待遇。

这一回，察合台直直地对准术赤的心病戳过去，术赤岂能忍受，他像青蛙般一跃而起，攀住察合台的领子说：“汗父都从来没说过什么，你怎敢挑剔我？你呢，你又有什么技能比人强？不过是比人刚愎（bì）自用罢了。不信，你试试看，我们两人比赛射箭，若是你胜过我，我把拇指砍下来丢掉。我们两人比赛搏斗，若是你打赢了我，我在哪儿倒下，也就永远待在哪儿，让我们听凭汗父的处置吧！”

察合台不甘示弱，也牢牢地攀住术赤的手，眼看着一场火并马上就要开始了，成吉思汗一句话也不说，静静地坐在一旁，仿佛若有所思。

这时，阔阔搠思“霍”地一下站了起来，对察合台说：“察合台，你忙什么，赶快停手！”说也奇怪，察合台居然就放下手，乖乖地听阔阔搠思发言。阔阔搠思是直言敢谏之臣，成吉思汗曾经指派他为察合台的师傅，命令他时时劝戒刚愎成性的察合台。

阔阔搠思指着察合台的鼻尖道：

啊，你把你圣明的母后说得，
酥油一般的心都冷却了；
奶子一般的心都凝结了！
你不是温暖暖的从这个肚皮里生出来的吗？
你不是火热热的从这个衣胞里生出来的吗？
不应该让你亲生的母亲艾怨，
你汗父建国之时，
前额的汗流到脚底，
脚底的汗冲到前额。
你的母亲共尝艰苦，
她把喉咙空着，叫你们吃足，
她把你们的皮袜子收拾干净，
她把你们的脚后跟垫起加高，
心明如日，恩洪似海啊！

察合台听了阔阔搠思一番话，惭愧得低下头来。当然，更不敢再与术赤决斗了。

于是成吉思汗降下圣旨：“你怎么能够这样说术赤呢？术赤不是我的大儿子吗？这些话，以后不许再说了！”

察合台沉思了一会儿，微笑着接口：“术赤是有力气，有技能，不用再争论。我和术赤是诸子之长，愿为汗父一同出力，谁要是躲避，就把谁劈开，谁要是落后，就把谁的脚跟砍断。窝阔台为人忠厚，我们不如共拥窝阔台吧！”

成吉思汗心想，这个主意倒也不错，术赤本来可能是蔑儿乞人带来的种，这是谁都知道的事情，如果让术赤继承汗位，恐怕的确不容易服众，他转头询问术赤：“你呢，你有什么话要说吗？”

术赤想一想，觉得老三窝阔台为人敦厚，由他继承汗位总比察合台强，遂也满口应诺道：“察合台已经说过，我们两个人愿意并行效力，我们推窝阔台吧！”

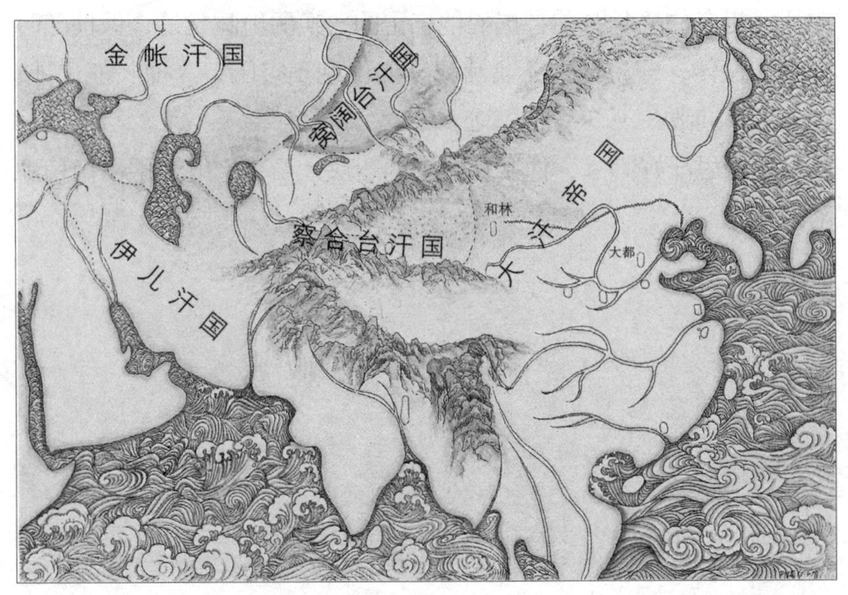

蒙古人东征西讨，建立的四大汗国疆域图。

成吉思汗昂首笑道："哈，何必并行，大地辽阔，江河众多，你们可以分领各地，镇守各邦。"顿了一会儿，他又不放心道："术赤、察合台，你们两个人说到就要做到，不要为争夺汗位被百姓所嘲，被人民所笑。"

"窝阔台，你呢，你的看法如何？"成吉思汗用嘉许的眼光望着老三。

"可汗父亲的恩典，我不知道该怎么说才好，我只有尽我所能，谨慎小心去做，今后，我只害怕在我子孙之中，生了包在青草里牛不吃，裹在脂肪里狗不吃的，以至于野鹿跳窜，发生差池，别的，我还能说些什么？"

所谓"包在青草里牛不吃，裹在脂肪里狗不吃"，意思是子孙不肖。

最后，成吉思汗又问他第四个儿子拖雷，拖雷是老幺，成吉思汗和大多数的父母一样，最疼老幺，拖雷很够意思地说："我愿意在汗父指名的兄长跟前，提醒他忘记的，唤醒他睡觉的，做他随时呼唤的伙伴，守应诺绝不食言，守岗位绝不空闲，为他长征远地，为他短兵迎敌……"

成吉思汗好高兴，他搁在心中的一块大石头，终于平平稳稳地落地了。

成吉思汗西征

成吉思汗安排妥当继承人问题以后，开始积极备战，大举西征，向花剌子模讨回公道。

成吉思汗亲自点了二十万大军，浩浩荡荡地出发，兵种包括了步兵、马兵、炮兵、工兵，以及辎（zī）重（辎重是军需品的意思，包括粮食、营帐等等），其中最特别的是炮兵。原来，此时蒙古人已从攻金人的战争之中，获得了炮匠，学习制造了多门大炮。

这支队伍之中，还包括了木工、铁工，专门修理云梯等战具，再加上大批运输粮食的骆驼队、马队，真是声势浩大。根据耶律楚材的《西游录》记载，这次西征可以说是：“车张如云，将士如雨，马牛被野，兵甲赫天，烟火相望，连营万里，千古之盛，未尝有也。”

成吉思汗出兵的时间，选在夏季六月，热不可当。但是，不选在夏天也不行，因为大军西行，必须要越过阿尔泰山（金山），再循着天山行进，由于高山严寒，非得在秋末之前，完全通过天山。

在这个漫长的征程之中，到处都是崎岖无比的山地，人与马通行都十分困难，随时随地都要靠工兵作业。其中有两处工程最为艰巨，一是在金山山上开道，一是在迪化—伊犁之间天山险要之处，伐木架桥，其中有一处，竟然架了四十八座桥，即使以今天的眼光来看，也让人为之目瞪口呆，因此，西方史学家普雷汀（Prawdin）所著的《蒙古帝国》一书之中，把成吉思汗的西征，比喻为拿破仑度阿尔卑斯山。

成吉思汗西征，花剌子模国中最紧张的一个人，应该是讹（é）答剌的守将哈赤儿罕。原先，有一批维吾尔人，受了成吉思汗的委托，准备到花剌子模换购花剌子模的珍品，如链甲、钢盔、铜盾、阿拉伯弯刀（偃（yǎn）月刀）、妇女装饰品、玻璃制品、五色地毯等。结果，哈赤儿罕把这批商人，当成蒙古间谍杀了，货物没收，惹怒了成吉思汗。

哈赤儿罕做梦也想不到，蒙古大军居然真的会来进攻，因为成吉思汗在红沙漠地区，大概至少要行军半个月之久，在沙漠行军是一件相当危险的事。距今五六百年前，俄国人侵略中亚时，有一支骑兵部队，通过这个红沙漠地带，全部马匹完全丧失。因此，成吉思汗的大军，突然从沙漠里冒出来，好像飞将军自天而降，的确是会把花剌子模人给吓死。

成吉思汗不但长于战斗，而且粗中有细，懂得从事间谍战，他在出发之前，已经自中亚商人口中，知道花剌子模的太后单独居住在故都玉龙杰赤，她非常喜欢干涉内政，与国王阿拉丁时常有政见或人事上的冲突，成吉思汗悄悄派了使者对太后说："蒙古军无意进攻故都，请你放心，在完成各地的征服之后，当以科拉珊一地献给太后。"

太后没答理，可是，却也没出兵，使得成吉思汗免于来自背后的威胁。

哈赤儿罕是罪魁祸首，他自己也清楚，万一被逮，不可能被放过一马，所以决心以死报主，力拼到底。成吉思汗一共进攻了半年之久，才攻破城门，他用了一个非常残忍的办法处罚哈赤儿罕——就是用熔银液灌满了他的嘴巴、耳朵，水银泻地，无孔不入，哈赤儿罕就皮肉分家了。

接着，成吉思汗进攻布哈剌市，信奉回教的长老们列队出城投降。成吉思汗遂以胜利者的姿态入城，进驻回教大理寺，把装《古兰经》的漂亮经椟（dú）打开，然后粗鲁地摔出一本一本的《古兰经》，让马蹄在《古兰经》上来回践踏，并且将《古兰经》坛改当成马槽，让马儿在回教徒视为神圣之地喂食、拉屎。

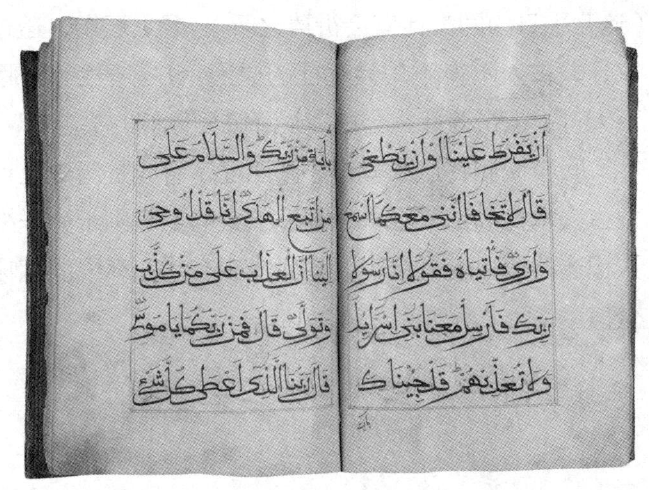
أن يفرط علينا أو أن يطغى
قال لا تخافا إنني معكما أسمع
وأرى فأتياه فقولا إنا رسولا
ربك فأرسل معنا بني إسرائيل
ولا تعذبهم قد جئناك
بآية من ربك والسلام على
من اتبع الهدى إنا قد أوحي
إلينا أن العذاب على من كذب
وتولى قال فمن ربكما يا موسى
قال ربنا الذي أعطى كل شيء

《古兰经》。《古兰经》是伊斯兰教唯一的根本经典。它是穆罕默德在传教过程中陆续宣布的“安拉启示”的汇集。“古兰”意为“宣读”。

《古兰经》是回教（伊斯兰教）的经典，是穆罕默德的言行记录，它的要旨包括：（一）信仰惟一的真神；（二）认为穆罕默德为神所命的先知；（三）恪守严格的宿命说。回教徒具有尚武的精神，一手执剑，一手捧《古兰经》，回教徒性格剽悍，碰到了蒙古人，也只有甘拜下风。

上一回，成吉思汗派了使者前来花剌子模，结果，一个使者被杀，其他两个使者被剃光了胡子放回，成吉思汗视之为奇耻大辱，所以这一回，成吉思汗侮辱了《古兰经》之后，在回教大礼拜寺中，置酒宴饮，歌舞狂欢，甚且命令长老阿訇担任酒保，为蒙古人服务。

第二天，成吉思汗下达命令，逼迫二百八十个富翁，自动献出密藏的财富，或是威胁仆役，要求他们代替主人，缴出金银宝贝。

成吉思汗看出回教徒的恨意，他聚集人民，围绕在城外的广场

（这儿平日为回教徒盛会祈祷之所），登上坛场，透过翻译，告诉大家，蒙古人不得不用兵远征的原因，并且表示："假如你们不是犯下大过，上帝为什么会把灾祸降临到你们的头上？"

回教徒们将这次成吉思汗西征，看成是历史上可怕的"黄祸"，蒙古人本身的记载很少，阿拉伯人的记载则十分详细，但是阿拉伯人记述的战败受辱情形，多多少少有些儿怀恨的意味，自然也不能全信。

札兰丁的困斗

上一篇我们说到，成吉思汗大军西征，花剌子模力不克敌，节节败退。蒙古军队相当残忍，前后多次屠城。当他们占领花剌子模国都撒马尔干以后，先命令当地人民聚集在一块儿，让民众换上蒙古服装，等大家都安了心，蒙古军出其不意，把所有民众都杀光，一共杀了三万多人。

但是其中有一种人，蒙古军队不杀，那就是工匠。回教徒之中，有许多手艺高超的工匠，成吉思汗挑了三万工匠，分别赏给诸子诸将，以供驱使。后来，蒙古军又掳掠了十万工匠，送到东方，据说这是东方各地有回教的起源，在中国大陆，现在还有不少回民，就是当时回民的后裔。

在撒马尔干还遇到一件新鲜事，蒙古人头一回看到战象，他们对这种有长长的鼻子，大大的招风耳的动物，觉得十分有趣，蒙古人问："这是什么怪兽，吃些什么？"

当地人回答："这是象，吃草就可以了。"

蒙古人没养过象，头一回养二十头战象，让它们和蒙古马一般放牧，没多久，二十头象都被蒙古人养死了。

当成吉思汗大举进犯之时，花剌子模的国王阿拉丁不在首都撒马尔干，成吉思汗命令哲别、速不台两名大将追击，他说："不擒到阿拉丁，就不要回来，不论他逃到天涯海角，都要紧追不舍。"

阿拉丁召开紧急的御前会议，有一派大臣主张扼守阿母河，另一派则主张远走哥疾宁，集兵抵抗，假如不幸失败，还可以投奔印度，阿拉丁赞成第二个方案。但是，阿拉丁的长子札兰丁却不以为然。

札兰丁要求父亲，把兵权完全交给他，放手一搏，他说："我们必须与敌人决一死战，即或打败了，人民也没什么可埋怨的。不然的话，平日政府抽取重税，供养军队，敌人来时，则遗弃人民，自己远走高飞，一任鞑靼蹂躏，似乎说不过去。"

所谓鞑靼，指的就是蒙古人。

阿拉丁不理会儿子札兰丁的说法，他还是以为保命要紧，可是，他的命似乎仍然保不住，当他逃到马三得兰，已经染上了重病，他虚弱地问当地酋长："我躲到哪儿，才可以逃开鞑靼的追击？"

土酋说："不如暂时躲在里海中的一个小岛上吧！"

阿拉丁长叹一口气："好吧，现在也只好这样了。"

当阿拉丁随着土酋，到达里海中的阿必思昆小岛，一片疮痍，他忍不住哀哀嚎嚎地哭了起来，他说："想不到，堂堂一国之君，这儿却成了我的坟墓。"然后，在土人的帮忙之下，七手八脚地把帐篷搭了起来。

沿岸居民听说国王避难到此，纷纷带着粮食、衣物前来呈献，也有一些随从跟着来到小岛，但是，这些患难中的真情并没有减缓阿拉丁的病情，他遭逢国难，一筹莫展，每天早晨醒来，发现自己不住在皇宫中，反而流落在荒凉的小岛上，不免泪下两行，哭久了，眼睛也朦朦胧胧，看不清楚，他自知不行了，召集诸子在病榻前交代后事，他微弱地说："国势颠危，非札兰丁不足以光复故土。"说着，他把佩刀解下来，亲自为札兰丁系上，并且要求诸子对札兰丁宣誓效忠，这时是公元1221年正月里。

阿拉丁交代后事不久便死了，草草葬在荒岛上，札兰丁带着弟弟们，潜回故都玉龙杰赤。

玉龙杰赤是花剌子模的故都，原为太后掌理（请参考上篇），太后听说鞑靼凶暴之后，吓得逃之夭夭，城中无主，一片混乱，见札兰丁兄弟归来，十分欣喜。成吉思汗命令术赤、察合台合力进攻玉龙杰赤。

然而，术赤与察合台一向是不合的，察合台认为，术赤是蔑儿乞人带来的“野种”，因此，对这位大哥始终不敬，两人意见不合，号令不能统一，纪律废弛，花剌子模人利用兄弟闹纠纷的弱点，每每使得蒙古兵损折不少，因此，蒙古军队一连攻了六个月，竟然不能攻下玉龙杰赤。

成吉思汗当时在塔里寒避暑，听到军中不和的消息，大为震怒，命令改由窝阔台统一指挥军事。窝阔台一方面调和大哥、二哥之间的不合，一方面严申纪律，士气复振，于是下令全面进攻。

蒙古军队在中亚攻城作战，佚名绘。

蒙古军队登梯而上，双方展开激烈的巷战，玉龙杰赤城中的妇女也加入战争，火辣辣地打了七天以后，回人投降。在这一场战争之中，据说蒙古兵五万人，平均每人杀二十四人，一共屠杀了一百二十万人，是一场非常残酷的惨劫。

在蒙古军队攻击阿母河北岸时，有一位老妇人大呼："我有宝珠愿意献上。"等到问老妇，宝珠在哪儿，她回答："吞到肚子里了。"蒙古人剖开她的肚子，果然看到圆亮的珠子，从此以后，凡是被杀的，都要再剖腹，看看能不能够挖到宝贝。

回人兵败如山倒，成吉思汗亲率大军，追赶札兰丁，一直追到印度河畔，将札兰丁重重包围。成吉思汗有意生俘札兰丁，下令军中不许放箭，札兰丁率领残部七百多人左冲右突，冲出重围，然后从二丈高的山崖，跃入印度河中，泅（qiú）水逃走。成吉思汗目睹如此英勇的花式跳水，回过头来，对儿子们说："真赛因把儿秃儿（蒙古语，真是好汉的意思），凡为人子者，不当如此吗？我自用兵以来，还没见到如此勇健的！"诸侯纷纷要求跃入印度河中，生擒札兰丁，成吉思汗却起了爱才之心，放过札兰丁一马。

耶律楚材的故事

成吉思汗所统率的蒙古军队，横扫欧亚，攻无不克，征服了难以数计，不同种族的不同敌人，是历史上空前善战的民族，它是有原因的。

首先，蒙古人生长于北方草原地带，荒凉寒冷，民族性耐寒忍饥，体魄强健，人人都能骑马射箭，从小练习狩猎，时时要与野兽肉搏，所以嗜杀成性，不觉得是残忍。当蒙古军队出征时，没有发给饷给，一切生活工具自备，战胜所得的战利品，用以分配将士。因此，农业国家作战，是国家的负担，人民感受到极大的痛苦，蒙古人作战，则是国家发动总生产，而且打仗是一件快乐又刺激兴奋的事。

成吉思汗一再告诫属下："战时击敌，当如饥饿的鸽搏取猎物。"蒙古军队采用恐怖战略，敌人望风投降者，可以放他一马，稍微有抵抗的，则在城陷之日，尽量屠杀，形成一股剽悍的狂风暴雨。幸而在这段时期，成吉思汗结识了耶律楚材与邱处机，在他二人的劝戒下，稍微减少了杀戮（lù），否则将更为恐怖。我们先介绍耶律楚材的故事。

耶律楚材是辽朝的宗室，他自称为东丹王八代孙。东丹王名叫耶律倍，辽太祖的长子，既然是长子，为何没有继承帝位呢？其中又有一段捡木柴的故事。

辽太祖对于选择嗣君十分慎重，他要在三个儿子之中，挑选一个最适合的人选，继承他的王业。

在一个大雪纷飞的日子，一家人围着火取暖，眼看着，木柴快要用完了，辽太祖命令三个儿子去捡木柴。

过了没多久，老二耶律德光回来，手上捧着一大捆木柴，里面有大有小有干有湿，他先把干的木柴投入快要熄灭的火中，再把湿的木柴围着熊熊烈火，绕成一圈，等到湿的木柴烤干了，再丢到火里。

辽太祖看了猛点头，暗暗赞赏老二聪明。

正在此时，老大也回来了，他精挑细选，找了一些干爽适中，适合取暖的木柴，看得出来是花了一番工夫，可是比较之下，不及老二脑筋活络，加上平日过于文弱，辽太祖不喜欢他的文绉绉模样。于是，老二耶律德光雀屏中选，当了辽太宗，当辽太祖灭了渤海国以后，把渤海国改名东丹，老大成为东丹国人皇王。

耶律楚材的父亲名叫耶律履（lǚ），为金章宗所器重，做到宰相，他六十岁才生下楚材，楚材三岁，父亲便去世了。楚材生下不久，他父亲曾预言："此儿他日必成伟器，然当为异国所用。"所以取名为耶律楚材。楚材，晋用语，出于《左传》，原意为楚国的人才，被晋国所用，引申为人才外流，为他国所用之意。

耶律楚材有一个好妈妈，他的经史学问，都是母亲教的，又受了母亲的影响，自幼喜佛，十七岁时，拜著名禅师万松老人为师，学禅三年，自号为湛然居士。他的汉学根基极深，是一位循循儒者，他精通经学、佛理、天算、医学，又通晓契丹、女真、蒙古语文，还会写一手好诗。

当蒙古人攻破燕京时，他曾经一度隐居，专心学佛。成吉思汗久闻大名，特别召见。一见之下，发现耶律楚材身长八尺，美髯（rán）当胸，声如洪钟，仪表非凡，漂亮极了，立刻豪气万千地说："辽金世仇，我今天为你雪耻！"

耶律楚材，佚名绘。

岂料耶律楚材一欠身道：“臣之祖父、父亲皆北面事奉金人，既已为臣子，岂敢再仇视君父？”

成吉思汗认为耶律楚材光明磊落，十分欣赏，就把他留了下来，命令左右尊之为“吾图撒合黑”，意思是美髯公。从此，耶律楚材就跟着西征。

当成吉思汗讨伐回回时，正值六月，忽然刮大风又飘大雪，成吉思汗好惊奇，耶律楚材说：“玄冥之气，见于盛夏，是克敌的象征也。”后来，果然如此，成吉思汗对耶律楚材信之不疑。

成吉思汗最重视技术人才，尤其是擅长于制造武器，以及工程建设的人，所以他虽然屠城掠地，遇有这类人才，总是一律留用不杀。曾经有一个西夏人，名叫八斤，是一个制弓专家，他仗着成吉思汗的宠爱，轻蔑地嘲笑耶律楚材：“国家正要用武，留着耶律这样的儒者，不晓得有什么用？”

楚材道：“治弓还需要弓匠，难道治理国家，竟然不需要国匠吗?”这句话的意思，很像当年陆贾对汉高祖所说的：“马上得天下，不能于马上治之。”

过了不久，八斤就领教了国匠的本事。

成吉思汗攻下灵武以后，众人忙着抢金帛子女，只有耶律楚材找了许多大黄。大黄是一种中药，根部可以做特效止泻药。后来，士卒遭到瘟疫，一万多人都在闹肚子，幸亏服了大黄才痊愈。

由于耶律楚材有这等本事，所以他劝阻成吉思汗减少杀戮，颇有效果，成吉思汗临终前，曾经对太宗窝阔台说："此人是天赐我家，以后军国庶政，都可以委托于他。"

总而言之，由于耶律楚材的出现，使得成吉思汗逐渐地重视、接受汉人文化，在屠杀之中，还能粗枝大叶创立行政系统。而耶律楚材受到成吉思汗的提携，使他后来成为元太宗窝阔台时代，立国建制的核心人物，他著有《西游录》一书，记随军西行见闻，好像是战地记者，可作为成吉思汗西征史的重要参考资料。

长春真人邱处机

成吉思汗在西征期间，除了征召耶律楚材以外，还找来一位特殊的人物，发生了极大的影响，那就是长春真人邱处机。

成吉思汗平日非常相信一个御医——刘仲禄。刘仲禄不但医术高超，而且是一流的造箭专家。刘仲禄经常对成吉思汗说："我听说在山东地区，有一个邱神仙，活到三百多岁了，很懂得保养与长生之道。"

刘仲禄今天说邱神仙法术如何高超，明天又说邱神仙怎么灵验，久而久之，邱神仙变成成吉思汗心目中熟悉的人物。因此，成吉思汗大举西征之前，想到前途莫测，需要一位高人指点，特别派刘仲禄请邱神仙赴行宫一谈。

蒙古人生存在天苍苍、野茫茫的大草原上，对于日月星辰、天地山川都相当敬畏，一切的疾风、暴雨、闪电、雷霆，都视之为苍天的威严，不免相当迷信。成吉思汗的爱妻被掳，他为了躲避敌人，藏身在不儿罕山时，曾经捶胸祷告，感谢不儿罕山，并且起誓："对于不儿罕山，每天清晨要祭祀，每日白昼要祝祷，我子子孙孙，切切铭记。"

蒙古人所信仰的萨满教，并没有什么深奥的教义，只要这些宗教不反对可汗，不反对蒙古帝国，那么，所有的宗教都是好的。成吉思汗当初被拥为大汗，巫师豁儿赤功不可没，因此，成吉思汗急于想见邱神仙。

邱神仙名唤邱处机，自号长春子，十九岁时在昆仑山拜重阳真人为师，听起来像是武侠小说上山求艺一般，其实不然，全真教主要是讲求道德及内省。

原来，在北宋末年，女真人入主中原，异族征服，政令繁苛，中原一些豪杰奇伟之士，不愿意事奉异族，招致祸患，又没有力量起兵反抗，只好避走山林，修身养性。其中有一个名叫王重阳的，生得方头大耳，留着一把长胡子，雄辩滔滔，家业丰厚，经常周济穷人，他创建了全真教。

全真教的基本教义是老子（道教）、释迦牟尼（释教）与孔子（儒教）三教合一，他既不教人祈祷念经，也不提倡炼丹画符，主要是成立一个教派，交纳一群信徒，诵读《道德经》、《心经》、《孝经》，保存中原文化。

重阳真人对弟子的要求极为严格，他一共有七大弟子，其中邱处机最为优秀，成为全真教的第二代大师，重阳真人过世以后，邱处机隐居磻（pán）溪龙门十三年，努力苦修。

譬如，邱处机为了磨练意志力，战胜睡魔，去除杂念，前前后后，一共有七年，规定自己“胁不占席”，胁是胸腔两旁有肋骨的地方，也就是不上床睡觉，同时身上的打扮，永远是一蓑一笠，这一蓑一笠，不但寒暑不变，而且数年之中，不肯换新的，可以想见破破烂烂的模样。

由于龙门距离市区极远，邱处机放弃托钵乞食，在岩洞里，自己煮一些简单的饮食，每天只吃一餐，多半喝些泉水，自强自律，严格苦修，一般人不能忍受的辛苦，邱处机及门人都能忍受，完完全全是个苦行僧作风。

久而久之，华北地区人民都认识了这些全真教徒，谦逊似儒家，坚苦如墨家，修习又似学禅，十分的有好感。

当刘仲禄带了成吉思汗的诏书，请求邱处机出山时，邱处机已

宣差阿里鲜面奉
成吉思皇帝聖旨丘神仙奏
知來底公事是也煞好我
前時已有聖旨文字與你
來教你天下應有底出家
善人都管著者好底歹底
丘神仙你就便理會只你識
者奉到如此
癸未年九月二十四日
西域化胡歸順回至燕京
皇帝感勞即賜金虎符牌曰
真人到處如朕親臨丘神
仙至漢地凡朕所有之城
池其欲居者居之掌管天
下道門事務以聽神仙處
置他人勿得干預宫觀差
役盡行蠲免所在官司常
切衛護
天樂道人李道謙書

《成吉思汗圣旨碑》，山东青岛崂山太清宫藏。是成吉思汗褒奖邱处机的圣旨。

有七十三岁高龄，他神采秀逸，气质不凡，所以被谣传为三百岁。邱处机见到刘仲禄冒险远来，言词恳切，就挑选了十九名弟子，乘舟到了燕京。

到了燕京之后，许多读书人都争着与他往来周旋，邱处机也很高兴。可是，这时候，成吉思汗带着大军西征去了，邱处机认为自己年岁已高，倦冒风沙，不想西行。不料，成吉思汗又下了诏书，恳切地邀请西游，这封诏书出自耶律楚材的手，用字典雅，邱处机看着十分喜欢，遂决定拼着老命去“传福音”，临行之前，写了两首诗，留给燕京的道友们，表示“此行真不易，此别话应长”，道出了老年远行沉重的心情。

这一趟西行，还真是不好走，邱处机出长城，经过张北、多伦，至阿尔泰山，折入新疆，再往中亚细亚，到达撒马尔干，一共走了九个月又十六天，实在好辛苦，若不是邱处机平日养成“自虐”的习惯，绝对是禁不起此番折腾。

邱处机到达撒马尔干时，耶律楚材也住在城中，而且已经住了一年多了。两位贤者异地相逢，联句和诗，焚香煮茶，夜话寒斋，十分的愉快。

成吉思汗听说邱处机来了，非常欢喜，派遣专差传达圣旨，“真人远道而来，路上辛苦了，今朕已回，休息之后，即可来见。”同时奖励刘仲禄：“你这件差事办得极好，我要另外给你一件轻松的好差事，予以调剂。”

于是，邱处机便向行宫出发，准备谒（yè）见成吉思汗，成吉思汗盼了半天，终于等到了三百岁高龄的神仙，心里有莫名的兴奋。

邱神仙雪山讲道

长春真人邱处机，千里迢迢到了撒马尔干，终于得以谒见成吉思汗。

成吉思汗一见邱处机，神采秀逸，白白净净，没有留胡子，漂亮极了，尤其那出尘的气质，刚好是他心目中神仙的模样，大为开怀，立刻透过翻译表示欢迎：“他国征聘，你都不应，今日远逾万里而来，朕实在高兴。”

邱处机微微一笑道：“山野之人，奉诏而赴是天意也。”这个天字是成吉思汗最喜爱听的，他又极有兴趣地问道：“真人远来，有什么长生之药可以帮助朕的？”

“山野之人有卫生之道，而无长生之药。”

这句话答得不卑不亢，又十分诚恳笃实，成吉思汗对邱处机印象好极了，认为他果然是真神仙，不同于一般跑江湖的油腔滑调。

成吉思汗沉吟一会儿，忽然间想起：“从前人家对您怎么称呼？”

邱处机双眉微微一扬接道：“山野处世，人呼先生耳。”

成吉思汗胸有成竹，愉快地说：“从今以后，不如称神仙。”并且下令：“神仙入内，不需跪拜，只要折身叉手便可。”然后赐给葡萄酒、西瓜、蔬菜等，结束了第一次会谈，开始积极准备神仙讲道，地点在雪山行宫。

从当时的记录看来，成吉思汗确实把讲道当成大事一件，他

邱处机，明木刻插图。

特别在行宫里设置了一个灯烛辉煌、庄严肃穆的礼堂，自己还斋戒沐浴，除翻译外，只有护送长春真人的侍卫官，御医刘仲禄，其他一切侍卫、侍女都列在帐外，没有资格听神仙开讲。

这一次的讲道，成吉思汗极为满意，其后，又举行了第二次讲道，成吉思汗听得很仔细、很用心，命令左右把内容翔实记录，旁边还写上汉字，他更神秘兮兮地说："神仙说的养生之道，深获我心，你们不许随便泄漏。"

那么，邱神仙到底说了什么天机？不过是劝成吉思汗"敬天爱民"、"不嗜杀人"、"清心寡欲"的平常之语。

然而，或许是远来的和尚会念经，加上成吉思汗本来敬天，又对这慈眉善目的神仙有好感，每次听道以后，就快乐地说："天赐仙翁，天赐仙翁。"开口闭口都尊为神仙不说，还写在虎符玺书之上，从此，邱处机就以随军高级顾问的资格，跟在成吉思汗身边，随时传教。

邱神仙眼见成吉思汗"孺子可教也"，时时不忘给予"机会教育"。

有一日，忽然之间打雷，雷声隆隆，听着好怕人，蒙古人一向认为，打雷是天发怒了，既然神仙在此，成吉思汗少不得要去讨教一番。

邱神仙抬头望天，思索了一阵，答道："雷是天威，凡人子之罪，莫大于不孝，不孝则不顺乎天，所以天威震动用心警戒。我听说蒙古境内不孝的人很多，陛下应该明了天威，教化人民。"

成吉思汗觉得神仙所讲的是金玉良言，开始倡孝道，召集太子诸王大臣，亲加训谕，并且说："这是上天派神仙对朕说的，我们应当铭刻在心。"

邱神仙又常常劝成吉思汗减少打猎，"尽量不杀生"，成吉思汗平生最爱打猎，也渐渐听了神仙的话。

尤其是有一次，成吉思汗在山东打猎，马失前蹄，奇怪的是他面前一大群野猪竟然没有进犯他。

回到行宫，邱神仙赶紧入谏："天道好生，尤其陛下春秋已高，宜少出外打猎，坠马是上天警戒陛下，野猪不向前，是上天保护陛下。"

成吉思汗虽然是勇敢的英雄，他也了解野猪的凶猛，这次死里逃生，心有余悸（jì），他惭愧地说："我已省悟，神仙说得有理，我是蒙古人，从小骑马打猎，一下子改不过来，但是，神仙的话，我以后都依。"经过这次事件，成吉思汗足足憋了两三个月，没有出外打猎。

春去秋来，已经整整三年，邱处机一再请辞，成吉思汗总是舍不得，最后邱神仙再三表示："山野之人，非归山不可。"成吉思汗才答应让他走。

临行之前，成吉思汗颁赠大批牛马，邱神仙一概谢绝，潇潇洒洒道："只要一匹马就够了。"

成吉思汗问道："神仙在汉地，共有多少弟子？"

邱神仙淡淡一笑："很多。"

"那么，以后你的门人，不需赋税，不用服役。"成吉思汗又怕口说无凭，特颁给"蠲（juān）免全真教教主徒差发"的圣旨一通。

当邱处机回到燕京，正当华北一地，兵连祸结，人民饱受涂炭之苦，现在邱处机手中有这道特权，全真教如日中天，汉地士大夫奉教者得到庇护，华北四百州士庶百姓得到救济，一共拯救了百万人之多。只要平民愿意信奉全真教，或是全真教徒愿意收留他们，都可以受到保护，邱处机不但拯救当时困扰的社会、彷徨的人心，并且打开蒙古与汉地人民合作的大门，救济了当时的知识分子，真是一个活神仙。

成吉思汗一直念念不忘邱神仙，他曾经一次特旨、五次派人慰问邱神仙，每次都热情洋溢地问："朕常念神仙，神仙毋忘朕。"成吉思汗如此支持，无怪邱处机盖的白云观媲（pì）美宫殿，他俩的这段情谊也成为历史上的佳话。

成吉思汗灭西夏

成吉思汗在西征之初，曾经要西夏人发兵助阵，但是被西夏拒绝，成吉思汗要求西夏纳送“质子”，西夏也始终没有履行，成吉思汗为此耿耿于怀，决定在西征告一段落以后，好好教训一下西夏。

所谓质子战略，是成吉思汗设计出来的一套厉害策略，在蒙古军队之中有“质子军”，凡是附降的部族君长，一定要派遣子弟加入，跟随在大汗军队效力，作为人质，以免其父兄叛变。

西夏非但没有加入质子军，西夏的使者阿沙敢不竟然反唇相讥：“成吉思汗既然力气不足，就不必非要做皇帝。”这句话让成吉思汗气得跳脚，所以他老早立下誓言：“阿沙敢不竟然敢这般说话，若是皇天保佑，待我自西征归来，一定要去讨伐他。”

当成吉思汗自西域东归，听说西夏与金人勾结，目的在对抗蒙古，立刻带着老三窝阔台、老四拖雷大举发兵，亲征西夏，非要一举歼灭西夏不可。

不料，行至途中，在阿尔不合地方行围射猎时，他所骑的红沙马，被野马惊吓，成吉思汗坠马受伤，因为摔得不轻，肌肤非常疼痛，且有严重内伤，当晚就在阿尔不合住下来了。

随同成吉思汗出征的也遂夫人很紧张，她着急地说：“皇子们，大臣们，你们赶快商议商议吧，可汗夜间身体发烧，睡着了。”

皇子们与大臣商量的结果是：“西夏人有建筑好的城池，不能移动的定居处所，他们又不会把筑好的城池搬走，我们不如暂时撤退，等到可汗痊愈，再征伐也不迟啊。”于是，皇子们把意见呈献给成吉思汗。

成吉思汗是个不服输的硬汉，他说：“那么，西夏人必然以为我们胆怯了，这可不成，我先在这儿养病，你们差人去问问西夏，愿不愿意投降。”

阿沙敢不的回答是：“你们蒙古人惯于厮杀，若想厮杀，我在贺兰山，你们可以到贺兰山厮杀，你们想要金银、缎匹、财物，你们尽可到宁夏西凉来取。”

成吉思汗在病榻上，听使者传回阿沙敢不挑衅的话，差点儿没气昏，他虽然身体正在发烧，浑身热腾腾的，仍然不顾一切冲下床：“好，人家既然说出这样的大话，我们怎可撤退，就是要死，我也要去对证这句大话。”

成吉思汗，选自《乾隆年制历代帝王像真迹》。

这个西夏小国，真是不自量力，哪里承受得起蒙古大军？当蒙古军队攻入西夏国境，国君夏献宗就惊悸而死，阿沙敢不当然是别想活了，阿沙敢不的手下，也一块儿被掳掠尽绝。后来，西夏继位的夏末帝，遣使上表投降，献上黄金佛、童男女、驼马、金银器，并且约期入朝，成吉思汗这才答应罢兵。

成吉思汗的气是出了，但是他扶病作战的结果，却使得病情一天比一天加重，他自知不起，把窝阔台与拖雷两个儿子叫到跟前，对他们说："我的寿命即将终结，赖上天之助，我为你们建立如此大的帝国，从帝国的中心到边陲之地，约要走一年的行程，你们要保有如此庞大的帝国，必须同心御敌，团结对外。我死了以后，你们应当奉窝阔台为主，察合台现在虽然不在身旁，应当不会违抗我的遗命。"在他临终之前，还有两项重要的遗嘱，第一，诸将严格守密，必定要彻底消灭西夏以后再行发丧。第二，金朝未灭，深以为憾，可以假道于宋，绕过潼关以后，再南北会师，以取大梁。

成吉思汗逝世以后第三天，成吉思汗的臣子便遵从遗嘱，杀死了夏末帝，西夏自赵元昊称帝，历一百九十年而亡。西夏灭亡以后，蒙古皇子大臣为成吉思汗发丧成礼，共奉灵柩，回到漠北故乡，埋葬在一棵大树下面，并且遍植树木，让人找不到陵地，这原是蒙古人的习俗。一直到至元三年（1337 年），蒙古人才改采中国习制，追谥成吉思汗为圣武皇帝，庙号太祖。

这位号称成吉思汗的铁木真，是中国历史上，也是世界历史上的奇特人物。他从三十五岁那年，做了蒙古本部的可汗，一直到他六十五岁去世，纵横天下，所向无敌，蒙古铁骑，蹂躏了半个亚洲，屠绝了许多民族，毁灭了许多有百万人口的都市，所到之处，杀人如麻，尸积如山，最后他统治了难以数计的大小种族，享有无比的权威，娶了五百多个妻子，有人统计，到了成吉思汗第四代，他有一万多个后裔。

历史上有人对他歌颂崇扬如天神，有人诅咒毒骂他为魔王。但是，不可否认，他是一个有决心、有果断、有魄力的人，他恩怨分明，赏罚公正，言出必行，有超人的见解与远识，也有知人之明，容人之量，才能创建伟大的蒙古帝国。

成吉思汗去世之后，根据蒙古旧俗，暂由拖雷监国，因为拖雷是老幺，少子例守父业是蒙古传统，拖雷一方面权摄国事，一方面遣使召集宗亲各部诸王、驸马、大将，发送开会通知，准备明年夏天召开大会，推戴新君。

美髯公的功德

元太祖成吉思汗驾崩，根据蒙古旧习，暂时由幼子拖雷掌管国事，并且寄发开会通知，召集宗亲、驸马、将领在明年（1229 年）夏天开会，推戴新君。

在这一段由拖雷主持国政的期间，燕京城内出现了许多牛车大盗，驾着牛车，发疯似的闯入富豪之家，抢夺财物，若是稍有抗拒，就把一家大小杀光。

牛车大盗作案的时间是大白天，手法残忍毒辣，居民人人自危。耶律楚材亲自出马办案，以迅雷不及掩耳的方式，逮捕了十多名嫌疑犯。

嫌疑犯找了耶律楚材的好友来说情，并且奉上一个大红包，耶律楚材一口拒绝了，他说："如果不惩罚，将来会酿成大乱。"立即将十六人处死。

燕京城里的百姓都说："还真亏得有个吾图撒合里。"（意思是美髯公）由于耶律楚材是大胡子，蒙古人皆以此昵称之。

到了第二年夏天八月里，各路人马都到齐了，大伙儿旅途劳顿，光是洗尘宴就足足吃了三天，然后才商议大事。此时成吉思汗的长子术赤已经战死，老二察合台年龄最长，有人建议，应该由察合台继承汗位，大多数发言的人中意老幺拖雷，然而，成吉思汗的遗命，却是由老三窝阔台继承。

由于众说纷纭，莫衷一是，一拖就是整整四十天，耶律楚材对拖雷说："这是宗社大计，应该早日作个决定。"

拖雷苦笑道："大家意见不一致，再找一个黄道吉日商量。"

"过了此时，再也没有什么黄道吉日了。"耶律楚材正色道。他是担心汗位久悬，夜长梦多，非国家之福，因此，他找了察合台及成吉思汗的幼弟斡赤金出面主持，又让拖雷郑重宣布成吉思汗的遗命，这才顺利地拥立窝阔台继任汗位。

耶律楚材深受儒学影响，非常讲究君臣之礼，他对察合台说："你虽然是窝阔台的哥哥，但也是臣子，依照礼数仍然应该下拜，你拜了以后，其他诸王才会跟着下拜。"

察合台一向性情顽劣，却很肯听美髯公的话。于是乎，当窝阔台即位之时，群众欢呼，纷纷下拜，窝阔台大乐，皇族臣僚退下以后，他拍着耶律楚材的肩膀夸奖道："你真不愧是社稷重臣。"

由于耶律楚材有拥戴之功，再加上成吉思汗付托之重，窝阔台对他，可以说是倚畀（bì）良深。蒙古帝国真正的建国立制，也在这一段时候。窝阔

窝阔台，选自《乾隆年制历代帝王像真迹》。

台即位的第三年，组织了一个中国式的中央行政机构，称之为中书省，相当于今日的国务院，耶律楚材担任中书令，成为窝阔台的首相，也是元朝的第一任中书令。

窝阔台南征之时，从中国俘虏了不少工匠，他很羡慕中国宫殿城垣（yuán）的富丽堂皇，比蒙古帐篷豪华舒适多了。于是，在耶律楚材一手的经营擘画之下，在和林建立了一座万安宫，蒙古帝国开始有了正式的都城。

当时，蒙古人攻占了黄河流域中原一带，成吉思汗时代，大事西征，没有时间治理，许多官吏聚敛自私，都成为亿万富翁，到了窝阔台时代，居然有别迭（dié）提出建议："中原汉人留着无用，不如全部杀光，把田地开辟为牧场，便于蒙古人统治。"

这个建议把耶律楚材吓坏了，他知道不能用人道主义说服窝阔台，只能用利来引诱。他告诉窝阔台："把汉人杀光，多可惜啊，留下汉人，男耕女织可以生产无数的稻谷布帛，而且可以征收地税、商税，以盐酒、铁冶、山泽之利，供给军需，不是一件大好的事吗？"

窝阔台考虑了一会儿说："这样吧，先选择十个地方试试看。"于是在燕京、太原、济南等十地制定租税制度，并且由政府所委托的地方官吏，来直接管理人民的民政与赋税。三年下来，十个地方缴纳的金帛堆积如山，窝阔台乐坏了，中原汉人的脑袋也保住了。

根据蒙古的旧习惯，凡是投降的，可以考虑免其一死，若是稍有抵抗，一定非死不可。因此，当窝阔台快要攻破汴京之时，主将速不台前来报告："此城相抗日久，且多死伤，城破之日，应该屠城。"

耶律楚材反驳道："辛辛苦苦打了数十年，所想要得到的，也不过是土地人民，若是屠城，只得到土地，没有得到人民，有什么用？"

窝阔台看看速不台，又回头望望耶律楚材，一时之间，犹豫不决。

耶律楚材又诱之以利道："奇巧之工，厚藏之家，都集中在汴京城，若是一口气杀光了，岂不是太可惜？"

窝阔台和他的父亲一样，最为偏爱工匠，一听此言，决定放弃屠城，耶律楚材又救了一百四十多万人的性命。

窝阔台的小故事

蒙古帝国的真正建制，是在窝阔台时代，从这个时候开始，逐渐由游牧型的国家变成为一个有组织有文化的国家，窝阔台算得上是一个雄才大略的君主。

窝阔台有一个毛病——喜欢酗（xù）酒，成吉思汗在世时，经常为此责备他。成吉思汗过世后，窝阔台继任汗位，没有人敢说他，除了他的哥哥察合台。

察合台知道，若要窝阔台完全戒酒，是一件绝不可能的事，因此他规定，每天不得超过五杯，并且派了一个使者，随时随地跟在窝阔台的身边，监视着窝阔台。

窝阔台不好太不给哥哥面子，何况当初窝阔台继任汗位，很费了一番周章，耶律楚材说动了察合台，要察合台根据汉人君臣之礼，率先向窝阔台下拜，察合台很够意思的率领皇族及臣僚下跪，这番恩情，窝阔台铭记在心，所以察合台哥哥的教训，窝阔台也就不便公然违逆。

但是，窝阔台想了一个变通的法子，当他犯了酒瘾，监视他的侍臣，恭恭敬敬呈上一小盏时，他呵斥道："给我换大杯的来。"

侍臣愣了一会儿，换了一个比较大的杯子，窝阔台看着仍不满意地批评："你会不会办事？"说着，他干脆自己找来一个特大号的酒杯，斟满了酒，仰着脖子，咕嘟咕嘟，痛快极了。

如此这般，窝阔台还是谨守哥哥的规矩，一天喝五杯，不过，此杯非彼杯，差别可大了，侍臣不敢报告察合台，更不敢指责窝阔台赖皮，夹在中间，进退两难，只好睁一只眼，闭一只眼，却担心窝阔台因此生了病。

耶律楚材不晓得窝阔台每天到底喝多少，只知道窝阔台老是脸红红的，走路踉踉跄跄，而且全身都是一股难闻的酒精味儿。

有一天，耶律楚材搬来一个酒槽，指着上面的铁口说："大汗请看，这个铁皮被酒所侵蚀，都生了铁锈，何况人的血肉之躯？"

窝阔台低头一看，铁锈斑斑，的确可怕，心想人的五脏六腑，毕竟不是铁打的，以后，就渐渐减少酒量。其实，铁生锈是氧化作用，与酒精并没有什么关系，但是，当时的人没有这种科学知识。

除了喜欢喝上两杯之外，窝阔台倒不失为一个明君，而且颇有问案的逻辑头脑。

当窝阔台即位之初，他下了一个命令，禁止用断喉之法杀死供烹食的牲畜，如有违反此令，一律破腹处死。这一点，恰恰与回教徒的教戒相违背，回教规定，只能食用以断喉法宰杀的牲畜，理由是回教徒认为，血液是肮脏的，容易传染疾病，基于卫生的理由，应该先断喉放血。同时，在刺喉之前，要先念道："这是奉真主安拉之命。"

某日，有一个回教徒购买了一只羊，被钦察人看到了，钦察人偷偷跟在回教徒的背后，然后攀登到屋顶上，观察回教徒的行动。

回教徒拿起弯刀，对准羊的喉头，直直刺入，正在此时，钦察人自屋顶一跃而下，当场逮获，求见蒙古主，满以为这下子回教徒可惨了。

不料，窝阔台忽然问钦察人："你怎么有千里眼，刚好能看到他在宰羊？"

钦察人哼哼唧唧说不出话来，又不能解说自己正在人家屋梁上。最后，窝阔台以梁上君子的罪名，把钦察人判了死刑，回教徒

宰羊，选自《北京民间风俗百图》。

反而无罪。

窝阔台的大公无私，使他能够统治庞大而人种复杂的帝国。

又有一回，有一个仇视回教徒的突厥人，跑来对窝阔台说："我有一件天大的要事，非要禀报大汗不可。"

窝阔台见此人神秘兮兮，眼睛不断地眨啊眨的，就冷冷地回答："你快说吧。"

"报告大汗，我昨天梦到成吉思汗，他亲口告诉我说：你赶快去告诉我的儿子窝阔台，把回教徒杀个精光，除掉世界上最坏的恶种。"

蒙古人是很迷信的，也一直相信托梦之事，窝阔台不能不慎，他思索了好一会儿问道："成吉思汗在梦里有没有用翻译？"

"没有，他亲口告诉我，要立刻消灭回教徒。"

"那你呢，你会不会蒙古语？"

"我只会突厥语。"

一听此言，窝阔台勃然大怒："你这个骗子，成吉思汗只会蒙古语。"于是，这个突厥人的脑袋就搬了家。

曾经有一个汉人，在窝阔台面前表演皮影戏，戏中有一个长胡子老人，头上缠着一方白布，而这个老人的脖子，被根绳子系在马尾，一脸可怜相。

窝阔台好奇地问："他是谁？"

玩皮影戏者回答："他是被蒙古士卒俘虏的回教徒。"

"停止，不准再演！"窝阔台突然下达这个命令，让正看得起劲的观众都傻了眼，接着，窝阔台拿了一些波斯与汉地的宝物，对演皮影戏的人解释，"你看，你们汉人的宝物，不足与他国比较，回教中的富人，往往有汉地奴婢，而汉地贵人没听说谁用回教奴婢的，你该知道回教法令，杀一个回教徒，要罚黄金四十巴里夫，杀一个汉人，只须偿还一匹驴子，你好大的胆子，竟敢污辱回教徒。"

由此可见，虽然窝阔台接受耶律楚材种种建议，但是骨子里却轻视汉人。其实，整个元朝，汉人地位都不高，这些我们以后慢慢儿讲。

金哀宗蔡州自杀

窝阔台即位以后，他第一件急着想做的事，就是讨伐金人，继承成吉思汗的遗志。

成吉思汗在灭亡西夏以后，得了重病，在弥留时刻对左右说："金人是我们蒙古人的世仇，金国的精兵在潼关，不易攻破，如果假道宋朝，让我军直捣汴京，金人发急，必然调潼关兵回守汴京，我军趁其疲惫而击之，潼关可破。"

宋理宗绍定三年（1230年），窝阔台率同皇弟拖雷亲征，采用成吉思汗的遗策，分两路进取，金人十几万大军，全面崩溃，只剩下南京汴梁与中京洛阳两城未下，蒙古兵日夜猛攻。

金人无法招架，只有抬出"震天雷"火炮与"飞火枪"两种新式武器守城。震天雷炮响火发，其声如雷，声闻百里以外，飞火枪可发数百步之遥，凡十余步内无不燃烧，人不敢近。

有了这两项法宝，金人苦守了半个月，再加上正值盛暑，蒙古人怕热，金人虽然也怕热，毕竟汉化的日子比较久，也比较习惯中原酷暑。

于是，蒙古军队喊"暂停"，愿意两国和解，金朝自然乐于接受和议，赶快献上大量金帛（bó）、珍宝，并且派遣皇侄到蒙古大营当人质，蒙古军队撤退。蒙古军刚走，汴京城里发生大瘟疫，一下子死了数十万人，真是屋漏偏逢连夜雨。

这个时候，金朝皇帝金宣宗已死，由太子完颜守绪即位，是为金哀宗，金哀宗倒是一个好皇帝，性情宽和仁爱，喜欢读书，能写一手好文章。他深受汉化的影响，认为“天视自我民视，天听自我民听”，一定是君王道德上有所愧疚，触怒了上天，才为国家带来了灾难。

金哀宗有鉴于此，立刻删减了御膳房的菜单，放出宫女，淘汰冗（rǒng）官，并且颁旨，下令臣僚上书不得称他为圣，并改圣旨为制旨，宣布汴京城解严。

正在哀宗一心一意修德之时，金国飞虎营的兵卒，因为不堪忍受蒙古使者的出言不逊，竟然夜半时分，持着兵器，杀掉了蒙古使者三十余人，闯下大祸，战争再起。

窝阔台好生气，他认为金人根本没有和解的诚意，一方面扬言再围汴京，一方面写信给宋朝，声言将帮助宋朝，共灭金朝。

金哀宗慌了手脚，下令搜括民间粮食，自亲王宰相以下，每人只能存三斗米，其余缴官，就是皇后妃嫔之家，也不得例外，这般辛苦搜括的结果，也不过得到三万斛不到的米粮，金哀宗无法可想，黯然离开了汴京。

蒙古军队听说金哀宗离开了汴京，速不台大军便将汴京重重围困，搜括富户金银，许多金朝贵族或死于刑杖，或是被迫自杀，太后王氏，皇后徒单氏，梁王从恪，荆王守纯等，以及宗室妃嫔，男女五百人，乘着三十辆车，浩浩荡荡前往青城。

青城在汴京城南五里，是蒙古大将速不台军营所在，远在一百零六年前，北宋之亡，靖康之难时，金将粘没喝亦驻军于此。

速不台杀死二王及宗室，押解后妃、儒医、工匠、绣女等前往蒙古和林，一路之上金朝的宗亲贵戚受到的苦楚折磨，不下于当年徽宗、钦宗赴燕京时的悲惨遭遇，甚且有过之而无不及，前后一百年间，同样的地点，上演着同样的人间悲剧，真是一报还一报。

蒙古大军入汴京以后，本来准备根据蒙古惯例，展开大规模的

蒙古骑兵攻战图，选自志费尼（伊朗）所著《世界征服者史》。

屠城，若不是美髯公耶律楚材的劝阻，全汴京一百四十多万人的生命都不保。

汴京城陷之前，金哀宗逃到归德府，但是他这个釜中之鱼没能支持多久，他自归德府移居蔡州（河南省汝南县），一路上道路泥泞，在水中跋涉，又没有粮食，只能掇青枣为粮，个个足胫都肿得像皮球。

金哀宗向宋朝借粮，宋朝正是难得逮着复仇的机会，当然拒绝，又派了大将孟珙（gǒng），接济蒙古大军三十万石（dàn）粮食，金哀宗派人到临安（浙江省杭州市，南宋首都），请宋朝不要落井下石，并且提出了警告："蒙古西征之时，灭掉将近四十个国家，回师之后灭掉西夏，西夏灭亡之后，轮到了我，我亡了以后，就该轮到你了，我们唇亡齿寒，还是相互和好吧。"但宋朝却置之不理。

不久，宋朝联合了蒙古军队，合攻蔡州，金哀宗正在蔡州，城中粮食已空，发生了吃人惨剧，甚至用人骨与泥巴相和以充饥，金哀宗眼看大势已去，传位给宗室完颜承麟，承麟泪流满面，不敢接受，金哀宗恳切地说："朕所以托付于卿，实在是情非得已，你看，朕肌体肥胖，难忍鞍马之累，卿平日身体矫健，万一得免，国祚（zuò）或许能够延长。"

完颜承麟看一看金哀宗，果然是胖嘟嘟的，走两步路就气喘，一副需要减肥的样子，不能不勉强接受玉玺，是为金末帝。

末帝方才受命，接受百官称贺，宋军已经攻陷南门，与金朝守军展开巷战，金哀宗交代一句"我死后，就点起火来烧"以后便自缢而死。不一会儿，城陷，末帝亦于城陷时被乱兵所杀，金朝至此灭亡。金人自完颜阿骨打称帝，至金哀宗之死，共一百二十年。想当初金朝如何威风凛凛，怎料到走上靖康之难同样的悲剧，翻阅历史，真让人有殷鉴不远的感慨。

金人的汉化

中华民族是多种民族混合而成。其中，生长在长白山黑水的女真族，人物英杰，思想敏锐，渤海国、金朝、清朝都是女真族建立的。

我们陆续介绍过不少女真文化，现在再谈一些风俗趣事：

先谈吃的东西，金人喜欢饮豆浆。不过，这种豆浆不是一般油条烧饼店用黄豆磨成的浆汁，而是用另一种方式发酵制成的。味道带酸，类似洋人食用的乳酪，据说今日北京仍有卖这种“豆汁儿”的，食时用生狗血，加蒜泥才是最初原味的吃法，肉食喜半生不熟，米饭也是如此，而以高粱米为主要食品，还喜欢以豆制成酱当做佐料。

金人喜食茶点、蜜糕，据说沙其玛即由此而来。

金人喜欢喝酒，许多金人喝了酒就杀人，所以往往在醉后，把他用绳子牢牢捆紧，待酒醒之后再松绑，以免酒后乱性，闹出人命。

金人的衣服与蒙人一般，喜欢纯白色，爱戴金环、银环，通常辫发，辫子末端用鲜艳丝缎结起。东北地方冰寒，不论贵贱都穿皮衣，所不同的是，贫者穿光板皮衣，用老羊皮制成，富人则穿貂皮、羔皮，裤、袜、鞋都以皮制成。

金初的房屋多半傍依山谷，覆以木板或桦皮，穿土为床，土下烧火，也就是俗称的火炕，当金太祖起兵时，没有城池宫室，他住的皇城叫皇帝寨，还是草原民族。

早期的金人，人人都会骑马射猎，即是在“上马杀人，下马饮酒”的时代，皇帝与士兵宛如一个大家庭中的父兄子弟，那时后妃们遇到天雨，照样脱光鞋袜，赤着脚在泥地里踏来踏去不觉不雅观。

金人的婚礼，凡是比较有地位者，多半指腹为婚。婚期之前，男方偕同亲属，备份厚礼，先往女家拜门，酒是不可少的，富者数十车，数百车，贫者十余车。到了女家，排开酒席，痛饮一番以后，新娘子全家大小，列坐炕上，新郎则拜于炕下，谓之男下女。礼毕，新郎牵来马匹，供岳父选择，多者百匹，少者十匹，大约选个十分之二三，留下的马愈多，愈有面子。

成亲之后，新郎要留在新娘家，做三年事，然后迎妇返家，当然，也少不得带一笔财富走。有些贫困的女真姑娘，到了成年时候，还没有人聘媒，便骑着马歌唱求爱，如有青年男子，看中了她，便携手同归，然后再备礼物，赴女家求婚，这是一般民间比较草率的婚姻。

金初的将帅士兵，彼此都是“哥儿们”，一起吃饭，一块喝酒，上

撒土浑谋克印，金代官印，吉林九台市庆阳古城征集。刻款为大定十年（1170年）五月“少府监造”，侧面刻“撒土浑谋克印系纳里浑猛安下”。谋克即百夫长。

熟伽泊猛安印，黑龙江五常市出土。十谋克为一猛安，猛安即千夫长。

下情通，没有尊卑贵贱之别，遇到重大事件，随便找一处空地，团团围坐，人人都有发表意见的权利，即便是个小兵，也可提出主张，只要大家认为有理，主帅往往照办，打了胜仗，凯旋时，也是围成一大圈，评定功绩，颇有民主风度。带兵官称之为谋克（相当于今日连长、营长）与猛安（相当于今日之旅长）。

早期的金人耐寒忍饥，好勇斗狠，又擅长骑射，所以自完颜阿骨打称帝之后，短短十五年之间，以秋风扫落叶之势灭辽，又陷汴京，灭北宋，席卷北方。

正式建国之后，金太宗感到：既然建国，不能再野蛮下去，开始创制女真文字。其后，为了便于统治中原汉人，又尊孔养士，建立孔庙，亲临祭孔，又封孔子后裔为衍圣公。

金人初时接触汉人文化，相当不习惯，尤其是要穿戴整齐，汉官冠冕，手执笏板上朝，有说不出的别扭，一心怀念伸长了脚，围坐在空地讨论的逍遥，连连抱怨："你们汉人立的法，拘束死了，让我们吃尽了苦头……"

但是，汉族文化的吸引力毕竟不小，没有多久，金人不但习惯了，而且更喜爱汉文字，厌恶女真文字，爱说中国话，不说女真话。

金朝积极汉化应该归功于金世宗。金世宗的母亲，出身东京（辽阳）望族，是一位非常美丽又有教养的贵妇人，因此，他幼年时代同时受到汉族文化与女真文化的熏陶。

金世宗在位二十九年，史家给他的评论是："当此之时，群臣守职，上下相安，家给人足，食廪（lǐn）有余，号称小尧舜。"

尧舜是我国儒家思想中近乎神话的人物，金世宗能有此美名，不是件简单的事，单单他扩充国子监、创设太学、设立女真国子学的文化建设，就普遍受到后世赞扬。金世宗设立女真国子学的目的，是在爱慕汉文化之外，不忘其根本之意，可惜效果不彰。

金人自从占领中原地方，把女真的猛安、谋克都调到中国内地，免费配给田地耕牛，这些北来的征服者，不解农耕，也懒得下田，便役使汉人为奴，坐享其利，生活糜烂奢侈，过着养尊处优的生活。

过了几十年以后，女真原来的部族征兵制度完全破坏，战斗精神完全消失，自从金宣宗以后，遇到战争，只好调派汉人的奴隶兵去打仗，每逢征调汉兵的日子，地方骚动，乡里鬼哭神号，这种军队自然无法战斗。

女真的彻底汉化，提高了金人的素质，但是他们把汉人重文轻武的习惯也学会了，丧失了尚武精神，难怪一遇骁勇的蒙古大军，便一败涂地了。

余玠设立招贤馆

宋朝联合蒙古人灭金，是在宋端平二年（1235 年），正是宋理宗亲政第二年，当时的宰相郑清之，胸有大志，希望澄清天下，为国家带来复兴的气象。

此时淮东制置使赵范、赵葵两兄弟以为蒙古军队北返，汴京、洛阳一带，地方空虚，不如趁此机会收取中原，还我河山，因而提出"规复三京之议"（三京指的是归德、汴京与洛阳），宋理宗也欣然同意。

但是，宋朝军队毕竟不是蒙古人的对手，所谓"规复三京之议"完全失败，并且大遭蒙古人的责难，蒙古太宗窝阔台遣使怪罪宋朝败盟，宋朝拼命解释赔小心，当然不能获得蒙古人的谅解，从此以后，蒙古积极南侵，双方展开长期的战争。

这段期间，宋朝仅有两名大将，一是守襄阳的孟珙（gǒng），一是守四川的余玠（jiè）。孟珙是继岳飞之后，难得的战将，余玠则是超时代的天才军事家。

余玠是湖北蕲（qí）州人，他少年时代，是一个出身不甚高贵，机警富于文才，而又有点儿桀骜（jié ào）不驯，带几分叛逆性的太学生。

白鹿洞书院之中，老师同学们对余玠的印象是，他不拘小节，喜欢出出风头，任才使气，有时也爱坐坐茶馆，发发牢骚，摆个龙门阵。

有一日，余玠在茶馆与朋友聊天，不晓得为了什么原因，与卖茶的老头儿吵了起来，彼此的火气都很大，互相拉扯之间，竟然把卖茶的老头儿失手给打死了。

既然出了人命，白鹿洞书院也读不下去了，余玠便收拾行囊，到达当时临近蒙古占领区的前线，从军避罪，被赵葵延入幕府，赵葵很欣赏余玠英才豪爽，又会作词，两人相处得极为融洽。余玠曾经出兵援助安丰，战败蒙古立了大功，获得宋理宗召见慰勉。

余玠对理宗提出两项建议，第一，应当使全面上下培养认真确实的工作态度；第二，应当改变重文轻武的观念。余玠感慨地说："今天官宦子弟、知识分子或小康之家，这些人一旦从军当兵，就被看成哙伍。"所谓哙伍，意思是说：韩信不屑与樊哙（fán kuài）为伍，就是社会上一般大众不屑与这些粗人为伍。

宋理宗很欣赏这个年轻人的率真，他称赞道："卿议论人物，颇不寻常，可以独当一面。"

于是，宋理宗就让他独当一面，赴四川担任宣谕使。余玠遂兴高采烈前往四川，准备大展鸿图。

余玠到达四川以后，首先提出一套很有远见，又很民主的招揽四方英才的计划，那就是在帅府旁边，设立一个"招贤馆"，邀约天下奇才异能之士，聚首一堂，共商重建巴蜀的计划。余玠这个先声夺人的构想，颇有几分类似章回小说与传说中的招贤榜。

他并且指示，招贤馆的建筑，无论气派、规模与设备，一切一切都向元帅府看齐，大有战国时代孟尝君的作风，凡是应邀前来者，余玠必然亲自接见，即使来人不是什么真正贤士，提不出什么高明的意见，余玠也奉上一些小小土产，聊表谢意。

中国读书人最重视"礼贤下士"四个字，余玠既然这般有诚意，许多隐士也就愿意出山了。其中四川冉琎（jìn）、冉璞（pú）兄弟，与三国时代诸葛亮一般，高卧不仕，乃绝代奇才。这两位伏龙凤雏过去也曾屡次被邀，都以山野之夫不足论天下事而推辞了。

冉氏兄弟听说余玠的贤德，互相道：“这个人倒是可以一谈的。”于是相偕来到招贤馆。

余玠久闻冉氏兄弟的才名，今日一见，兄弟两人均是气宇轩昂，丰姿俊爽，大喜道：“久仰！”急急迎入馆内，冉氏兄弟不多让，安之若素，便在招贤馆待下来了。

余玠等了又等，盼了又盼，足足盼了好几个月，冉氏兄弟像个闷葫芦，一句话也不说，真是伤脑筋。余玠等不住了，备了一桌上好的酒菜，宴请招贤馆内贤士。

进餐之时，余玠讲了一大堆客气话，像是“久慕先生，无缘请益”、“久闻二公大名，幸得一谈”。冉氏兄弟只是一径地喝酒、吃菜，沉默不语，场面尴尬。

酒宴散了以后，余玠沮丧地回元帅府，心中泄气得很，忽然想起“刘备三顾诸葛亮于草庐之中”的历史故事，又精神抖擞自言自语：“原来，他昆仲二人是要试验我待士之礼。”

第二天，余玠特别派人再把冉氏兄弟迎入贵宾室，与其他人隔开，并且派人暗暗观察，看他们平日都做些什么。

被派去观察的使者回来禀报：“十分的奇怪，这两兄弟终日不言不语，只是互相对坐，在地上用泥沙画一些山川地形，画了以后，抱膝长坐，或者背着手走来走去。”

余玠心忖，这倒古怪也，再等一等看吧。

如此又过了整整十天，要换了别人早沉不住气了，余玠仍然按兵不动，有一天，冉氏兄弟终于开了金口，托人报告余玠，他们准备与余玠长谈，但不希望有外人打扰，余玠兴奋得很，该来的终于来了。

余玠设防钓鱼山

冉氏兄弟到了招贤馆之后，一待数月，沉默是金，余玠正感纳闷，冉氏兄弟忽然求见……

冉氏兄弟郑重地对余玠说："我们兄弟承大帅殷勤相待，内心十分感激，我们是真的希望对治蜀、守蜀有所贡献，不愿意同众人一般，随波逐流、虚应故事。为今日西蜀打算，应当是迁移合城吧。"

一听此言，余玠霍地一跃而起，亲热地握紧冉氏兄弟的双手，再三说："这正是我心中的构想，太好太好了。"又说："玠早知两位先生不是平常人物，你们的高见，我是绝不敢掠美的，我一定要上报朝廷。"

于是，余玠立刻用快信，上报理宗，请求理宗予以重用。余玠到四川，本是理宗的意思，希望他能独当一面，防守蒙古，由于君臣之间，有这份默契在，理宗马上答应余玠的请求，即时下诏，以冉琎（jìn）为承事郎，以冉璞为承务郎，把迁城之事，完全委托冉氏兄弟。

这个命令发表之后，众人议论纷纷，都不了解为什么山野村夫，突然成了空降部队，莫非有什么特殊的人事背景？余玠告诫大家："迁城的计划，如果成功，全蜀赖以安定，如果不成，我余玠一个人负责，你们就不要多嘴多舌了。"但是，一些个眼红的人，仍在吱吱喳喳，心怀不平，余玠也懒得理会，排开众人，拉住冉氏兄弟密谈。

接下来的日子里，余玠与冉氏兄弟忙着做沙盘推演，共同设计山城设防计划，他们的构想是：蒙古骑兵南下，漫山遍野，疾如暴风，普通一般山寨无法防御，只有任其宰割掳掠。

但是，四川不一样，四川的地势特殊，山群突起，山势不但高耸壮丽，而且上有天池、神泉，可以建筑城池，种植蔬菜，供给粮食清水，长期供养大量军民，假如把山上建的新城与地面上旧有城池互相配合，那么，居民平日住在山下旧城，把粮食衣物，预储山城，一旦蒙古骑兵来了，立刻上山防守，山城有一切用品，可以支持较长的时期，等到蒙古军队撤退了，大家再搬到山下来，再恢复平日生活。

这套构想，是配合地理资源的国防计划，与近代德国军事学家主张的地缘政治学，利用天然资源的设防计划，实在是不谋而合。

余玠由于在赵葵军中担任别动队长，指挥游击队好长一阵子，他在淮北、河南一带，看多了蒙古骑兵的厉害，很早就想利用天然地形、天然资源对付自天而降的骑兵。

冉氏兄弟是贵州人，熟悉四川的风土人情，英雄所见略同。

计划确定后，余玠与冉氏兄弟跋山涉水，实地考察，最后决定，把合城迁到钓鱼山上。钓鱼山多悬崖峭壁，易守难攻，尤其正当涪江、渠江、嘉陵江三江之会，形势险峻，工事坚固。

除钓鱼山外，余玠又在云顶、云山、大获、得汉、白帝、青居、苦竹设立七座山城，这八座山城，好比四川的八根大柱子，后人称之为“巴蜀八柱”。

巴蜀八柱完成之后，蒙古再度攻击时，果然发挥了极大效果，使得四川获得长期的休养生息。

余玠不但是军事专家，对于内政建设，也有一套办法。当余玠初抵四川时，四川有位都统王夔（kuí）以凶悍出名，他有一个外号叫“王夜叉”，有许多独特的整人方法，例如用醋灌鼻、用水灌耳等，恃功而骄，桀骜（jié ào）不受节度。

听说余玠到来，王夜叉又决定给他来个下马威，他带领两百多位老弱残兵去迎接，表示存心怠（dài）慢。

余玠看了，冷笑道：“久闻都统精兵，不想如此疲敝。”

王夜叉哈哈一笑：“我的兵不是不精，只怕亮出来，会让你的随员害怕。”接着王夜叉的兵队表演了集合动作，旗帜精明，器械森然，果然不一样。余玠倒没给吓倒，神态自若。

王夜叉却吃了一惊道：“不料儒生中有这种人。”

余玠找了大将杨成商议。杨成说：“王夔在四川虽久，总不能与吴璘、吴玠相比，即以吴璘、吴玠之威名，他们后代吴曦一旦叛变，蜀人还不是杀了吴曦，何况四川人哪个不恨王夜叉。”

于是，余玠找了夜叉讨论军事，夜叉刚一出门，杨成便单骑入了军营，告诉大家，以后一切由他负责，众人相顾愕然，继而佩服杨成单枪匹马入虎穴，真是有种，相率拜贺。至于王夔，一入余玠营帐，便被一刀刺死，余玠果断明快处理了王夜叉，赢得了一致好评。

会做事的人，难免会得罪人，当时左丞相方叔，听了子侄们的谗言，说余玠治理西蜀，专制跋扈，有“无君之心”，中国古代皇帝最怕武臣专权，宋理宗即刻把余玠征调入朝，就近看管，用余晦代替余玠治理四川。余玠一片忠心，落此下场，不多久暴病而卒，有人说他是仰药自杀。

宋理宗宝祐五年（1257年），蒙古伐宋，元宪宗（蒙哥汗）亲征，猛攻钓鱼山的合州城，从二月打到七月，死伤惨重，怎么也攻不下，蒙哥大汗突然暴卒于合州城下，相传是中箭而死，蒙古诸将便载运蒙哥灵柩北走。战报传到杭州，宋理宗这才想起余玠筑城之功，追赠余玠官位。这座山城，不但战死蒙哥汗，也延长了宋朝国祚（zuò）二十年，余玠真是有智慧的战略家兼政治家。

蒙哥攻打合州城

窝阔台在位十三年，在他的手中，完成了消灭金国的任务，上报祖宗之仇，下泄国人之愤。他派拔都西征，扬威东北欧，使得斯拉夫、日耳曼两大民族，闻蒙古而丧胆。

他别无嗜好，就是喜欢喝酒，耶律楚材曾经不止一次劝过他，最后，窝阔台也是死于酒精中毒，死时只有五十六岁。遗命由皇孙失烈门监国，再由“库里尔台”决定新君，库里尔台是部族大会之意。

蒙古每逢君主继位，总是会发生纠纷。原来，蒙古不像古代中国，有一个传统的嫡长子继承制度。不过，蒙古人的家族有一个习惯，特别重视长子与幼子，每逢冲锋打仗，经常是长子挂帅，谓之“长子出征”，蒙古诸部族的战争，在灭亡一个敌人之后，第一件事，必须杀死敌人的长子，断绝他的宗脉，这些都是重视长子的证据。

另外一方面，蒙古人又特别重视幼子，蒙古话幼子称为“斡赤斤”，斡赤斤的意思是守灶，也就是继承家业。

成吉思汗的长子术赤，是他妻子孛儿帖被蔑儿乞人俘虏之时，怀孕生下的，成吉思汗怀疑他不是自己的儿子，感情比较淡薄，因此，成吉思汗死后，幼子拖雷所得的兵马遗产最多，并且由拖雷暂时监国，再依照蒙古的习惯，召开部族会议，由库里尔台通过，共奉窝阔台为主。从此以后，成为蒙古帝国一种惯例，凡是第一个君主去世，第二个君主继位之时，必须要经过库里尔台的选举。当然，凡是经选举推奉的，必然限于成吉思汗的子孙。

现在，窝阔台去世了，当他驾崩之时，他的儿子正分别东征辽东，西征西域，南征南宋，道路遥远，一下子不可能赶得回来。失烈门只是一个小幼童，六皇后乃马真氏遂以皇后临朝称制。

乃马真氏信任一个名叫奥都剌合蛮的大臣，不但言听计从，甚且将一切国政都委托给他，把盖了御玺的空白圣旨也交给他，让他随便在上面乱填。

老臣耶律楚材看了眼中冒火，想当初成吉思汗、窝阔台都对他礼遇有加，他不能让帝国败在乃马真氏的手中，因此劝谏道："天下者，先帝之天下，今欲紊乱，臣不敢奉诏。"

乃马真氏也泼辣地回了一招，她降懿旨说："凡是奥都剌合蛮所下的圣旨，不听命令者，断其手。"

耶律楚材没有被吓着，他怒气冲冲回敬："国之典故，先帝悉委老臣，事若合理，自当奉行，如不可行，我死都不怕，何况是断其手？"

结果，耶律楚材毕竟是年纪大了，皇后还没下令断他的手，他就活生生地被气死了，他死了以后，乃马真氏的火气还没有消。

这时，又有小人来打小报告，对乃马真氏说："耶律楚材前前后后做了二十年宰相，天下的贡赋，一半都到他家里去了。"

一听此言，乃马真氏立刻下令："搜！"结果搜了半天，只有十多具琴筝，一些金石遗文，根本不值几个钱。

耶律楚材一生光明磊落，完全是中国书生本色，窝阔台每次见他开口陈事，总要打趣道："你是不是又要为百姓诉苦了？"

乃马真氏称制了四年，实在撑不下去，诸王们也都回到了和林，召开库里尔台，公推窝阔台的长子贵由为可汗，是为蒙古定宗。定宗即位三年，一命呜呼，再度召开库里尔台，拔都仗着兵多势众，强立蒙哥继位，是为蒙古宪宗，蒙哥是拖雷的长子。

蒙哥是个雄武的君主，屡次立下彪炳的战功，他即位不久，亲自率领大军南征宋朝，这次蒙古南下，主要是争夺几个重点，因为这几个重点都是战略要害，如果不拿下，便会随时威胁蒙古军队的后方，使蒙古无法稳定战场，但是，蒙古若要攻下这些据点，却不是一件容易的事。

当时，四川最重要的一个军事中心，不是成都，而是上一篇中我们所介绍的，余玠修筑在钓鱼山的合州城。合州的守将为王坚，

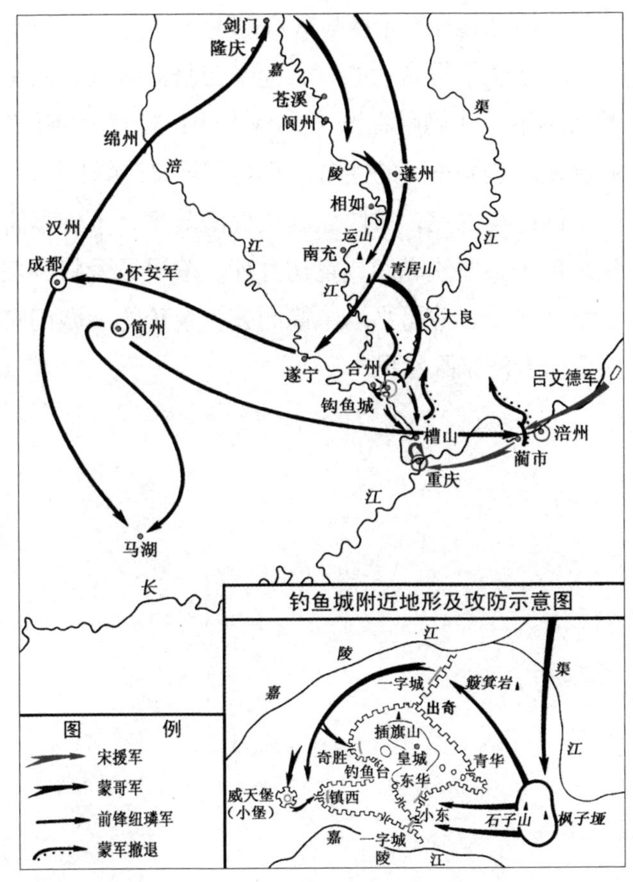

钓鱼城之战示意图。蒙宪宗八年（1258年）二月，蒙哥亲率主力进攻四川。至十二月，川西、川北、川中大部沦陷，但重庆西北的钓鱼城一直未能下。次年二月，蒙哥命一部于涪州之蔺市造浮桥，以阻长江下游南宋援军，并亲率大军攻城，数月不能下。南宋为确保上游，命吕文德率军逆长江而西，经力战，冲垮蒙军浮桥，溯嘉陵江而北，增援钓鱼城。蒙军向南顺流纵击，大败宋军。但在围攻钓鱼城时，蒙哥中箭身死，蒙军因之北返。

蒙古人曾经派遣使者前来招降，王坚不但不答应，反而把使者给杀了，好厉害！

蒙古兵大怒，积极进围合州，合州在余玠与冉氏兄弟的合力策划设计之下，地势险峻，建造得极其坚固，蒙古的骑兵被山势所困，完全没法子发挥力量。蒙哥大汗不信邪，对准钓鱼山猛攻猛打，从开庆元年（1259 年）二月里，一直攻到七月中，死伤惨重，竟然就是攻不下。

钓鱼山有水源，有粮草，有军械，蒙哥大汗望山兴叹，十分的不服气，他与猛将汪德臣商量，非攻下不可。于是，汪德臣挑选敢死队一百名，在一个夜黑风高的晚上，登上了合州外城。

王坚也不是省油的灯，他亲自督兵接战，从黑夜到天明，双方僵持不下，汪德臣在城下大喊大叫："王坚你听着，我来是为了你们合州城全城军民的性命，我劝你早日投降！"

话还没说完，一块大石头翻滚落下，不偏不倚，打中汪德臣的脑袋瓜子，血流满面，重伤身死。蒙哥见爱将身亡，亲自督阵，城上乱箭齐发，蒙哥当场中箭而死。余玠的山城彻底发挥了功能，可惜余玠未能亲眼看见。

忽必烈争夺汗位

蒙古蒙哥可汗大举亲征南宋，久攻不下，结果在钓鱼山下被乱箭射死。蒙哥这一次，倒是帮了宋朝一个大忙，却也让奸臣贾似道又有了可乘之机。

原来，在蒙哥猛攻川蜀之际，蒙哥的四弟忽必烈也正在疯狂进击鄂州（湖北武昌），守将张胜战死，城中死伤一万三千人，朝廷催促贾似道进兵，贾似道怕得要命，秘密派遣使者前往忽必烈营中求和，当然，这件事宋理宗完全不知道。

忽必烈认为鄂州指日可下，不愿意求和。忽然之间，军中传来噩耗，他那壮得像牛一般，只有四十多岁的长兄蒙哥汗居然暴卒，忽必烈原是一个有野心，也有才识之人，不免动了想争取汗位的念头。

正在此时，又得到后方的消息，说是蒙古诸王准备谋立老六阿里不哥为大汗，忽必烈心里乱糟糟的，再也没有心情积极进攻鄂州了。

忽必烈的智囊郝经建议道："如今国内空虚，人人莫不觊觎（jì yú）汗位，阿里不哥已代行皇帝之事，愿大王以社稷为念，与宋朝议和，迎蒙哥大汗灵柩早日回到和林。"

忽必烈深以为然，于是，答应了贾似道的要求，批准他所提的条件：宋朝皇帝上表称臣，划长江为界，江北尽归蒙古所有。岁纳银币二十万两，绢二十万匹，而后蒙古退兵。

贾似道正在一筹莫展，不料有此一变，忽必烈匆匆忙忙，慌慌张张拔营北归，真是老天帮忙也。至于说私行求和，称臣纳币之事，完全是他个人畏敌媚敌的主张，他事先既未请示，事后也没有报告，一路隐瞒到底，反正中国古代资讯不发达，天高皇帝远，宋理宗根本不会知道。

为了使“剧情”再逼真一点，贾似道趁着蒙古大军撤退，有几个落单的尾队，由于缺乏防范，被贾似道给俘虏了，贾似道就开始大做文章，伪称：“诸路大捷，解围鄂州，肃清江汉敌军，使社稷转危为安，皇朝永固。”

宋理宗接到捷报，高兴得眼泪都要滚出来了，认为贾似道对宋朝有再造之功，特晋升贾似道为少帅，封为卫国公。不但如此，当贾似道回朝之日，特命百官集体在临安郊外恭迎，并且下诏：“贾似道为朕股肱之臣，奋不顾身，吾民赖之而更生，皇室有同于再造。”真是荒唐透顶了。

话分两头，忽必烈接受了郝经的建议，风尘仆仆班师回朝，他回到燕京，本来预备召集一次库里尔台，以便选举大汗，但是，诸王之中，许多人都没有遵从，这个会议因为法定人数不足，没能开成。

忽必烈的左右劝他：“先发制人，后发制于人。”忽必烈斟酌利害，就在开平，自立为大汗，是为元世祖。由于世祖的即位，没有经过库里尔台，依照蒙古一贯的制度，他的大汗是不合法的，老六阿里不哥表示强烈的不服，另行召集库里尔台，选举阿里不哥为大汗，这一会儿，便有两个大汗了。

阿里不哥虽然有亲王支持，但这些亲王都是跋扈守旧的贵族，没有多大本事。忽必烈帐下则网罗了许多金朝、宋朝的精英，足智多谋，英武卓绝。双方一交手，阿里不哥就败下阵来，不过，也打了足足五年的内战，直到景定五年（1264年），内战才完全停止。

忽必烈也在景定五年，正式建都于燕京，改称燕京为中都，并且改元为至元元年。这一年，可以说是蒙古入主中原之始，也就是在同一年，宋朝宋理宗去世，度宗即位。至元八年（1271 年），蒙古正式建国号为元。

忽必烈即位以后，立刻派遣郝经正告南朝宋国，蒙古大汗已经临朝，并请即刻履行鄂州城下之盟，划江为界，纳岁币二十万两，绢二十万匹，以及上表称臣。殊不知贾似道压根儿就没有把鄂州之盟上报朝廷，反而谎报军前大胜，还获得了加官晋爵，如今，蒙古使者到来，他该怎么面对弥天大谎？

当郝经一行经过真州（江苏省仪征县）之时，贾似道密令真州守将把郝经软禁起来，阻止他前往临安，决心欺瞒到底。

这郝经原是一位儒生，博学多才，确实抱有一番悲天悯人的苦心，一心一意希望促成南北和平，在他奉命之始，便有人认为此行任务艰困，劝他不妨托病辞职。郝经不肯，他说："兵连祸结，为时已久，今主上既愿通两国之好，我愿意一蹈不测之险。"

郝经被软禁之后，还自营中写了一封信给宋朝皇帝，表示"愿意效法鲁仲连，排难解纷"，说明和议的功用，不仅为蒙古，更为了宋朝，这些书信，全都被贾似道压置。

元世祖左等右盼，还是没有郝经的消息，后来听说郝经竟然被宋人所扣留，大为震怒，下诏准备伐宋，并且责备宋朝："你们平日以衣冠礼乐著称，岂可如此？待秋高马肥，将水陆并道而进，以为问罪之举！"

郝经被扣之后，宋朝人又煽动李璘叛变蒙古，正好此时，宋朝大将刘整投降蒙古，刘整一五一十告诉蒙古主，宋朝如何腐败，贾似道如何张牙舞爪，大失人心，使得蒙古尽知宋朝人的虚实，于是忽必烈便决心南下伐宋。

吕文焕苦守襄阳

在上篇之中，我们说到，忽必烈攻打鄂州，听说蒙哥汗在钓鱼山下被乱箭射死，急忙赶回蒙古争夺汗位，因而答应贾似道求和的条件。忽必烈登上汗位以后，派郝经前来宋朝，要求宋朝履行承诺，贾似道担心穿帮，一不做二不休，竟然把郝经给扣留下来。

忽必烈知道此事，大为愤怒，一连派出使者追问详细情形，却始终没有下文。于是，忽必烈下诏南征："朕即位以后，为顾及两国生灵，一直等待信使还归，达成和议，如今又过半年，宋朝一向以礼乐衣冠之国自居，理当如此吗？待秋高马肥，将水陆并道而进，以为问罪之举……"

宋朝大将刘整，担任潼州安抚使，一向为贾似道所猜忌，为了自保，他带了十五个郡投降蒙古。蒙古过去南侵不只一次，历次战果也很辉煌，为何没有一举扑灭南宋？那是因为还不甚明了宋朝的虚实，等到刘整倒向蒙古，把宋朝朝廷的腐败，军事布防重点和盘托出，忽必烈大乐，决心一次扑灭宋朝，永绝后患。

刘整向忽必烈报告，若要灭亡宋朝，必须先取得襄阳、樊城，然后下汉水，入长江，吞并中国。忽必烈采纳了刘整的建议，派遣刘整与阿术共同下襄阳。

襄阳原先的守将是吕文德，他是贾似道的亲信，贾似道曾经秘密唆使吕文德，假报蒙古入侵，然后，他"刚巧"在此时抽身引退，回到故乡越州安养天年。这正是忽必烈争汗位之时。

新上任的小皇帝度宗与太后吓慌了手脚，连连下诏，请贾似道赶紧回朝。贾似道回来之后，他一手导演的蒙古入侵也自然平定了。

其实，度宗对贾似道的委曲求全，早已超过君臣界线，他不但尊称贾似道为“师相”，命令朝臣称之为周公（就是古代辅佐周成王，孔子希望梦见的周公），每当贾似道撒娇不干了，他就赶紧双膝落地，着急地哀求，贾似道知道朝廷少不了他，就每年定期演出。

既然贾似道摆出来的态度是：老爷我想辞官回故里，皇上硬要勉强我留下。那么，贾似道平日一举一动，皇帝自不便多干涉，睁一只眼闭一只眼。于是，贾似道终日流连于“半闲堂”，把玩“多宝阁”中的奇珍异宝，甚且，多半的时日，贾似道在西湖葛岭之中纳福，每隔个五六天才一叶扁舟回到朝廷转一转（贾似道的故事本书前面有详细介绍）。

阿术与刘整，自至元四年（1267 年）到六年（1269 年），整整打了三年，没有攻下襄阳，此时，吕文德已死，他的弟弟吕文焕继任，吕文焕真是一位不可多得的人才。

忽必烈誓言必取襄阳，他派出援兵，在襄阳的西南筑了一道长长的围墙，完全隔绝了襄阳通往后方的道路，在这个漫长的三年之中，吕文焕不晓得上书多少回，请求救援，朝廷就是置之不理。

贾似道是存心欺瞒到底。但是，也有朝中正直的臣子悄悄报告度宗，度宗一直不敢开口问，等着贾似道报告，这一等就是三年整，度宗的耐性真是好啊！

有一天，度宗鼓起勇气询问贾似道，贾似道仍然一口咬定没这件事，并且要追问是谁“造谣”。

度宗真该板起脸孔，狠狠训斥贾似道“大胆，欺君”，在中国传统君主高高在上的观念下，贾似道多少是会有点儿畏惧的。但是，度宗怕死了，他不敢，他像犯了错的小孩子一般，惭愧地低下头，小声地说：“一个女嫔讲的。”

接下来，女嫔被杀，朝廷之中噤（jìn）若寒蝉，没人有勇气开口。

贾似道曾派出李庭芝，担任京湖制置大使，李庭芝一心一意想解襄阳之围，助吕文焕一臂之力，但是范文虎从中作梗，不准李庭芝出兵。

这范文虎颇有来头，他是贾似道的乘龙快婿，一个大脓包，他写信禀报岳父大人：“我正准备领兵数万入襄阳，一战可平，事成则归功于恩相矣。”贾似道看完信，十分嘉许女婿的孝心，李庭芝更动弹不得了。

范文虎若是真正出兵也罢了，但是，他一面阻止李庭芝有所行

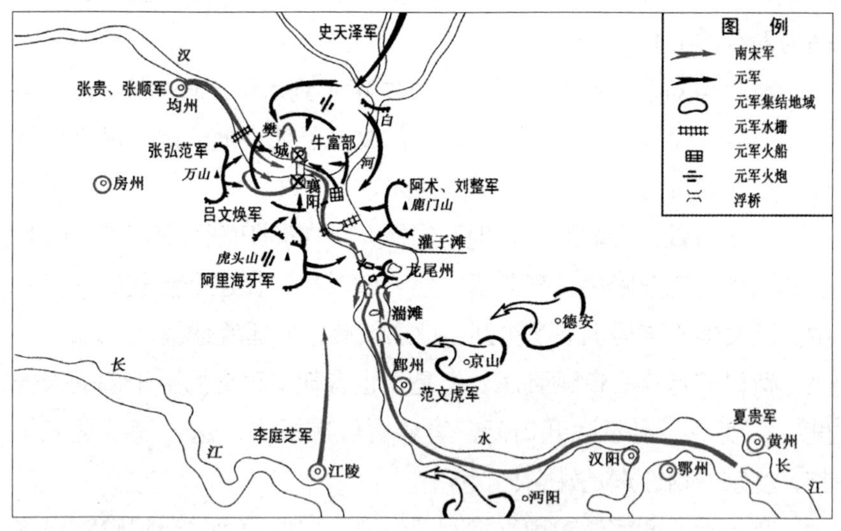

宋蒙襄樊作战经过图。1267年，忽必烈向襄阳发动强大攻势：在襄阳城外筑堡修垒，阻止守军出击；在万山、灌子滩汉水中立栅，截断宋水军进援；阿术、刘整集兵于鹿门山、德安、京山等地，牵制分散宋军。贾似道对此无动于衷。一年后，才陆续有夏贵、范文虎、李庭芝从下游进援；又有上游均州、房州张顺、张贵沿汉水顺流而下，进入襄阳，但随后出城作战，全军战死；襄阳也发兵主动出击万山堡，也被击败。襄樊弹尽粮绝，终于告破。

动，一面又忙着与妓女饮酒、猜拳、打马球，完全与岳父大人一个样儿。

可怜吕文焕望眼欲穿，日日夜夜在盼救兵，进入了第五个年头，城中发生了粮荒，官军既解不了襄阳的围，民军张贵、张顺兄弟却抱着必死之心，准备了百艘战船，船上放置火枪、大炮、巨斧、劲弩，在月黑风高时出击，可惜，全面受挫。

襄阳城中一片凄凉，人民没吃的，也没穿的，到了后来，竟然只能用会子（纸钞）做衣服，吕文焕每次巡城，必定对着南方哀哀痛哭，他不了解为什么临安政府整整五年见死不救！当吕文焕听说，贾似道很忙，忙着“军国大事”，无暇理会襄阳之围，而他所谓的军国大事，是和一大群莺莺燕燕的妓女，一块蹲在地上，观看斗蟋蟀赌输赢，真是差一点活活气死。吕文焕也不了解，为什么皇帝袖手不管，难道皇帝不明白，吕文焕是在拼命保大宋江山?

贾似道知道襄阳危急，又自导自演一出戏，他自己请求巡边，一解襄阳之围，然后又暗中要谏司上书慰留，偏偏这个窝囊皇帝度宗也就让他留下。

最后，蒙古人在城下喊话：“你们守孤城守了五年，也对得起宋主，如果投降，我们答应不屠城。”吕文焕万不得已之下投降蒙古。而贾似道还怪度宗道：“臣屡次请求行边，都是陛下不许，若是准许，襄阳又何至于失守？”真是把自己的罪过全部推到皇帝的身上，中国历史上还很少看到这种君臣。

伯颜大举伐宋

在上一篇中，我们说到，吕文焕苦守襄阳五年，屡次请求救援，贾似道不理不睬，忙着斗蟋蟀的“军国大事”，吕文焕弹尽援绝，为了保全襄阳城中百姓的生命，不得已投降蒙古，内心充满了愤恨……

襄阳城陷，朝野都认为范文虎战败，然后逃之夭夭，依理论法，俱应斩首。但是范文虎是贾似道的女婿，而且他专扯李庭芝的后腿，这是贾似道与范文虎之间的“默契”，岂可随便说斩就斩？因此仅是降了一级，意思意思，改知安庆府（安徽省怀宁县）。

监察御史陈文龙上书：“文虎失襄阳，犹使知安庆府，是当罚反而赏也。”陈文龙的话不中听，被贬出临安，到抚州做外官去了，陈文龙的表现，代表中国古代御史的嶙峋（lín xún）风骨。

忽必烈得到襄阳之后，命伯颜为元帅，打铁趁热，实行灭宋大计划。伯颜相貌魁梧，善于用兵，当时担任元朝中书左丞相。

刘整与吕文焕原先都是宋朝的忠臣，尤其是吕文焕若不是一腔忠诚，怎能苦撑五年？他两人都是被贾似道逼上了不归路，心中恨透了这个老贼，对宋朝的感情，也由浓浓的爱转为强烈的恨。为了报仇，他两人灭宋的意愿竟然超过蒙古人，不但献策献计，并且自请为先锋。

咸淳十年（1274 年），伯颜大军南侵，由襄阳渡江，攻向鄂州。当时鄂州守将张世杰的城防异常坚固，战船连锁，炮弩齐备，元军却一举攻破，使得南宋首都——临安震惊。由于长江沿岸州郡守将，几乎都是吕文焕兄弟的旧部，吕文焕的经验告诉他们，死守也没有用，宋朝朝廷根本不会答理，既然早也是降，晚也是降，还不如早早投降，给吕文焕长官一个面子，所以一个个望风投降，不战而陷。

其中，守江州（九江）的知州吕师夔（kuí）是吕文焕的侄子，非但立刻缴械，并且设宴于庾（yú）公楼，摆出上好的酒菜，还选了两名美丽的宗室女，打扮得雍容华贵，献给伯颜享用，却被伯颜刮了一顿胡子："我奉了天子之命，兴义师，开罪于宋朝，你们岂可用女色来动摇我的意志？"

元军过了江州，到了安庆府，那位一直被贾似道庇荫的范文虎，看到老丈人已走到了穷途末路，没什么可以指望的，于是献出了安庆城，投降了伯颜。

伯颜，选自《三才图会》。

这一连串的噩耗传到了临安，度宗又忧又惧，情急之下，得了重病，不久便一命呜呼，结束了被贾似道玩弄于股掌之上的痛苦生涯。他的儿子赵㬎（xiǎn）才只有四岁大，由谢太皇太后听政，一切军国大事，当然还是由贾似道作主。

太后临朝，鄂州失陷，中外人心惶惶，于是太学生与群臣联合上疏请愿，说："事到今日，非师相出马不可。"尤其上一回，襄阳失陷，贾似道把一切责任推到度宗身上，怪度宗不让他巡边，似乎只要贾似道上战场，所有困难就迎刃而解。

贾似道明白无法再踢皮球了，遂以太皇太后诏命，任命贾似道为都督中外诸路兵马，发库金十万两、银五十万两，浩浩荡荡出发。贾似道是纸老虎，一路上心惊肉跳，他最怕碰到刘整，找他算老账，谁知刘整因为军功比不上吕文焕，一怒之下竟然死了，贾似道好乐，他说："我这人就是命好，天助我也。"于是，抽调各路精兵十三万，战船二千五百艘，到达芜湖。

江淮招讨使汪立信与贾似道在芜湖相见，仇人相见，分外眼红，汪当初曾经写信给贾似道，提供两个策略，信中说道："假如，你不能接受这两个妙计，你不如准备衔璧舆榇（chèn）向蒙古人投降吧！"

贾似道看完信，揉成一团，忿忿地说："这个瞎贼如此胡言乱语，看我治一治他！"由于汪立信是一只眼，所以贾似道恶毒地骂他为瞎贼，把他贬到芜湖。

这一会儿芜湖相见，贾似道干笑两声道："当初悔不听公言，以致国事败坏至此，惭愧惭愧，如今公尚有何高见？"

汪立信瞪了一眼贾似道，莫可奈何道："太师，我这个瞎贼现在一句话也说不出来了。"没多久，汪立信慷慨悲歌，击案痛哭，最后用双手自己扼死自己，壮烈成仁。无聊的贾似道竟然把汪立信原先的策略，差人禀报伯颜，请伯颜杀汪立信的妻小。伯颜说："如果这个策略被采用，我也到不了江南。"反而寻访汪立信的家属，予以厚恤。

贾似道虽然带了一大批军队，却并不准备作战，他还是用老法子，希望求和，派出使者携带福建蜜柑、广东荔枝到了伯颜大营求饶，说是宋朝愿意遵守当年诺言，割地称臣纳贡。

蒙人认为宋人是不守信用的人，根本不予理会，伯颜回答："在我大军未渡江之前，还可谈和，今日沿江州郡，全归大元版图，还和议什么？如果一定要和议，你亲自来谈。"

贾似道哪敢深入虎穴，他溜到了扬州，一味请求朝廷迁都，公卿大夫们认为，迁都也没用，蒙古人还是会追来的，此时台谏官交相弹劾，太学士请求诛除贾似道，太皇太后仍然以妇人之仁为他说情："贾似道勤劳于理宗、度宗，及今三朝，安忍以一朝之罪，失待大臣之礼？"

这话一点不通，舆情一致攻讦（jié），太皇太后只好免贾似道一切官职，谪为高州团练使，由会稽县尉郑虎臣押解。

郑虎臣正与贾似道有不共戴天的杀父之仇，到了南剑州，他问贾似道："这里的水很清，你为何不死在这儿？"贾似道大惊："太皇太后许我不死，必须有诏才能杀我。"郑虎臣实在耐不住，一刀把贾似道给杀了，可惜迟来的正义不是正义，贾似道虽死，却已断送了宋朝的江山。

文天祥高中状元

在上篇中，我们说到，贾似道恶贯满盈，终于被杀，大快人心，然而，宋朝却岌岌（jí jí）可危，朝廷号召天下勤王。所谓勤王指的是，当王室有难之时，发兵援救。

此时，蒙古军队势如破竹，宋朝方面，由于贾似道执政三十年，全国充满了莫可奈何的无力感。因此，朝廷在望眼欲穿的情形下，地方上却只来了两路兵马，一是张世杰，一为文天祥。

张世杰是蒙古大将张柔之子，张柔原是汉人，却为蒙古所重用。张世杰不满意父亲的作为，投效宋朝，曾经隶属于吕文焕之兄吕文德帐下，他在历史上留下彪炳千古的记录，我们以后再谈，先介绍文天祥出场。

文天祥是中国了不起的民族英雄，在他身上，我们可以看到，古代知识分子如何承担历史责任。

文天祥，字宋瑞，江西省吉水县人。他是一个非常漂亮的美男子，根据《宋史》的记载，文天祥体貌丰伟，秀眉长目，皮肤晶莹如玉，顾盼之间，光彩照人。不论谁看到他，都会眼睛为之一亮，集外在美、内在美于一身。

文天祥出生于宋理宗端平三年（1236 年），他一生最受影响的人是他的父亲文名仪，人称革斋先生。革斋先生和许多传统的读书人一样，最爱竹子的高风亮节，他曾经修建一座“竹居”，带着文天祥在此读书写字。

竹居之中藏书极为丰富，经史子集、天文地理医卜无所不包。革斋先生喜欢抄书，很有“手到”的功夫，曾经著有《随意录》二十卷、《宝藏》三十卷，文天祥的学识基础，多半得自父亲的教诲。

革斋先生教儿子读书，也教儿子下象棋。初学之时，文天祥当然不是父亲的对手，久而久之，棋艺竟然超过父亲，闲来无事，父子对弈，厮杀一盘，其乐无穷，文天祥还写过棋谱流传后世。

文天祥一生中，经历许多危险，他总是想到象棋之中，经常是险棋致胜，因此，养成了他锲而不舍的精神，不到最后一着棋，绝不轻言放弃，所谓“世事纷纷一局棋，输赢未定两争持”，是文天祥从棋中悟出的人生哲理。

在文家的家教之中，最重要的一环是培养忠孝节义的观念，在他很小的时候，当他看到学宫里祭祀欧阳修、胡铨等人的像，就曾经大发豪语：“人生在世，如果不能和这些先贤一般，被后世崇拜，那就不能算是一个大丈夫了。”（欧阳修和胡铨的故事本书前面都介绍过）

文天祥十八岁那一年，他参加本县乡校考试，名列第一，此时江万里先生创设白鹭洲书院，礼聘当年高中进士的欧阳守道担任书院山长（当时书院的负责人称为山长），革斋先生把文天祥送到该书院去读书。

欧阳山长见文天祥聪慧过人，文章出众，长得也是一表人才，特别器重，亲自指点，文天祥一年下来，考取了郡贡士，在大家鼓励之下，赴京参加科举考试。

科举的项目有很多种，其中最被人们看重的是进士科，进士科的考试范围包括：诗、赋、论各一篇，时务策五道，“帖经”十帖（帖经是把经文掩贴一部分，令考生默记，相当于我们今天的填空题），另外，还有“墨义”十条，墨义是经义的解释，多半是出自

《春秋》或者《礼记》。

革斋先生亲自带着文天祥与他弟弟文天璧一同赴临安（杭州），参加会试。兄弟二人同被录取。接着，又参加集英殿的廷试。

廷试的主考官是淳祐元年（1241 年）进士王应麟，文天祥原列名第五，可是王应麟看到文天祥的试卷，惊喜若狂地捧着试卷去见理宗，奏道："写这篇试卷的人古谊若龟鉴，忠肝如铁石，臣为国家有此人才，为皇上贺。"

理宗看过试卷，也频频点头。其实，文天祥应考当天，身体状况并不佳，参加廷试的前两天，不小心吃坏了肚子，应考之前，几乎站都站不起来。但是，他在殿廊接到题目之后，运笔如飞，完全忘却了身体的不适，到午后就完成了万字长言。

状元郎，清内府彩绘本《庆赏昇平》之《泗州城》。

理宗不但欣赏文天祥的文章，并且说："文天祥，此天之祥，文之瑞也。"因此，文天祥又字宋瑞。在这一场考试之中，文天祥的弟弟文天璧落榜了。文天璧后来投降元朝，受任为临江路总管兼府尹，文天祥十分难过，曾经写了一首诗："兄弟一囚一乘马，同父同母不同天。"

在这一年（宝祐四年，1256 年）登科录中，一甲第一名文天祥，二甲第一名谢枋（fāng）得，二甲第二十七名陆秀夫，三人都是宋朝末年的忠臣，忠节集于一榜，这是千古佳话。

文天祥高中状元，年方二十一岁，为白鹭洲书院和江万里、欧阳山长增添了不少荣誉。

在中国古代，没有任何事比考上状元更光荣的。皇帝唱名之后，立即赐给袍、帽、笏（hù），并且赐宴。状元必须在宴会中呈谢恩诗，宴毕出来，骑上骏马，迎入状元局，接受官式礼仪款待，并且在状元局集会中招待宾客。

文天祥因为勤学努力，得到这项殊荣，可惜他最敬爱的父亲革斋先生，却不幸在他中状元以后第四天病逝了，年方四十三岁，文天祥哀痛莫名。不过，革斋先生能够亲眼看见爱儿高中状元，也算含笑以终了。

由于文天祥是状元及第，他对于国家更有一份责任感，所以日后经常自称为状元宰相，提醒自己要为国家尽忠，为民族尽孝。

江万里教训贾似道

文天祥高中状元，可惜陪考的父亲革斋先生，却在他状元及第后第四天病逝。

于是，喜事还没有办完，文天祥急急忙忙与弟弟文天璧，自临安扶护父亲的灵柩归葬吉州故里，并且作《先君子革斋先生事实》一文，以志哀思。

宋朝是一个提倡礼教的时代，非常重视丧制，尤其重视人子的三年之丧，一般做官的除非有特殊情形，不得起复。《宋史》中记载守丧尽哀的孝子极多，凡是读书知礼的士大夫，大都能够严守孝道。

文天祥是个最有儒家思想的读书人，而且父子情深，当然严守丧制之礼。在这个居里守制的三年之中，他除了在竹居之中闭门读书之外，并且帮他小一岁的弟弟文天璧补习功课，他虽然高中状元，文天璧没有考取殿试（廷试），这个做哥哥的始终耿耿于怀。

文天祥丧期满后，头一件事便是带文天璧赴临安应试，这一次，天璧也考中进士，文天祥则由朝廷任命为宁海军节度判官。

文天祥状元及第第四天就因父丧请假，可谓官运不济。然而他志在做大事，不在做大官，因此，新官上任头一遭，便把炮火轰向董宋臣。

董宋臣人称董阎罗，是个无恶不作的大奸臣，他与丁大全联手出击，舞弊（bì）弄权，丁大全后来被正人君子逐去（本书前面讲过丁大全的故事)，但是董宋臣一根寒毛也没损，照旧瞒上欺下。

二十四岁的文天祥，天不怕地不怕，以“敕(chì)赐进士及第文天祥”的名义，上了一道奏本，请斩董宋臣，他这篇奏本写得相当厉害，他认为：“不斩董宋臣以谢宗庙神灵，以解中外怨怒……敌人之心胆，何从而破？将士忠义之气，何致激昂……”最后并且说：“如陛下以为狂妄而诛之，臣固已自请一死。”表示他是抱着一死的决心来揭发董宋臣的奸佞。

结果，理宗既没有杀文天祥，正其“妄言”之罪，但也没有斩董宋臣，只是把这封奏疏搁置一旁。文天祥很是泄气，辞去职务，回到故里。

返家不久，朝廷又派他担任签书镇南军节度判官厅公事，他仍然不想去，只想担任祠禄，祠禄是道士观的主管，一个不管事的闲散职务。

到了景定四年(1263年)，文天祥调升著作佐郎，可是董宋臣竟然主管景献太子府事，文天祥三年以前曾经上书，请求杀掉董宋臣，皇帝未理，如今董宋臣反而升迁，文天祥激于义愤，实在气不过，再次上书，极言董宋臣大奸大恶，理宗还是不理，文天祥想想，这样的朝廷再待下去，也没有多大意思，他脾气一发，掼了纱帽就一走了之。

此时贾似道崛起，他已经看出文天祥这个年轻人，充满才气，也极有个性，有意拉拢，特别派了人去追文天祥，反复劝说，文天祥方才返回临安，调任礼部郎官，再调江西提刑。

宋理宗在景定五年(1264年)过世，度宗即位，文天祥又被调回京城，他杰出的表现受到度宗的激赏，在咸淳四年(1268年)正月一个月之中，度宗派给文天祥三种职务：学士院权直、国史院编修官与实录院检讨官。

贾似道眼见文天祥冒得太快了，暗中指使御史台的御史，找出

文天祥，选自《文山先生全集》。

许多莫须有的罪，弹劾文天祥。这些御史全是仰承贾似道的鼻息，专打苍蝇，所以文天祥这只小苍蝇，他做什么官，御史都对他弹劾。于是，文天祥每次担任一个新职务不久便被轰下去，文天祥就在京里京外调来调去。

当他担任秘书少监之时，发生了一件大事，引起贾似道强烈的不满，这是咸淳六年（1270 年）的事。

贾似道对于度宗，好似猫耍老鼠，度宗对他备加礼遇。口口声声“师相”而不呼其名，贾似道为了凸显自己的重要性，每隔一段时日便闹性子，嚷着要辞职归故里，把度宗吓得魂都飞了，再三恳求，然后，贾似道才勉勉强强留下来。

有一回，贾似道又在玩这个游戏，度宗哭着挽留他，先是准许他不必每天上朝，只要六日一朝，继而又改为半个月一朝，继而又下诏准许贾似道入朝不拜，贾似道还不肯，文天祥看在眼里，十二万分的厌恶。

远在四年之前，贾似道戏君之时，文天祥的老师江万里就曾经看不过去，当面教训贾似道，他一把扶起正准备双膝落地的度宗，转过身子斥责贾似道："自古无此君臣之礼，陛下不可拜，似道不可再说要走。"

贾似道恨恨地瞪着江万里，下朝之后，贾似道阴恻（cè）恻地向江万里道谢："今日若不是江公，我贾似道成了千古罪人。"

从此之后，贾似道对江万里怀恨在心。江万里是个学者，每次度宗谈到经史方面的疑义，古人的事迹生平，贾似道抓耳挠腮答不出来，江万里总是对答如流，这件事，也让贾似道心里不平衡，所以找了一个机会，把江万里赶了出去。

贾似道戏弄宋度宗

在上篇之中，我们说到，贾似道独揽大权，祸国殃民，却还要时时戏耍宋度宗，以年老力衰为理由，再三请辞，其实却是一场表演，文天祥看在眼里，反感极了。

更让文天祥恶心的还在后头哩，咸淳（chún）六年（1270年），贾似道旧戏重演，度宗又吓软了手脚，哭哭啼啼，哀哀恳求。贾似道还是不理，一副非走不可的模样，度宗命令丞相马廷鸾研拟慰留的诏书，马廷鸾把这项任务交给了文采一流的文天祥。

此时此刻，襄阳吃紧，吕文焕快要苦守不住了，贾似道却流连于葛岭半闲堂之中，花天酒地逍遥快活，假如依文天祥自己的意思，贾似道要滚蛋，那是再好不过了，何必还要留住这个祸根。

奈何君命不可违也，文天祥勉强压抑一肚子要喷出来的火气，试着以皇帝的口气，写一封诏书，劝贾似道打消辞意。

在草拟的诏书之中，文天祥写道："先帝付托，大义所存，怎能因为疾病，而欲退休，所请不允许。"写得平平常常，没有过分溢美之词，甚且还隐含有"大臣应当以国家安危为重"的教训之意。

写完之后，文天祥就直接呈给度宗了。

贾似道知道以后，狠狠地大发了一顿脾气，第一，他听说文天祥虽然是状元出身，竟然不会做文章，没有把贾似道的重要凸显出来。第二，依照惯例，凡是呈给皇帝看的任何东西，都要先经过贾似道之手，文天祥竟敢不先呈给贾似道而直接呈送皇帝，简直目中无贾似道，好大的胆子！

为了让文天祥领教他的厉害，贾似道把文天祥拟的诏书抽回，换上另外一篇肉麻兮兮，把贾似道捧得上天，仿佛朝廷一日没有贾似道，就会轰然一声塌下来似的诏书，并且指使台臣张志立弹劾文天祥。

另外，贾似道又故弄玄虚，自己写了一封信，慰留文天祥。

文天祥对贾似道这一套虚伪、做作的表演厌烦到了极点，整个朝廷污浊的空气让他窒息，于是，整理行装，回家去了。事实上，当他正准备离开之时，台臣罢免他的命令也正好下来，这一年，文天祥只有三十五岁。

这一回，文天祥是下定决心，再也不做官，再也不蹚（tāng）混水了。他回到故居，在富田村后面的文山上，盖了一座漂亮的别墅，找来许多年轻貌美的歌妓，过着豪华享乐的生活。

有些人对文天祥的了解是，他在奔赴国难之前，原是个放纵、爱享受的公子哥儿，他们所指的，应该就是

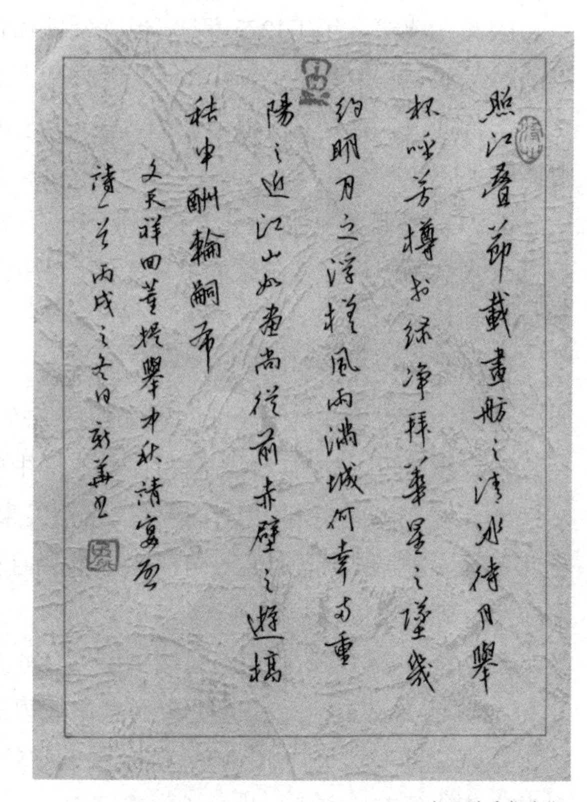

文天祥手书诗作。

这一段时期的文天祥。许多事情，不能只看表面现象，文天祥是被贾似道逼出朝廷的，他虽然金樽对月，歌妓满前，内心却极为痛苦，他在《山中感兴》的诗中，曾经说到："山深人不知，塞马谁得失，挑灯看古史，感泪纵横发。"从这首诗中可以看出文天祥在对朝廷失望之余，沉迷于享乐，实在是一种自暴自弃的反应，但内心仍然关怀国事，万分痛苦，就像一个失恋的人常会有借酒浇愁、放纵自己的表现，而心中总忘不了那让自己痛苦的情人。

人在山中，外面发生了什么事，他一概不知，他想把国事丢开，把自己麻醉在诗酒之中。但是，他做不到，他挂心蒙古人随时南下，他忧虑贾似道这老贼当道。

因此，咸淳九年（1273 年），当朝廷任命他为湖南提刑，他又"自毁诺言"地上任了。这时，他的老师江万里也在湖南担任安抚大使，师徒二人都是看不惯贾似道，被迫赶出朝廷，相见之下，不胜唏嘘。

江万里感慨万千抚着文天祥的肩背道："我老了，不中用了，我阅人多矣，以后拯救国家的重责大任，看来就在你身上了，你要好好自勉。"

"是的。"文天祥恭谨地接受老师的教诲。

后来，江万里在饶州（江西省鄱阳县）故乡，于蒙古军攻破城门之日，纵身投入他早就预先凿好了的水池中溺死。

文天祥在湖南提刑任内，断狱公正，又肃清匪乱，造福百姓。这年冬天，他调知赣州，第二年赴任，也就在这个时刻，鄂州被元军攻陷，朝廷下诏，号召勤王。

文天祥在赣（gàn）南山区接到诏书，心情激动到达顶点，他立刻招募地方义士，又派遣使者回吉州故里募集民兵，一共招得一万余人，他变卖了吉州田产，供应这一万多人的口粮，许多平素仰慕文天祥的英雄豪杰，也纷纷前来投靠。

当文天祥一行满腔热血赴国难，不料竟然有人指文天祥的军队是乌合之众，无补大计，新上任的宰相陈宜中便命文天祥留守南昌，硬是给文天祥浇了一盆冷水。

当然，平心而论，文天祥所率领的，不是训练有素的军队，他自己也是手无缚鸡之力的白面书生啊，事实上，当他最初组织勤王军队之时，便有朋友好言相劝："元兵长驱深入，足下以乌合之众，前往迎敌，等于是赶着一群羊入虎口也。"

文天祥笑笑道："我何尝不知强弱悬殊，但是，国家养育臣民三百余年，一旦有急事，征兵天下，竟然无一人一骑应募，我对此深恶痛绝，所以我不自量力，决心以身殉国，希望天下忠臣义士，能够闻风而起，如此则社稷可保也。"

从这一刻起，文天祥就义无反顾走上"不自量力"的救国道路。

陈宜中的人格改变

文天祥抱着羊入虎口的心理，号召义士奔赴国难，不料，宰相陈宜中竟然下令，命文天祥留在南昌便可……

文天祥是一个意志坚强的人，不肯半途而废，屡次上书，向朝廷提出要求。同时，各方志士也纷纷责难朝廷，不该到此关头，仍然互相猜疑，陈宜中逼不得已，只好勉强准许文天祥到临安来，这一蹉跎，又浪费了三个月的时间。

陈宜中是继贾似道以后，操纵南宋大权的灵魂人物。此人在年轻的时候，英气勃发，颇有少年英豪的模样。当他在做太学生的时候，丁大全秉政，祸国殃民，陈宜中不客气地带头，上书攻击丁大全，结果被丁大全削了学籍，却传承了宋朝太学生“风声，雨声，读书声，声声入耳；家事，国事，天下事，事事关心”的美好校风。

岂料，陈宜中进入官场之后，年事渐长，也慢慢“学聪明”了，尤其是学了贾似道那套虚伪的作风，懂得多享乐，少做事的为官之道。因此，官运亨通，胆子却愈来愈小，当年反对丁大全初生之犊的勇气，早已消失得无影无踪了。由此可见，一个人要执着到底，是多么困难的一件事啊！

陈宜中学习到贾似道惟我独尊的作风，国事已经糟到这般田地，他还是事事固执己见，不肯与人合作，生怕别人抢去他的风头，他不让文天祥到临安来，就是妒才的微妙心理。

由于陈宜中忙着与大臣闹意见、发脾气，文天祥的军队终于到达临安时，文天祥发现朝廷早已乱成一团，互相指责，互不相让，文天祥真是痛心极了。

陈宜中跋扈的作风，引起朝臣不满，左丞相留梦炎竟然不留一言，溜之乎也，连丞相都逃走了，其他官吏更不用说。陈宜中见此光景，知道自己撑不下去了，派柳岳到无锡求见伯颜，申述嗣君年幼（帝㬎只有四岁），且在父丧之中，请求元朝皇帝开仁慈之天恩。

伯颜对宋朝历史知之甚详，他冷笑一声对柳岳说：“你朝的第一代皇帝赵匡胤不也是逼着周世宗的孤儿寡妇，取得天下吗？你朝得天下于小儿，也当失天下于小儿，这是报应。”

德祐二年（1276年）元月，元兵大举进犯，陈宜中吓得连夜出走，南奔温州，太皇太后情急之下，派遣监察御史杨应奎，带着降表与传国之玺到了伯颜大营，哀哀讨饶。

伯颜接受了降表，要求宋朝宰相陈宜中，亲自到军前，商议投降的事，陈宜中早已吓跑了，张世杰不肯奉命投降，带着他的军队南奔，太皇太后一筹莫展，慌忙之中，拉住文天祥收拾残局。

文天祥，张大千绘。

在朝廷已经投降之后，太皇太后命文天祥为右丞相兼枢密使，等于拖着文天祥当祭品。要是换了别人，一定不愿意在这个时刻卷入漩涡，跳进火海。可是文天祥欣然就任，所谓有一分热，发一分光。

文天祥是下棋高手，他常在棋谱之中，领悟到即或是残局，往往也有起死回生的可能，因此，他还是抱持着一线希望。

恭帝德祐二年（1276年）正月二十日，文天祥奉命与左丞相吴坚等四人，出使元营。元朝大帅伯颜帐中，刀枪密布，杀气腾腾，威风凛凛，吴坚等人，早已吓得大气不敢吐，温文儒雅的英俊小生文天祥，倒是笃定沉稳，一派泱泱大国的风范。

文天祥气定神闲道："我奉太皇太后之命，拜为右丞相，今特来此与元帅谈和。"

伯颜一向瞧不起宋朝人，今见文天祥如此斯文的模样，更加轻蔑道："宋室已降，何和之有？"

"那是前右丞相陈宜中经手，我一概不知。"

"丞相来勾当大事，也好。"伯颜道。（宋朝人喜欢用"勾当"二字，此时当了却解释。）

文天祥侃侃而道："本朝为衣冠礼乐之邦，承帝王之正统，北朝是要以我朝为与国呢？还是要灭亡我国家？"

伯颜头也不抬地回答："皇上（指忽必烈）有诏，社稷必不动，百姓必不杀。"

文天祥不放松道："贵国数次与本朝使者有约，但无不失信。元帅既云，社稷不动，百姓不杀，请即刻退兵平江或者嘉兴，然后共商岁币与犒（kào）师之事。"

一听此言，伯颜霍地站了起来："退兵之事，谈何容易！"

文天祥也不甘示弱道："你要知道，淮、浙、闽、广等地，均在我手，中国地方大得很，成败利钝尚未可知，兵连祸结，必自此始，到那之时，元帅将悔无及矣。”

伯颜大怒，而且大为奇怪，过去宋朝使者，到了元营，无不眼泪鼻涕齐下，全是磕头虫，这文天祥莫不是吃错了药，气得他翻眼骂道：“你国已降，还来啰嗦什么，难道你就不怕死吗？”

文天祥也动了肝火，他怒声道：“我乃南宋状元宰相，但欠一死报国，刀锯鼎镬（huò），有何惧哉？”

伯颜很吃惊地望着文天祥，其他元朝将领面面相觑（qù），夸一声：“好，大丈夫。”

伯颜放走了吴坚等人，单独把文天祥留了下来，予以软禁，口上却客气地说：“今日之事，当与我仔细商量，不得不留你数日。”